장준하 탄생 100주년 기념

시작하며

「칼로 새긴 장준하」는 사실을 바탕으로 창작한 소설이다.
그럼에도 역사적 사실은 그대로 적시해 한국 근현대사를 이해하도록 도왔다.
다소 무겁고 재미가 떨어질 수 있지만
독자들이 조금이나마 사색할 수 있는 책으로 만들기 위해 다큐적인 요소를 가미했다.

「칼로 새긴 장준하」에서 장준하 일대기 부분은
장준하 선생이 직접 쓴 「돌베개」를 참조했다.
그러나 모든 감정 표현과 상황 설명, 일부 등장인물 또한 창작해 반영한 허구임을 밝힌다.
이 책이 만약 호기심을 자극한다면 「돌베개」를 꼭 읽어보길 바란다.
이 책은 눈곱만큼도 「돌베개」를 따라갈 수 없으며 전혀 다른 이야기다.

「칼로 새긴 장준하」에 실린 판화는
「돌베개」의 내용을 100% 재현한 진실이다.
장준하 선생의 6천리 항일대장정을 따라가며
한 땀 한 땀 정성 들여 기록한 판화는 소장용으로 손색없다.

장준하 선생을 아끼고 사랑하는 모든 이들에게
이 책이 또 하나의 흥미로운 이야깃거리가 되길 바란다.

칼로 새긴 장준하

1쇄 발행 2018년 7월 23일
2쇄 발행 2018년 9월 17일

글 이동권 **판화** 이동환

펴낸이 윤원석
교정 강보현
경영지원 김대영
마케팅 최재덕

펴낸곳 민중의소리
전화 02-723-4260
팩스 02-723-5869
주소 서울시 종로구 삼일대로 469 서원빌딩 11층
등록번호 제101-81-90731호
출판등록 2003년 1월 1일

값 20,000원 ⓒ민중의소리, 이동권, 이동환 ISBN 979-11-85253-54-1 03810

「이 도서의 국립중앙도서관 출판예정도서목록(CIP)은 서지정보유통지원시스템 홈페이지(http://seoji.nl.go.kr)와 국가자료공동목록시스템(http://www.nl.go.kr/kolisnet)에서 이용하실 수 있습니다. (CIP제어번호 : CIP2018021503)」

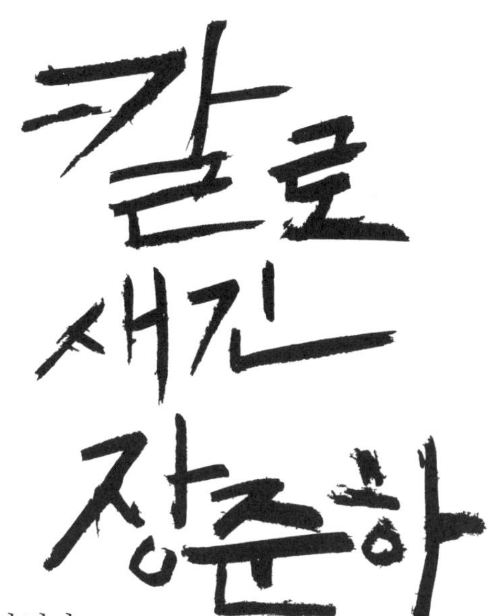

못난 선배가 되지 말자

민중의소리

등불
이동한
2017

스토리

1975년 8월 20일 정상일 중령(보안사령부 수사과장, 현 기무사)이 죽는다. 장준하 선생이 의문사한지 3일 만이다. 이 사건은 숱한 수수께끼를 안고 자살로 종결된다. 국립과학수사연구소도 정 중령이 스스로 목숨을 끊은 것으로 부검소견서를 낸다.

강동일 형사는 보안사와 중앙정보부(현 국정원)가 정 중령의 수사를 방해하자 그의 죽음 뒤에 어떤 비밀조직이 존재하고 있다는 것을 어렴풋이 느낀다.

정 중령의 애인 소영은 강동일 형사를 은밀히 만나 정 중령이 윗선에서 지시한 특수한 임무 때문에 죽기 일주일 전부터 무척 괴로워했으며, 그 임무가 아마도 장준하 선생과 관련된 것 같다고 추측한다. 그날 밤 소영은 싸늘한 시체로 발견된다.

장준하 선생과 정 중령의 잇단 죽음의 진실을 밝히려는 사람들이 나타난다. 정 중령의 부검에 참여한 부검의는 강동일 형사에게 접촉을 시도한다. 그는 신변에 위협을 느끼고 한신일보 김유진 기자에게도 정 중령의 사인과 관련된 진실을 알린다. 소설가 임일수도 장준하를 죽인 세력을 암시한 원고와 판화 134장을 김 기자에게 넘긴다.

김유진 기자는 강 형사를 만나 장준하 선생을 죽인 세력이 바로 말로만 떠돌던 신일진회, 잔존 친일파, 군사쿠데타의 본산 보안사의 소행이지 않을까 의문을 제기하고, 1979년 대통령이 총에 맞아 죽은 뒤 거사에 나선다.

국군보안사령부(보안사)는 1990년 국군기무사령부(기무사)로 명칭이 바뀌었다. 윤석양 이병의 양심 선언 때문이었다. 보안사에 복무하던 윤 이병은 보안사가 정치계, 노동계, 종교계, 재야 등 각계 주요 인사와 민간인 1,303명을 상대로 정치 사찰을 벌인 일명 '청명계획'을 폭로했다. 청명계획은 친위 쿠데타식 비상계엄이 발동될 경우, 방해가 될만한 사람들을 미리 체포하기 위해 마련한 인명부였다. 인명부에는 자택의 가구 배치, 진입이나 도주 가능 경로, 친인척 주거지, 세세한 인적 사항 등이 명시됐다. 노태우는 윤 이병의 양심 선언 이후 전 국민의 분노를 무마시키기 위해 국방장관과 보안사령관을 경질하고, 명칭 또한 국군기무사령부로 변경했다. 윤석양 이병은 군복무 중 보안사에 연행된 뒤 고문을 이기지 못하고 운동권 동료들의 리스트를 털어놓았고, 보안사에서 강제로 대공 및 학원사찰 업무를 80일 동안 담당했다. 그는 양심의 가책을 느끼고 민간인 사찰 계획 대상자 명부철과 세 장의 플로피디스크를 가지고 탈영해 보안사의 공작정치를 만천하에 공개했다. 그가 폭로한 내용은 보안사가 저지른 악행의 단면에 불과했지만 보안사의 흉악한 민낯을 드러내기에 충분했다.

왜 지금 장준하인가?
기무사에 칼끝을 대다

예정된 목표를 쉽게 변경해 본 적이 없었다. 안일하게 목표를 설정하지 않아서였고, 말만 앞세우는 목표는 결과가 초라해서였다. 「칼로 새긴 장준하」는 정말 목표에 없는 집필이었다. 막걸리가 술술 들어가자 덜컥 장문의 글을 쓰겠다고 해버렸다. 장준하 선생 탄생 100주년이 얼마 남지 않았고, 대충 따져 봐도 원고지 1,000매가 훨씬 넘는 분량이었다. 시중에 풀린 장준하 선생 관련 책과 비교될 것도 뻔했다.

다음날 숙취 때문에 골이 쑤실 때 술집이 떠나갈 듯 외쳤던 결의가 생각났다. '이걸 왜 한다고 했을까.' 발등을 찍고 싶었다. 계획이 실패로 돌아갈 걱정은 하지 않았다. 20대부터 컴퓨터 테크니컬 라이터로 책을 냈고, 대기업에 다니면서 이런 저런 글을 쓰며 「방랑」이라는 책자를 계속 발간했고, 10년 넘게 신문사에서 일했으니 내가 하루에 쓸 수 있는 글의 양을 충분히 알았다.

문제는 '잘 쓸 수 있을까'였다. 글 쓰는 재주가 특출한 것도 아니고, 작심하고 주절대는 글쟁이 스타일도 아니고, 하루 종일 글쓰기에 집중할 만큼 강인한 체력도 아니고, 생업을 내팽개치고 장준하 선생의 글에만 매달릴 만큼 남다른 배포가 있는 것도 아니고, 꾸밈없이 글 쓰는 것이 부끄러워 소심해지는 내가 과연 이 과업을 훌륭하게 수행할 수 있을지 겁이 났다.

「칼로 새긴 장준하」는 세상에 나왔다. 장준하 선생의 항일대장정을 판화로 새긴 이동환 작가에게 우수마발 같은 글로 누를 끼치지 않으려는 욕심이 있어서 집필은 더디기만 했지만 계획대로 원고를 탈고했다. 집필 시간이 많지 않았던 건 이해를 바란다. 공부를 미루다 업무 정의가 늦었던 까닭이 가장 크다. 또 장준하 선생에 관한 책을 써보지 않겠느냐는 제안도 늦었고, 작품을 구상할 때 머리가 핑핑 돌아가지 않아 시간도 많이 지체됐다.

「칼로 새긴 장준하」가 독자들에게 열렬한 사랑을 받을 수 있을지 의문이다. 꼭 그게 아니더라도 누군가에게 감동을 선사하는 책, 그마저도 아니라면 청소년들이 공부하는 책으로라도 소중히 읽히길 소망한다. 어차피 글로는 장준하 선생이 직접 쓴 「돌베개」를 뛰어 넘기도 어렵고, 어떻게 쓰더라도 「돌베개」의 감동을 그대로 전하지 못한다. 반세기 늦게 태어난 내가 장준하 선생이었다면 어떠했을까 상상하며 쓰다 보니 사색의 방향도 많이 달라졌다. 저작권 문제로 「돌베개」를 인용하지 못하는 어려움이 있어서 스토리는 차용했지만 모든 문장도 창작해야 했다.

그러나 이 책이 다른 책과 차별화된 점은 확실하다. 장준하 선생의 일대기가 134장의 판화로 삽입된 점이다. 이 책을 읽는 독자들에게 과감히 책장을 잘라내 액자를 만들어 걸어 놓으라고 말하고 싶다. 좋은 작품이란 미적 가치와 사색의 가치, 거기에 더해 가르침의 가치를 아우르는 창작물이다. 이 책에 실린 판화는 어디에 내놓아도 손색없을 만큼 진가가 있다. 글은 '에이, 싱겁네.' 할 수 있어도 판화 만큼은 최고의 역작이라고 자부한다.

「칼로 새긴 장준하」는 장준하 선생의 사망 원인이 실족사가 아니라 타살이라는 전제로 풀어 낸 다큐멘터리 형식의 소설이다. 만약 그가 진정 살육을 당했다면 범죄자는 누구였을까 고민하다가 (너무 당연하지만) 장준하 선생이 살아 있는 것만으로도 진저리가 났을 사람이 죽였을 가능성이 높다는 결론에 도달했다.

스토리의 중심은 고상만 대통령소속의문사진상규명위원회 조사관의 얘기와 그가 쓴 책 「장준하, 묻지 못한 진실」, 「중정이 기록한 장준하」가 모티브가 됐다.

고상만 조사관은 장준하 의문사의 진실을 밝히기 위해 기무사령부(과거 보안사령부)에 장준하 사망과 관련한 자료 제출을 요구했다. 그러나 기무사는 단 한 장의 문서도 협조하지 않았다. 고 조사관은 "우리가 생각하는 이 나라를 실질적으로 지배하고 있는 권력은 신문이나 TV 뉴스에 나오는 그들이 아니라 어느 곳에도 노출되지 않고 우리가 볼 수도 들을 수도 없는 아무도 알기 어려운 은밀한 집단"고 일갈했다.

고 조사관이 말한 은밀한 집단이 누구일까 곰곰이 생각해보니 그 뿌리는 친일파에 닿았다. 정부조직과 군의 권력을 장악한 친일파들이 자신의 뜻에 동조하거나 혹은 명령에 무조건적으로 복종하는 부하들을 사주해 그를 죽였을 것으로 판단했다.

장준하는 목숨을 걸고 일본군에서 탈출해 조국 독립을 위해 싸운 운동가였다. 그러나 반대편에는 비천하게 자기 한 몸의 영화를 위해 조국을 일본에 팔아넘긴 친일파가 있었다. 친일 세력들에게 장준하는 껄끄러운 존재였다. 그를 제거하지 않고서는 자신들의 음험한 야욕을 숨길 수 없었다.

나는 장준하 선생의 죽음을 정적 제거의 목적보다는 잔존한 친일세력의 의지라고 봤다. 독립운동가에 대한 적개심이었고, 조국을 등지고 일본과 미국의 편에 붙어 일신의 안전과 이익을 구하려는 세력으로 봤다. 여기에서 박정희도 자유로울 수 없었다. 살아온 세월이 전혀 달랐던 장준하 선생과 박정희는 현실정치에서 결국 숙적으로 만났다. 저들은 장준하 선생을 제거할 이유가 충분했다. 해방 후 친일파들이 반공세력으로 변신해 면죄부를 받고, 반민특위가 경찰 세력에 의해 해체되고, 독립운동가들이 빨갱이로 몰려 죽임을 당하는 이유와 똑같다.

최근 박근혜 대통령 탄핵안이 헌재에서 기각될 경우 촛불 민심을 억누르기 위해 계엄령 선포를 사전 기획한 기무사 문건이 발견돼 온 나라가 떠들썩하다. 촛불시민이 저항하면 발포까지 고려한 사실도 이 문서에 적시돼 더욱 충격을 줬다. 뿐만 아니라 세월호 유가족의 사생활까지 상시 사찰하는가하면 이명박 정부의 댓글공작과 보수 단체를 이용한 여론공작을 주도한 사실도 밝혀졌다. 과거로 거슬러 올라가면, 기무사는 입에 담기 민망할 정도로 더욱 끔찍하고 참담한 악행을 저질렀다. 갖가지 비밀공작을 배후에서 조정하거나 직접 관여했고 고문과 조작, 방산비리와 병역비리, 공갈과 협박 같은 범죄를 일삼았다.

나는 이 책의 줄거리가 다소 과장돼 현실성이 없어 보일 수 있지만 장준하 선생의 사망과 관련해서는 충분히 소설로 읽힐 근거가 모자라지 않다고 생각한다. 기무사가 장준하 선생의 죽음과 연루된 것은 아닌지 궁금증을 떨칠 수 없었다.

아울러 장준하 선생 죽음의 근원이었던 항일대장정을 얘기하지 않고서는 의문사의 본질을 설명할 수 없었다. 그가 왜 친일파들로 추정되는 세력에게 죽임을 당했는지 이해하려면 그가 청년 시절 어떤 사색을 했고, 사색했던 것들을 어떻게 실천에 옮겼는지 꼭 알 필요가 있다.

「칼로 새긴 장준하」에 실린 이야기는 대부분 「돌베개」가 틀을 이루지만 소설 형식을 기초로 새롭게 창작한 내용이라 원서와 다른 부분이 많고, 상황에 대한 설명도 상당히 틀리다. 그래서 이 책을 보고 장준하 선생에 대해 궁금증이 생긴다면 꼭 「돌베개」를 읽어보라고 권하고 싶다.

나는 장준하 선생에 대해 공부하면 할수록 머리가 복잡했다. 그에 대한 좌우의 평가가 완전히 달랐다.

그가 청년지식인이자, 항일투사라는 것에는 서로 의견을 달리하지 않았다. 그러나 보수 쪽에서는 철저한 반공주의자, 자유민주주의 수호를 위해 조국의 분리 독립을 찬성했으며, 조선민족청년회(족청)에 가입해 이승만의 자유당 창당에 기여한 인물로 평가했다. 진보 쪽에서는 이승만 신봉과 맹목적인 반공주의에 반대해 김구계로 돌아선 인물, 같은 이유로 족청에서도 탈퇴했으며, 독재 정권 타도와 민주주의 수호를 위해 싸운 투사로 기억했다. 특히 1972년 7.4공동성명 이후 조국통일을 최고의 과업으로 아로새겼던 민족주의자로 봤다.

왜 그런 것일까? 나는 장준하 선생이 삶을 살아가면서 조국의 산적한 문제들을 직시하며 현실적인 판단을 달리했다고 본다. 쉽게 얘기하면 좌우의 평가 모두 옳을 수 있다. 독자들도 학도병으로 끌려가 감옥 같은 일본군에서 탈출한 뒤 6천리를 걸어 광복군이 되기까지의 과정을 복기하면 조금이나마 그를 이해하는데 도움이 되지 않을까 싶다. 결론을 내기는 쉽지 않다. 장준하 선생의 얘기를 직접 들어본 적도 없고, 그의 자료가 새롭게 발견된 것도 없다. 객관적인 자료라고 하면 그가 쓴 「돌베개」와 〈사상계〉 등의 잡지에 발표한 글이 전부다. 그래서 어디까지나 장준하 선생에 대한 평가는 독자들의 몫이 될 것이다.

잊지 말아야 할 것은 '왜 우리 민족이 분단조국의 현실을 깨고 통일을 달성해야 하는지'다.

문재인 정권이 들어서면서 민족화해 분위기가 무르익고 있다. 장준하 선생이 살아 계셨다면 어떠했을지 생각하니 가슴이 벅차오른다. 생을 달리하기 전 조국 통일을 최고의 과업으로 여겼던 그는 아마도 뜨거운 눈물을 흘리지 않았을까.

「칼로 새긴 장준하」가 나오기까지 물심양면으로 도와준 〈민중의소리〉 식구들과 바쁜 시간을 쪼개 원고 교정을 봐 준 강보현 선생에게 감사드린다. 또 장준하 선생의 글을 써보지 않겠느냐고 제안한 이동환 화가와 장준하 선생 탄생 100주년을 맞아 기꺼이 전시장을 내어 준 아트비트갤러리에 고마움을 전한다.

무엇보다 장준하 선생을 저세상에 보내고 풍진 삶을 살았을 고인의 유가족에게 깊은 애도와 심심한 경의를 표한다.

2018년 여름, 이동권 쓰다

한 판, 한 판 숨을 몰아쉬며

못난 선배가 되지 말자

한창 국정교과서로 온 나라가 혼란에 빠졌던 그 무렵, 아마도 나는 거기에서부터 시작했는지 모른다.

우연히 들른 동네서점에서 집어든 이 「돌베개」 책은, 세월호 사건 이후 무기력에 빠져 있던 나에게 작은 위안으로 다가왔고, 한 번 읽고 책장을 그대로 덮을 수 없었다.

내 머릿속엔 온통 진흙 밭을 뒹구는 장면, 타는 목마름, 목숨을 건 행군 그리고 벅차오르는 뜨거운 무언가로 가득 찼고. 그 동안 무심했던 지난 역사의 아픈 상처가 지금도 채 아물지 않았음을 알 수 있었다.

'이게 뭐지?'

'내가 할 수 있는 게 무엇일까?'

'나는 지금 어디에 서 있는 걸까?'

스케치북을 꺼내들고, 연필을 쥐고, 조각칼을 잡고, 나무를 어루만졌다.

한 판, 한 판 숨을 몰아쉬며 걷기 시작했다. 아니 함께 철조망을 뛰어 넘고, 지쳐 잠들고, 목 놓아 애국가를 부르며, 험준한 파촉령을 넘어 임시정부의 충칭으로 향해 갔다.

그렇게 장준하 선생님을 뵈었고, 목판에 새기게 되었다.

비록 서툰 솜씨이고 아쉬움도 많이 남지만, 장선생님의 말씀처럼 '못난 선배가 되지 말기를…' 나 역시 바라며, 여기에 작은 디딤돌이 되고자 한다.

2018년 여름, 이동환 쓰다

HWAHONG
KOREA

목차

임일수의 장(章) – 칼로 새긴 장준하, 장준하 일대기

등불

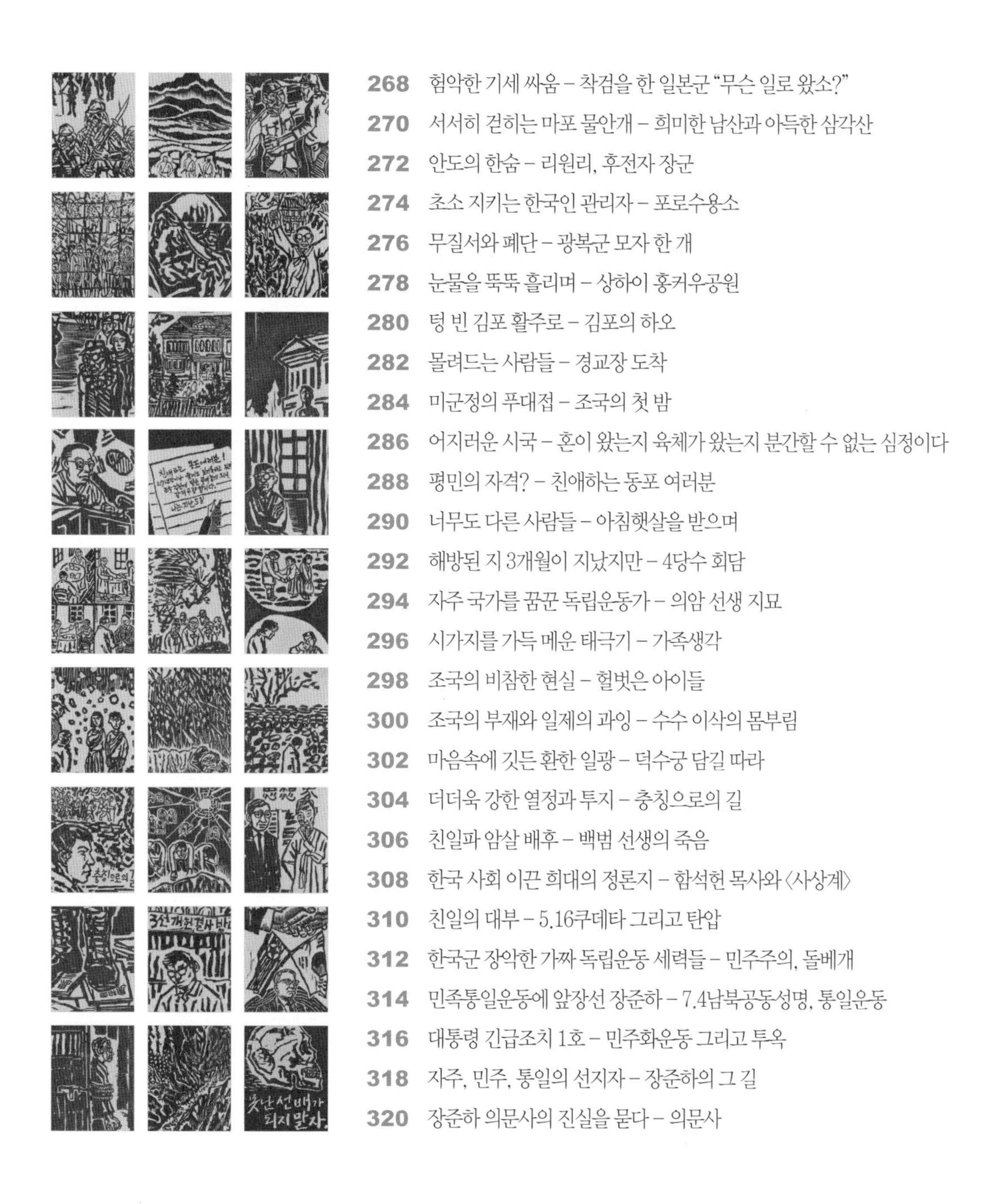
못난선배가
되지말자!

의문의 죽음들
보안사와 비밀조직

김유진 강동일 임일수

류노스케의 밀실
비열한 일족

예리한 칼로 도려낸 종이들이 책상 위에 널렸다. 천박한 문양의 욱일승천기와 누렇게 바랜 일본 군가악보, 일본 천황의 작위를 받는 조선인 사진도 주절주절했다. 제일 위에 놓인 것은 작은 활자가 빼곡히 들어찬 신문 쪼가리였다. 쪼가리 오른쪽 모퉁이에는 붉은 사인펜으로 눌러 쓴 별표가 유난히 선명했다. 한신일보 김유진 기자의 기사였다.

류노스케는 푹신한 의자에 앉아 1975년 8월 18일자 헤드라인 기사를 물끄러미 바라봤다.

'긴급조치 석방 8개월 만에 장준하 실족사'

'함석헌 등 각계 재야 지도자들 장례식장 줄이어'

'산행의 달인이 왜 벼랑으로? 타살 의혹 제기도'

류노스케의 뺨은 뼈만 남은 듯 핼쑥했지만 며칠 잠을 못 잤는지 피부가 부숭부숭 부어올랐다. 솜털이 송송히 돋은 목덜미는 빨그레했다. 손가락으로 세게 틀어쥔 흔적이었다. 뾰족하고 날카로운 코끝에는 점이 박혔고, 얇고 길게 뻗은 입술은 이빨로 짓이겼는지 부르텄다. 그는 겉으론 병색이 완연했지만 자세히 보면 아픈 사람이 아니라 화난 사람처럼 보였다. 굵게 접힌 미간과 아래로 처진 입 언저리, 성형외과 전문의 같은 섬세한 풍모 따위는 전혀 느껴지지 않을 정도로 전체적인 인상이 추비했다.

류노스케는 손으로 담배를 비벼 끄며 중얼거렸다. 정확하게 무슨 말을 했는지 알아들을 수 없었지만 '다레모 시라나이우치니 붓코로시떼야루(誰も知らないうちにぶっ殺してやる, 아무도 모르는 사이에 쳐죽이겠어.)'라는 발음은 똑똑하게 들렸다.

류노스케는 담배 연기가 허공에 흩어지기도 전에 다시 은갑에서 담배를 꺼내 물었다. 끓어 오르는 분노를 참을 수 없었는지 위스키 향이 사라지지 않은 유리잔을 일장기가 걸린 벽을 향해 던졌다. 유리잔은 날카롭고 청량한 소리를 내며 산산조각이 났다.

류노스케는 재일교포 2세로, 한국 이름은 이희철이었다. 그는 평소 자신이 교포라는 것을 밝히지 않고 일본인처럼 행세했다. 그러나 한국인이라는 타이틀이 필요할 때는 달랐다. 삼 년 전 병원에서 과장 진급심사가 시작될 때였다. 선배들은 과장 자리를 놓고 경쟁하던 류노스케의 국적이 일본이라는 점을 내세우며 진급에 우려를 표했다. 류노스케는 자신의 몸에 조선 민족의 피가 흐른다며 기세등등하게 그들과 맞섰다. 속마음은 딴판이었다. 늘 자신에게 일본인의 피가 흐르지 않아 불만이었다. 그는 부끄러운 줄도 몰랐다. 성형외과장 임명이 계속 미뤄지자 돈다발을 들고 병원장을 찾아갔다. 과장급 이상 의사들의 부인들에게는 일제히 명품 가방을 선물로 돌리며 호감을 샀다.

류노스케의 성품은 선대를 그대로 빼닮았다. 자기 자신의 욕망을 채우는 일에 물러서는 법이 없었다.

일제 식민지 시절 일본의 악랄한 탄압에 굴종하지 않았던 사람들은 끝내 옥사하거나 독립군이 되기 위해 만주로 떠났다. 싸울 용기가 없는 사람들은 민족 자존이라는 고갱이를 품고 부역에 동참하지 않았다. 그러나 류노스케의 아버지는 일제 앞잡이 노릇을 하는 사냥개가 됐다. 십대 후반 스스로 상투를 자르고 개명한 뒤 일진회에 가입해 7년 동안 한일합병을 도왔다. 육군대신 데라우치가 조선 총독으로 부임하자 머리를 조아리며 삼배하고 일본군에 입대해 일본인이 됐다. 전역한 후에는 분별없는 치부욕을 드러냈다. 일본인 고관들에게 이례적인 특혜를 받고 장사를 벌여 재물을 긁어 모았다. 종로서 경시정으로 일할 때는 독립운동가들을 색출하고 고문하는데 앞장섰고, 문필에도 능해 연일 내선일체와 징병제를 찬양하는 글을 써대며 친일 선봉장을 자처했다.

류노스케의 할아버지는 구한말 판중추부사를 하던 아버지의 입김으로 아관파천 당시 친로내각의 외부대신이 됐다. 그러나 러일전쟁이 발발한 뒤 일본이 미국과 가쓰라테프트밀약을 맺고 한국의 재배권을 인정받자 친일파로 전향해 을사늑약의 주역으로 활약했다. 그는 그 공을 인정받아 1910년 일본으로부터 백작 작위를 받았고, 조선 총독부 중추원 부의장이 됐다.

류노스케도 그랬다. 일신의 이익을 위해 갖가지 부정한 방법을 동원했다. 대수롭지 않은 일도 과장하고 꾸며 자기 성과로 만드는 파렴치를 일삼았으며, 성욕을 채우기 위해 제자나 병원에서 함께 근무하는 간호사에게까지 보석이나 위력으로 수작을 부려 몸을 탐하기 일쑤였다. 뿐만 아니라 선거 때마다 사조직을 동원해 불법으로 선거운동을 벌이며 이권 쟁탈에 열을 올렸다. 사조직의 실체는 세간에 알려지지 않았지만 군부와 정치인, 재계 인사들이 두루두루 참여한 집단이었다.

류노스케 일족은 일본이 패망한 뒤 가혹한 응징을 면했다. 국민들은 일본 천황에 아부해 조국을 팔아먹고 동포를 괴롭혔던 악종 친일파, 일본군보다 더욱 가증스러웠던 기회주의 반역자들을 색출해 엄중 처단하라고 요구했지만 친일파들은 이승만 정권과 미군정을 등에 업고 주요 요직에 등용되면서 숙청 작업은 흐지부지되고 말았다.

비밀회동
장준하 죽음 하루 뒤

소총을 든 군인들이 효자동 삼거리 한가운데 간이 막사에서 날카로운 시선으로 경계를 섰다. 무궁화 공원 앞에는 검은 양복을 쑥쑥 빼입은 경호원들이 청와대 출입차량을 검문했다. 경호원들은 차량뿐만 아니라 효자동 인근을 거니는 일반인들도 불러 세웠다. 검문은 형식적이지 않았다. 안면이 있거나 용무가 확실한 사람 이외에는 모두 몸을 더듬어 소지품을 확인했다. 주민등록증 사진과 얼굴도 여러 번 대조했고, 가방 안에 든 물건도 꼼꼼히 살핀 뒤 통과시켰다. 지난해 벌어진 영부인 저격 사건 이후 검문검색이 강화된 탓이었다. 그래서 사람들은 효자동 인근을 지나갈 때면 검문을 피해 일부러 옆길로 돌아가곤 했다. 어떤 꼬투리를 잡혀 고초를 치를지 몰랐다.

검문소 앞에 안테나를 구부러뜨린 군용 지프차 세 대가 연달아 나타났다. 앞뒤 두 대가 가운데 차량을 에스코트하는 것 같았다. 멀리서 뒷짐 지고 어슬렁어슬렁 돌아다니던 대통령 수행비서가 달려와 경호원들을 재치고 거수경례를 붙이자 차량은 청와대 방면으로 유유히 사라졌다.

똑똑 노크소리가 들렸다. 대통령은 소파에 앉아 담배를 쥔 손가락을 까딱까딱 흔들었다. 옆에 서있던 비서실장이 머리를 조아리며 문을 열었다. 조심스럽게 안으로 들어온 사람은 보안사령관이었다.

"각하 강건하십니까?"

보안사령관은 절도 있게 경례를 붙인 뒤 모자를 벗고 소파에 앉아 각을 잡았다. 대통령은 보안사령관과 독대하기 위해 서재에 있는 모든 사람을 물렸다. 문밖 경호도 서지 말라는 명령도 내렸다. 105보안부 대장이 장준하 실족사 현장을 방문해 검안한 내용을 대통령에게 보고하러 온 자리였다.

보안사령관은 자부심 가득한 얼굴로 말했다.

"각하, 유해분자 추가 공작이 완료 됐습니다. 재야에서 나오는 타살의혹은 규명불능으로 입을 맞춰 놨습니다. 완벽한 뒤처리를 위해 다음 조치를……."

대통령은 보안사령관의 말이 끝나기가 무섭게 말했다.

"말 나오지 않게 사후 처리를 확실하게 하도록."

그해 단 한 번도 만나지 않았던 두 사람은 장준하가 사망한 다음날 처음으로 만나 47분간 은밀한 대화를 나눴다.

보안사령관은 의미심장한 표정으로 대통령 집무실에서 성큼성큼 걸어 나왔다. 방긋 웃는 얼굴로 그를 마중 나온 사람은 영부인을 똑 닮은 영애였다. 머리스타일이나 의상, 몸을 가누는 모양새 모두 영부인과 판박이였다. 영부인이 광복절 기념식장에서 재일교포가 쏜 총에 맞고 숨지자 그녀가 퍼스트레이디 자리를 대신했다. 그 옆에는 연두색 긴 치마를 깔끔하게 차려입고 찬미소를 입가에 문 묘령의 여인이 있었다. 대통령을 들먹이면서 대기업들에게 '삥'을 뜯어 흥청망청 쓰고 다니는 최 목사의 딸이었다. 영부인은 죽기 전 최 목사의 최면술에 흥미를 갖고 그를 청와대로 불러들였다. 그것이 인연이 돼 최목사의 딸은 청와대를 제 집처럼 들락날락거리며 영애의 비선 비서로 시종했다.

대통령과 보안사령관의 독대가 끝날 즈음, 류노스케는 초조하게 전화를 기다렸다. 출전을 기다리는 군인처럼 걷잡을 수 없는 불안에 휩싸인 얼굴로 멍하니 전화기만 쳐다봤다. 뒷골이 욱신욱신 쑤셨는지, 목을 양옆으로 꺾는 동작을 반복했다. 따르릉따르릉 전화벨소리가 울렸다. 류노스케는 재빠르게 수화기를 들었다. 그는 벨소리를 질색했다. 벨소리가 길어지면 분노조절장애를 앓는 사람처럼 얼굴이 벌겋게 달아올랐고, 벨소리가 더 길어지면 미칠 듯이 고함을 지르며 책상 위의 물건을 죄다 바닥에 내팽개쳤다.

류노스케는 손톱을 잘근잘근 씹으면서 수화기 너머에서 들려오는 목소리에 집중했다. 저주와 증오가 들끓어 오르는 충동을 가까스로 참아 왔다는 표정이었지만 어느새 그의 얼굴에는 초조함이 사라지고 야비한 웃음기가 돌기 시작했다.

"모가지 딸 사람이 있는데 말야. 높은 데서 움직이기에는 모양새가 좋지 않아. 중정이나 보안사도 마찬가지고. 아무도 모르게 사고로 위장할 방법이 없겠나? 자네가 성분 좋은 애로 하나 물색해 봐. 목에 칼이 들어와도 꿈쩍 안 할 놈으로."

류노스케는 책상 위에 놓인 사진을 들여다보며 음흉한 미소를 지었다. 그가 비열한 계교를 머릿속에서 떠올릴 때마다 짓는 미소였다. 그의 간악한 미소 뒤에는 언제나 술책과 가태가 넘쳤다. 살무사가 혓바닥을 널름거리며 먹이를 낚아채 듯이 사악한 무자비와 위선을 미소 뒤에 숨겼다. 어쩌면 그에게는 믿음이나 신뢰보다 거짓과 배신이라는 단어가 잘 어울렸다. 그러나 제아무리 나쁜 일이라도 목적을 달성하기 위해서는 끈기와 용기, 인내라는 미덕이 필요했다. 그는 그런 점에서 탁월한 재능을 발휘했다. 비록 사람들을 깔보고 업신여기며 등쳐먹고 살았지만 명석한 두뇌와 선뜩선뜩 차갑게 몰아치는 카리스마로 제법 병원 내에서는 인정받는 의사였다.

임일수
베일에 싸인 사내

김유진 기자는 아침부터 머리가 지근지근했다. 차라리 감기에 걸려 드러누웠으면 좋겠다며 쓴 입맛을 다셨다. 간첩 색출을 알리는 소식을 머리기사로 내라는 사회부장의 닦달 때문만은 아니었다. 구태의연한 간첩 조작 사건에도 신물 났지만 정부에 비판적인 기사를 쓰지 못하는 것이 더욱 힘들었다. 엄혹한 시절에 별일 당하지 않으려면 시키는 대로 할 수밖에 없었다.

쥐도 새도 모르게 사람들이 사라졌다. 말 한마디 잘못하면 영문도 모른 채 끌려가 고문을 받고 간첩이 됐다. 동베를린 간첩단이 그러했고, 유럽거점 간첩단이 그러했으며, 재일동포 유학생 간첩단이 그러했다. 또 민청학련 같은 사건으로 1천여 명이 구금당했고, 죄가 없는데도 불구하고 형을 선고한지 하루도 지나지 않아 전격적으로 사형을 집행하는 사법살인도 벌어졌다. 만신창이가 된 몸으로 불구가 되거나 가족들이 시신이라도 수습할 수 있으면 그나마 다행이었다. 행방불명된 가족의 생사조차 모르는 유족들의 오열은 30년 내내 끊이지 않았다. 언론사에도 함구령이 떨어졌다. 지시를 어기거나 정권의 비위에 맞지 않은 기사를 쓰면 살해 협박이 뒤따랐고, 한 언론사에는 기자 200명을 무더기 해고하라는 명령도 떨어졌다.

김 기자가 어제부터 심한 두통에 시달리게 된 원인은 언론인이자 출판인, 정치인이자 통일운동가였던 장준하의 실족사였다. 그는 사고 당시 정황과 증인의 주장을 비교하면서 장준하 사인에 얽힌 여러 가지 의문점을 기사로 써냈다. 그러나 신문에 보도된 내용은 장준하의 실족사를 확실시했다. 목격자 김용환의 진술과 법의학자들의 진술을 100% 반영해 사고사라고 단정지었다. 김 기자가 의혹을 제기한 부분은 모두 삭제됐고 '산행의 달인이 왜 벼랑으로? 타살 의혹 제기도'라는 제목 한 줄만 딸랑 반영됐다.

장준하는 안으론 민주화운동 세력 통합에 앞장섰고 밖으론 유신 독재에 반대하면서 민족통일운동에 전력을 다했다. 조국의 민주주의를 수호하고, 조국의 평화통일을 완수하기 위해 혁명의 광장에 나가는 투사처럼 한목숨을 바칠 준비가 된 사람이었다. 그랬던 사람이 갑자기 어이없는 사고로 죽자 김 기자는 자연스럽게 물음표를 달았다.

김 기자는 심장이 쪼이는 것 같은 통증을 느꼈다. 정권의 외압 때문에 기사가 삭제된 게 아닌지 의문이 들었다. 무엇보다 장준하의 진정성과 인간됨을 익히 알고 있었기에 그의 죽음은 커다란 충격과 안타까움으로 다가왔다.

김 기자는 지난해 말부터 하루도 쉬지 않고 연재 기사에 매달렸다. 신년 벽두부터 일주일에 한 꼭지씩 해방 30주년 특집기사를 준비했다. 그 중심에는 장준하가 있었다. 장준하는 성심껏 김 기자를 도왔다. 기사 주제를 잡는 수고를 마다하지 않았을 뿐더러 서른 두 건의 기사가 나가는 동안 일일이 틀린 부분을 바로잡아주며 격려했다. 김 기자는 이제 장준하를 만날 수 없다는 생각이 들자 자괴감에 빠졌다. 자신이 그를 위해 마지막으로 할 수 있는 것은 오로지 하나, 죽음의 진실을 밝혀 내는 일뿐이라고 생각했다.

김 기자는 해방 특집기사를 준비하면서 취재원의 입에서 나온 '비밀조직' 얘기를 마이동풍으로 흘려들은 적이 있었다. 일제 식민지 시절에나 존재했던 친일 조직이 50년이 지난 지금까지도 명맥이 끊기지 않고 내려 온다는 얘기였다. 그는 말도 되지 않은 소리라 여기고 가벼이 넘겼다. 하지만 장준하의 허망한 죽음을 겪고 난 뒤 모든 여지를 열어 놓기로 했다. 그의 죽음을 역추적해보면 그를 눈엣가시처럼 여길 사람들의 뿌리는 친일파 족속밖에 없었다.

"선배, 임일수가 누구야. 선배한테 전해 달라고 서류봉투를 들고 왔네."

골똘히 상념에 잠긴 김 기자를 현실로 소환한 건 후배의 또랑또랑한 목소리였다. 김 기자는 후배에게 서류봉투를 받아들고 한참 동안 임일수라는 이름 석 자를 동시에 떠올려야 했다. 임일수가 누군지 기억나질 않았다. 그는 손가락을 탁자 위에 올려놓고 볼펜을 만지작거리다 '일수가 사납다.'라는 문장이 머릿속에 맴돌자 임일수가 생각났다. 김 기자는 임일수를 만났을 때 '일수가 나빠 별의별 일을 다 겪네.'라며 혼자 웃고 만 적이 있었다.

김 기자가 서대문 사거리 모퉁이를 돌아설 무렵이었다. 모자를 눌러 쓴 50대 남자가 나타나 기사제보를 할 게 있다면서 김 기자를 골목 안으로 서둘러 데려갔다. 그는 김 기자에게 무례하게 굴어 미안하다는 말과 함께 자기 이름을 임일수라고 소개했다. 그리고 정중한 어조로 기사를 제보하면 취재원을 보호해줄 수 있느냐, 제보 내용에 신빙성이 있으면 취재를 해줄 수 있느냐고 물었다. 김 기자는 보도를 못하는 경우는 생길 수 있지만 보도가 된 경우에는 목에 칼이 들어오지 않는 이상 취재원을 지켜준다고 답했다. 임일수는 한동안 김 기자의 얼굴을 쳐다보다 아무런 얘기도 없이 홀연히 사라졌다. 김 기자는 순간적으로 기분이 언짢고 머릿속이 뒤숭숭했지만 기자라는 직업상 겪게 되는 일로 여기고 한동안 잊어버렸다.

김 기자는 장준하의 죽음이 뇌리에서 사라지지 않았다. 그는 임일수가 건넨 서류봉투는 책상 서랍에 밀어 넣고 어떻게 하면 그의 죽음을 둘러싼 의구를 풀 수 있을지 골몰했다.

2025년을 위하여
죽인 자가 남긴 메모

1975년 8월 23일. 경찰청 안은 음습한 기운이 가득했다. 삼일 전 일어난 살인사건 때문이었다. '해결사' 라는 별칭이 따라다니던 강력계 강동일 형사도 침묵할 수밖에 없었다. 피살된 사람은 정상일 중령(보안사 수사과장)이었다. 증거는 없었다. 범인이 갈긴 것으로 보이는 메모만 유일했다. 부검 결과가 나와 봐야 알겠지만 현장에서는 어떠한 살해 흔적도 발견되지 않았다.

강 형사는 사건의 단서조차 잡지 못한 채 이틀 동안 범인이 남긴 짤막한 메모만 뚫어지게 바라봤다. 정 중령 사체의 머리맡에 덩그러니 적힌 글씨는 '2025년을 위하여'였다. 그는 고개를 갸우뚱거리며 사색에 잠겼다. '2025년이라면 50년 뒤라는 얘긴데, 무슨 뜻일까?' 강 형사는 50년 후면 아흔 살이었다. 쭈글쭈글한 얼굴로 죽을 날만 기다리거나, 아니면 이미 선산에 묻힐 나이였다. 그는 이 메모가 살인사건의 단서라고 단정했지만 2025년이 무엇을 뜻하는지 도통 감을 잡을 수 없었다. 메모는 그를 조롱하는 것처럼 갖가지 물음표만 꼬리에 꼬리를 물게 했다.

강형사는 개인이 아니라 공권력, 나아가 더 큰 권력이 정 중령을 죽인 범인일지 모른다고 직감했다. 그가 그렇게 판단한 이유가 있었다. 강 형사는 사건현장을 감식하러 동료 형사들과 함께 정 중령의 집에 들렀다. 그러나 방문은 허락되지 않았다. 살인사건 담당 형사인데도 불구하고 접근조차 할 수 없었다. 강 형사 일행을 막은 건 보안사와 중앙정보부(현 국정원)였다.

현장 조사는 이틀이 지나서야 승인됐다. 강 형사는 왈칵 짜증이 몰려왔지만 권력에 대항할 힘이 없었다. 검정 양복을 입고 나타난 중앙정보부와 보안사 인간들에게 넌덜머리가 날 뿐이었다. 너무나 많은 살인이 국가권력에 의해 자행됐다. 사전에 모든 조서가 꾸며졌고, 수사를 방해하는 압박이 시시때때로 벌어졌다. 하지만 정 중령 사건은 좀 특이한 게 있었다. 아무리 진실을 감추려 해도 꼬랑지가 잡히기 마련인데, 이번 사건은 단서라고 할 만한 게 아무 것도 없었다. 대신 칼에 베인 상처 부위는 너무 정교해 의문이 들긴 했다. 예리한 칼로 잘린 돼지고기처럼 상처 단면이 너무나 깨끗했고, 저항의 흔적도 전혀 없었다.

강동일 형사를 괴롭히는 사건이 또 하나 있었다. 제발로 강 형사를 찾아와 대마초를 폈다고 자수한 소설가 임일수였다. 형사생활 10년 만에 임일수 같은 독종은 처음 봤다. 좋게 말하면 목에 칼이 들어와도 주인을 배반하지 않을 충신이었지만 나쁘게 말하면 코브라 같은 독사였다. 대화의 주도권을 쥐고 강 형사를 농락하는 솜씨가 대단했다. 바늘로 찔러도 피 한 방울 나지 않을 정도로 용의주도하게 취조를 피했고, 개인 신상에 관련된 얘기는 모두 묵비로 일관했다. 강 형사는 이틀이 지나고 나서야 이전의 취조 방식으로는 그를 설득할 수 없다고 판단했다. 다른 접근방식이 필요했다.

얼굴이 해쓱하게 가라앉은 사람은 강 형사만이 아니었다. 한 달 전부터 연쇄적으로 발생하는 강도, 방화, 성폭행, 청소년 강력범죄로 시경 안의 풍경은 날카로웠다. 강 형사와 한 팀인 김철수 형사도 신경이 예민해져 걸핏하면 신경질을 부렸다. 강 형사가 이성적이고 차분한 성격이라면 김 형사는 감정적이고 정이 많았다. 기분에 따라 충동적으로 행동하는 사춘기 소년 같았다.

시경 안에서 가장 다채로운 반응을 보인 사람은 윤정길 반장이었다. 윤 반장은 요즘 들어 부쩍 늘어난 강력사건 때문에 목소리가 커졌지만 정 중령 살인사건이 벌어진 뒤에는 목소리가 팍 수그러들었다. 수사의 한계와 형사들의 압도적인 스트레스를 감지했기 때문이었다. 윤 반장은 형사생활을 오래했던지라 후배들을 닦달하는 것도 사무실 분위기에 따라 매번 방법을 달리했다. 그는 너무 화가 나면 참아버리는 성격이기도 했다. 윤 반장의 신중한 성격을 아는 형사들은 그가 조용히 있을 때 더욱 초조해했다.

형사들은 신경을 곤두세워서인지 조그만 소리에도 예민하게 반응했다. 사건 언급도 서로 서로 피했다. 어제만 해도 아침부터 부산하게 바깥을 나돌던 형사들도 외출을 자제하고 자리에 조용히 앉았다. 갈피를 못 잡고 전전긍긍하는 것이 그대로 느껴졌다.

윤 반장이 시경의 피곤한 분위기를 바꿔보려는 듯 책상을 오른손으로 탁 내려쳤다. 형사들은 일제히 반장을 쳐다보면서 탁 하는 소리에 민감하게 반응했다. 윤 반장은 차갑고 신경질적으로 말했다. 지금까지 봐왔던 그의 모습이 아니었다.

"이봐. 지금 뭣들 하고 있는 거야. 이사분기 실적은 바닥이고 범죄 발생건수는 최고야. 강도는 삼일마다 들락날락거리고, 며칠 전에는 살인사건까지 일어났어. 더 이상 긴말 안 할 테니까 범인 잡아와. 다들 왜 앉아 있어. 다 나가."

형사들은 윤 반장의 갑작스러운 노염에 당황했다. 책상 위에 놓인 서류를 펼쳐 보거나 주섬주섬 자리에서 일어나 점퍼를 걸쳤다. 윤 반장은 그 사이 다른 형사들 몰래 강 형사와 김 형사를 손가락으로 번갈아 가리키며 취조실로 불렀다. 두 형사는 겸연쩍은 표정으로 뒷머리를 긁적이며 그를 뒤따랐다. 윤 반장이 무슨 얘기를 할 것인지 어렴풋이 짐작한 듯한 얼굴이었다.

비밀수사
다시 처음부터

취조실 알전등이 환하게 켜졌다. 가운데에는 책상과 의자가 놓였고, 한쪽 벽면에는 밖에서만 볼 수 있는 유리창이 널찍했다. 사람들은 갖가지 이유로 이곳에 끌려와 조사를 받았다. 강동일 형사도 젊었을 때 취조실 눅눅한 마룻바닥에서 물에 흥건하게 젖은 채 깨어난 적이 있었다. 최루제로 뒤범벅이 돼 잡혀와 흠씬 두들겨 맞은 뒤였다. 공안 당국은 그에게 더 이상 학생운동에 가담하지 못하도록 형무소와 해병대 둘 중 하나를 택하게 했다.

강 형사는 해병대에서 3년을 야인처럼 보내다 제대한 뒤 학업을 중단했다. 한국이라는 나라에서 더 이상 공부 같은 것을 하고 싶지 않았다. 그는 육 개월을 핑핑 놀다 경찰공무원이 됐다. 경찰에 대한 존경심은 없었다. 경찰이 되면 공안경찰, 폭력경찰의 이미지를 바꾸는데 일조해보겠다는 소망 하나였다.

윤종길 반장이 낭랑한 목소리로 무겁게 가라앉은 취조실의 분위기를 환기했다. 그는 위암 수술을 받고 의기소침해 보일 정도로 큰 체구가 볼품없이 오그라들었지만 음성만은 여전히 왠지 모를 위엄과 지도력으로 가득했다.

"강 형사. 보안사에 가봤어? 정상일 중령의 주변 인물들을 만나봐야 하지 않을까."

"아닙니다. 오리무중이에요. 살인사건이 났는데도 보안사 출입이 허가되지 않아요. 동료들도 다들 모로르쇠로 일관하고요. 무슨 꿍꿍인지 모르겠어요. 정 중령 사건 뒤에는 뭔가가 있는 것 같아요. 살벌한 시국에 보안사 다니는 사람이 죽다니, 부패한 쓰레기 냄새가 펄펄 풍기네요."

김철수 형사는 아무 말도 하지 않고 담배만 축냈다. 그의 생각도 강 형사와 비슷했다. 해결책보다는 막연한 심증과 추측만 무성했다. 오로지 15년 형사생활 '깜냥'으로 그럴듯한 추론만 할 뿐이었다.

윤 반장은 두 형사의 애매모호한 반응에 한숨을 내쉬었다.

"우리 시경의 자존심이 걸린 문제야. 중정, 보안사에서 경찰을 밖으로 내돌리고 있다고. 통속적인 방식의 수사로는 풀리진 않을거야. 뭔가 뾰족한 단서나 목격자가 필요해. 이건 비밀인데 말이야. 오늘 아침에 청장님한테 전화가 왔어. 정 중령 사건에 깊숙이 개입하지 말고 국과수 부검 결과에 따라 평상시대로 처리하라더군. 좀 이상하지 않아?"

두 형사는 '평상시대로 처리하라'는 말에 실소했다. 시작부터 비상식적이어서 수사 자체가 불능 상태였다. 대부분 범인은 수사와 추론, 미행과 잠복 그리고 감으로 잡았다. 과학수사가 발달하지 않아 범인 색출은 모두 형사 개인의 능력으로 좌지우지 됐다. 그러나 정 중령 사건은 수사 한 번 제대로 하지 못하고 그대로 종결되는 모양새였다. 강 형사는 고개를 갸우뚱하며 말했다.

"국과수에서 자살로 발표하면 수사 종결이겠네요. 목에 칼로 베인 자국이 선명한데, 그걸 어떻게 설명할지 기대 되네요."

윤 반장은 중얼중얼 늘어놓는 강 형사의 푸념을 무시하고 강한 어투로 말했다.

"이유는 잘 알잖아. 보안사는 막강한 권력을 가진 곳이야. 우리 목숨도 보장할 수 없으니 입조심 하라고. 밖으로 전혀 노출되지 않은 조직에서 궂은일을 도맡아 하는 사람이 어느 날 시체로 발견된 거야. 정권의 개가 죽은 거지. 그런데도 보안사에서는 이렇다 할 입장을 밝히지 않아. 경찰 출입도 허락하지 않고. 한바탕 난리 치던 언론들도 갑자기 조용해졌어. 무슨 지시가 내려진 것처럼 모든 언론사들이 일제히 보도를 멈춰 버렸다고. 오늘은 수사가 어떻게 진행되는지 물어보지도 않아. 뒤에 뭔가가 있어. 사건이 종결되더라도 두 사람이 틈틈이 정 중령 사건을 챙겨 줬으면 하는데."

윤 반장은 속이 타들어갔다. 입 안에 침이 말라 뻑뻑한지 커피 한 모금을 들이키며 말을 이었다.

"강 형사, 김 형사. 처음부터 다시 사건을 차근차근 짚어 봐. 정 중령 집부터 현장검증 다시하고. 보안사에 들어가는 건 쉽지 않을 테니 피해자 집부터 샅샅이 살펴보는 게 중요할 것 같아. 잘 찾아보면 뭔가 단서가 나오지 않겠어? 이 사건은 두 사람에게 전적으로 맡긴 거니까 다른 형사들 모르게 진행했으면 해. 말이 새어 나가기 시작하면 바로 청장님 전화 오고, 잘못되면 남영동 대공분실이야."

강 형사와 김 형사는 별다른 대답 없이 자리에서 일어나 취조실을 나갔다. 승인도, 거절도 할 수 없었다. 사건을 계속 맡는다 해서 뾰족한 수가 생길리 없었고, 사건을 포기한다고 해서 찝찝한 기분이 없어질리 만무했다.

두 사람은 업무 분장을 다시 했다. 강 형사는 사건기록부터 다시 꼼꼼하게 살핀 뒤 국과수와 외부 전문가들과 만나 의논하기로 했다. 김 형사는 정 중령의 집안을 둘러보고, 주변 인물들을 다시 만나 탐문수사를 진행하기로 했다. 그러나 마음속은 온통 의문과 불확실로 가득했다. 두 사람은 이 사건의 결정적인 단서를 찾는다고 해서 무엇을 바꿀 수 있을지 부정적이었다. 막강한 힘을 휘두르는 절대 권력에 어떻게 저항할 수 있을지, 기운 빠지고 덧없었다.

가룟 유다와 셀롯 시몬
목에 칼이 들어오기 전에

김유진 기자는 빽빽하게 잡힌 취재 일정을 앞당겨 끝마치고 책상 서랍에 넣어 둔 숙제를 꺼냈다. 임일수가 김 기자에게 보낸 서류봉투였다. 봉투는 쉽게 열어 볼 수 없도록 테이프로 칭칭 감겨 있었다. 물에 빠져도 젖지 않을 정도로 꼼꼼했다. 그는 문구용 칼로 서류봉투 위쪽을 쓱 그었다. 봉투에는 묵직한 원고 뭉치와 판화 그림 134장이 들어 있었다. 편지도 동봉됐다. 겉면에는 '목에 칼이 들어오기 전에는 비밀을 지켜 달라.'는 글씨가 쓰였다. 그가 임일수에게 했던 말이었다.

김 기자는 서류봉투를 들고 청다방으로 향했다. 사무실을 유영하며 기자들을 감시하는 사회부장의 눈길에서 벗어나고 싶었다.

다방 안은 아직 이른 시간이어서 그런지 손님도 별로 없고 분위기마저 칙칙했다. 카운터 옆, 댓돌을 붙여 만든 화단에 핀 개망초만이 곱다랬다. 개망초는 겉으로 보면 작은 국화 같지만 꽃잎은 하얗고 암술대는 노랗게 불거져 생김새가 완전히 달랐다. 김 기자는 개망초를 보고 얼굴을 찡그렸다. 들판에 피는 풀꽃을 어떻게 옮겨 심은 지 알길 없었지만 송 마담이 예뻐서 키운다고 하니 별다른 얘기는 꺼내지 않았다.

개망초는 망국의 꽃으로 불렸다. 한국은 산천에 개망초가 퍼질 때 일본에게 나라를 빼앗겼다. 일본은 한국의 외교권을 박탈하기 위해 강제로 을사조약을 체결하고, 조선인들을 동원해 전국 방방곡곡을 연결하는 철도를 건설했다. 전쟁물자와 식량을 원활하게 일본으로 빼돌리기 위해서였다. 그때 일본은 레일 밑 침목을 외국에서 수입해 사용했다. 그 침목에 개망초 씨앗이 묻어 와 그 꽃이 이 땅에 퍼지게 됐다. 그래서 선조들은 그 꽃을 망초, 혹은 개망초라고 불렀다.

김 기자는 임일수가 보낸 편지부터 펼쳤다.

'내가 이 원고를 당신에게 보낸 이유는 어제 비보를 들었기 때문이오. 장준하 선생의 죽음을 잘 아실 거요. 나는 장 선생을 죽인 사람들이 누군지 알고 있소. 내가 보낸 원고를 읽어 보면 김 기자도 눈치 챌 것이오. 역사는 되풀이되고, 사라져야 할 반역자들의 야욕은 아직도 멈추지 않고 있소. 부디 이 나라를 위해, 우리 민족을 위해 결단을 내려주길 바라오. 장준하 선생이 직접 쓴 「돌베개」라는 책이 있소. 그러나 그 책은 장 선생의 위대함은 발견할 수 있을지 몰라도 죽음의 원인을 추적 하기엔 좀 부족하오. 내가 쓴 원고는 아마도 먼 훗날에나 세상에 공개되지 않을까 싶소. 지금 이 원고가 세상에 나오면 정권은 나와 김 기자를 가만 두지 않을 것이오, 그러나 김 기자가 용기를 내준다면 가능할지 모르겠소. 아니, 가룟 유다가 사라진 뒤에도 괜찮소. 언제라도 셀롯 시몬의 정의를 세워 주시오. 판단은 김 기자에게 맡기겠소.'

김유진 기자는 조심스럽게 임일수가 보낸 원고 뭉치를 펼쳤다. 원고 제목은 「칼로 새긴 장준하」였다. 그는 갑자기 흥미가 났다. 제목 때문은 아니었다. 김 기자는 평소 장준하를 존경했다. 장준하가 일본군에서 탈출한 뒤 6천리를 걸어 임시정부에 갔던 여정을 기록한 책 「돌베개」도 이미 읽어 익히 알고 있었다. 그의 구미를 확 당긴 것은 제목 아래에 조그맣게 쓰인 부제 '가룟 유다와 셀롯 시몬'이었다. 김 기자는 임일수의 원고가 단박에 '배반'에 대한 이야기라고 직감했다.

가룟 유다는 예수의 12제자 중 한 사람이었다. 그는 은30세겔에 예수를 배반하고 원수에게 예수를 팔아넘겼다. 당시 은30세겔의 값어치는 황소가 노예를 죽였을 때 배상하는 금액이었다. 유다는 탐욕이 많았다. 제자단에서 회계를 맡는 동안 돈을 몰래 빼돌려 자기 주머니를 채웠다. 반면 시몬은 혁명가였다. 극명한 민족주의자였고, 모든 일에 열정적이었으며, 형제애가 강한 인물이었다. 김 기자는 가룟 유다를 대통령으로, 셀롯 시몬을 장준하로 생각했다. 한민족이 고난과 핍박을 받았던 시대에 아주 다른 삶을 살았고, 결국 숙적이 됐던 두 사람은 그들의 궤적과 닮아 있었다.

장준하는 조선 독립을 위해 싸운 광복군이었다. 그러나 대통령은 광복군에 총부리를 들이댄 일본군 중위였다. 대통령은 1940년 일본 제6군관구 사령부 초급장교 양성학교인 신경군관학교에 들어갔다. 2년간의 군사교육을 마친 뒤 1942년 일본육군사관학교 3학년에 편입했고, 1944년 일본 육군사관학교 제57기로 졸업했다. 그는 1945년 8월 15일 광복 이전까지 일본군으로 복무하며 일제에 대항하는 애국자들을 토벌했다. 이승만 대통령이 물러난 이후에는 쿠데타를 일으켜 군부독재정권의 수장이 됐고, 장준하는 그에 맞서 자유민주주의와 조국통일을 실현하기 위해 싸웠다.

김 기자는 서글펐다. 인간이 없고, 박애가 없고, 평화가 없는 이 시대에 장준하 같은 사람이 꼭 필요했다. 대통령은 탐욕에 눈이 멀었다. 사리판단을 할 수 없는 지경에 도달했다. 인간도, 민족도, 국가도 안중에 없고, 오로지 자신의 욕망을 해결하기 위해 사람들을 잡아가두고 죽였다. 끝없는 탐욕은 괴로움을 잉태했다. 혼자만의 괴로움으로 끝나지 않고 다른 사람들까지 희생시켰다. 탐욕은 스스로 죄를 짓게 만들기 때문에 대통령은 죄인이었다. 김 기자는 대통령이 지금은 황제처럼 군림하지만 유신 시대를 정리하는 비극적 종말이 곧 다가올 것이라고 확신했다. 죄를 짓는 사람은 죽어서라도 죗값을 받는 게 이치였다.

소영의 편지
더해가는 궁금증

강동일 형사는 정상일 중령의 사건 기록 서류를 옆구리에 끼고 청다방에 들어갔다. 송 마담이 통통하게 오른 볼살을 두 손으로 어루만지며 강 형사를 반갑게 맞았다. 송 마담은 한복과 기모노의 중간 정도로 보이는 옷을 입었다. 앞에서 보면 한복 같았지만 뒤에서 보면 영락없는 기모노였다. 강 형사는 송 마담의 인사를 받아 줄 기분이 아니었다. 정 중령 사건 때문에 마음이 무거워 대답하는 듯 마는 듯 손을 대충 흔들고 중앙테이블에 앉아 담배를 꺼내 물었다.

김유진 기자가 창가 자리에 홀로 앉아 독서삼매경에 빠져 있었다. 강 형사는 아는 척이라도 해야 할까 고민하다가 그냥 담뱃불을 붙였다. 이유는 같았다. 평상시에 기자들에게 잘 보여야 어려운 상황에 닥쳤을 때 조금이라도 도움을 받을 수 있었지만 정 중령 사건 때문에 골치가 쑤셔 억지로 웃기가 힘들었다.

강 형사는 정 중령의 죽음을 처음부터 짚어나갔다. 하지만 생각하면 할수록 더욱더 미궁에 빠져들었다. 범인이 남긴 '2025를 위하여'라는 글씨만 머릿속에 맴돌았다. 그는 테이블 위에 사건기록 문서를 툭 던져 놓고 손바닥으로 머리 꼭대기 백회혈을 두드렸다. 몸도 무겁고, 지근지근 쑤시는 두통도 번개를 쳤다.

송 마담은 강 형사의 기분이 별로인 것처럼 보여 머뭇거렸다.

"강 형사님…무슨 일 있으세요? 낯빛이 안 좋아 보여요. 쌍화차 드릴까요?"

송 마담이 아양스럽게 향수 냄새를 풍기며 말했다.

"별일 아니에요. 신경 쓰지 말아요."

강 형사는 귀찮은 듯 잘라 말했다.

"다른 사람은 속여도 저는 못 속여요. 제가 이래봬도 눈썰미 하나는 끝내줘요."

송 마담이 강 형사의 기분을 달래주려고 능청맞게 말을 붙인 것이 화근이었다. 마음이 풀리는 게 아니라 오히려 성질만 돋우는 꼴이 됐다. 그는 송 마담에게 버럭 목소리를 높였다.

"아이 참. 괜찮다니까요. 차나 줘요."

"알았어요, 소영아. 형사님한테 쌍화 한 잔 올려."

강 형사는 턱을 쳐들어 허리를 뒤로 젖히고 눈을 감았다. 송 마담은 교태를 부리듯 강 형사를 흘겨보는 척하면서 책상 위에 놓여 있는 문서를 유심히 살폈다.

강 형사는 도통 감을 잡을 수 없었다. '정상일 중령은 도대체 누구일까? 왜 그는 죽었을까? 국가권력이 저지른 일이라면 같은 편을 굳이 죽일 필요까지는 없다. 단순강도도, 치정 문제도 아니다. 개인적인 원한도 조사해 봤지만 별다른 게 없다.'

소영이 쌍화차를 탁자에 조심스럽게 내려놨다. 소영은 다방에서 일하기에 아까울 정도의 미모였다. 게다가 매우 지적이었다. 그녀가 어느 정도까지 공부했는지 아는 사람은 없었지만 많이 배운 티가 눈빛에서부터 풍겼다. 하지만 소영은 강 형사가 좋아하는 스타일도 아니었고, 그는 여자에게 별 관심도 없었다. 땀으로 범벅돼 뒤엉키는 걸 그다지 즐기지 않았다.

강 형사가 찻잔을 들자 잔 밑에 계산서 용지가 놓여 있었다. 한 번도 없었던 일이었다. 청다방은 차와 함께 계산서를 내놓지 않았다. 장부도 따로 만들지 않았다. 마담은 손님이 어떤 차를 마셨는지 일일이 기억했다가 나갈 때 액수를 불렀다. 그는 소영을 뚫어지게 쳐다보면서 계산서 용지를 집어 들었다. 소영은 송마담과 얘기만할 뿐 그에게 눈길 한 번 주지 않았다.

강 형사는 네 번 접힌 계산서 용지를 폈다. 또렷한 윤곽의 글씨가 꺼뭇꺼뭇했다. 연필로 잔뜩 힘주어 쓴 글씨였다. 강 형사는 다시 한 번 소영을 힐끗 쳐다본 뒤 글을 읽었다.

'오늘밤 9시 페르시안 호텔 커피숍에서 만나요. 이상한 얘기를 들었어요. 만나서 얘기해요. 송 마담을 조심하세요. 이 편지도 비밀로 해주시고요. 소영이가.'

강 형사의 눈가가 살며시 떨렸다. 왠지 모르게 '송마담을 조심'하라는 말이 섬뜩하게 다가왔다. 동시에 머리가 맑아지는 기분이 들었다. 익명의 제보는 거짓이 많았지만 얼굴과 이름을 밝힌 제보는 사건을 푸는데 결정적인 역할이 되곤 했다. 그는 쌍화차를 쭉 들이킨 뒤 쫓기는 사람처럼 다방을 빠져 나오면서 소영을 한 번 더 쳐다봤다. 소영은 강 형사를 강렬한 눈빛으로 응시하고 있었다. 상당히 신빙성 있는 제보라는 것을 확인시켜 주는 눈빛이었다.

강 형사는 서점으로 향했다. 임일수를 파악하기 위해서는 그가 쓴 책을 읽을 필요가 있었다. 강 형사는 서점에서 임일수가 펴낸 책을 찾았다. 최근 출간된 책은 소설 「비밀조직」이었다. 그는 머리말이나 목차도 훑어보지 않고 표지만 쓱 쳐다본 뒤 책을 챙겨들었다. 입을 열지 않고 요리조리 빠져나가는 임일수를 이겨보려는 심산이었다.

부검
자살과 타살 사이

남청색 제복을 입은 이수미 경위가 힘차게 국립과학수사연구소 출입문을 밀고 나와 걸어왔다. 애타게 부검 결과를 기다리던 김철수 형사는 간이 소파에서 일어나 가볍게 눈인사를 건네며 부검소견서를 받아 들었다. 골치가 상당히 아팠지만 이 경위에게는 그런 내색을 보이지 않았다. 이 경위에게 호감을 갖고 있던 터였다. 그녀는 사람 좋아 보이는 인상에 화장품 냄새가 항상 은은하게 풍겼다. 미소는 아름다웠고, 태도는 빈틈없이 발랐으며, 까다로운 일이 생길 때마다 뒤에서 묵묵하게 챙겨주는 스타일이었다.

김 형사의 표정이 순식간에 일그러졌다. 정 중령의 부검 결과는 예상했던 대로 자살이었다. 그는 부검 결과서를 쭉 읽어 내려가며 체념한 듯 한숨을 후 내쉬었다.

이 경위는 부검 결과의 타당성이 의심스럽다는 눈빛으로 말했다.

"부검 결과 좀 보세요. 자살이래요. 현장 사진 보셨죠? 목에 자상이 났는데 침대 어디에도 핏자국이 없었어요. 상행대동맥을 자르면 피가 엄청나게 많이 나올 텐데. 국과수 소견 대로 자살일 수 있지만 부검 결과가 조작됐을 가능성도 있어요. 국과수에서 부검 결과를 엉터리로 내놓을 때는 백 퍼센트 국가 권력이 자행한 거잖아요. 전 부검 결과가 조작됐다고 봐요. 아니면 이미 죽어 있는 정 중령에게 누군가가 칼로 목을 그은 것 같아요, 그러지 않고서는 사건 현장에서 혈흔이 발견되지 않을 수 없거든요."

"정 중령 살해 사실을 감추려고 부검 결과를 허위로 작성한 것 같은데요?"

김 형사가 한마디 툭 던졌다. 이 경위의 마지막 추리가 너무 소설 같아서였다.

"그냥 제 생각을 말씀드린 것뿐이에요. 정 중령이 어마어마한 죽음 속에 감춰진 비밀을 스스로 드러내기 위해 자살하지 않았을까 그런 생각이 들었어요. 등신불이라고 있잖아요?"

"등신불?"

"일제 시절에 학도병으로 끌려간 남자가 중국 남경에 주둔해 있다 대학 선배를 만나요. 거기서 자신의 식지 끝을 스스로 물어뜯어 살을 떼어낸 다음 그 피로 '원면살생, 귀의불은(願免殺生 歸依佛恩)'이라고 써요. 살생을 면하길 원하며, 부처님의 은혜에 귀의하고자 한다는 뜻이죠. 남자는 대학 선배의 도움으로 일본군에서 탈출한 뒤 정원사라는 절에 숨어 들어가요. 거기서 등신불을 보죠. 분신해 죽은 만적 스님의 몸에 금을 씌운 불상요. 남자는 흉칙한 형상의 등신불을 보고 깜짝 놀래요. 하지만 삶에서 가장 위대한 일은 헌신이라는 걸 깨닫죠. 정 중령도 등신불처럼 자신의 생명을 끊는 희생으로 뭔가를 알리려 했던 것 같은 느낌이 들어요. 이 나라에서 어떤 음모가 벌어지고 있는지."

김 형사는 이 경위의 얘기를 듣고 머릿속이 어지러워졌다. 그녀의 추리에 신빙성은 없었지만 그럴 수도 있겠다는 선망 섞인 오기가 일었다. 자신은 절대로 떠올리지 못할 상상이었다. 그는 서둘러 시경으로 향했다. 강 형사에게 부검 결과를 빨리 알려주려고 발걸음을 재촉했다.

시경은 등 뒤로 수갑을 차고 걸어가는 한 무리의 대학생들로 장사진이었다. 볼과 입술은 터져 피가 바싹 말랐고, 눈두덩은 시퍼렇게 멍이 들었다. 복날 개 패듯이 맞아 다리를 절룩거리는 학생도 있었다. 이들이 입은 옷에는 '유신철폐, 민주주의 쟁취'라는 단어가 쓰였고, 손에는 개헌청원 백만인 서명용지가 들렸다. 김 형사는 혀를 끌끌 차며 한 대학생에게 꿀밤을 때렸다. 다른 사람이 보면 대학생들의 반정부 시위를 못마땅해 하는 듯 보였지만 의중은 달랐다. 시위는 해도 좋은데 잡혀오지만 말라는 당부였다. 이런 저런 구실을 달아 고문을 받고 간첩이 될 수도, 운이 좋지 않으면 심하게 얻어터져 불구가 될 수도 있었다.

띠띠띠띠이. 라디오가 정오를 알렸다. 대통령이 뉴스에 나와 '국론을 분열시키고, 국가 안보를 해치는 무리들이 공산주의자들의 재침을 자초할 것'라고 유신을 정당화하면서 '사회의 부정부패와 부조리를 근절하기 위해서라도 유신이 꼭 필요하다.'고 역설했다. 김 형사는 그 말을 듣고 피식 웃으면서 혀를 끌끌 찼다. 대통령은 북한의 도발 위협을 명분 삼아 유신철폐를 외치는 시위대들을 체제의 도전으로 받아들였다.

김 형사는 강 형사의 어깨를 툭 치며 말했다.

"어이 강 형사. 부검 결과 나왔는데."

"뭐라고 나왔는데? 자살이라고 나왔지?"

임일수의 책에 빠졌던 강 형사는 김 형사 쪽으로 고개만 돌려 말했다.

김 형사는 지방경찰청에서 서울로 전근 온지 한 달 남짓 됐다. 김 형사는 강 형사보다 한 살 어렸다. 그래도 강 형사는 같은 기수이기도 했고, 나름 베테랑으로 실력을 인정받는 파트너였기 때문에 김 형사와 친구처럼 허물없이 지냈다. 그는 김 형사를 굉장히 자상하게 대했다. 김 형사는 5년 전 우발적으로 살인을 저지른 죄인이 눈 먼 홀어머니를 모시는 것을 알고 형량을 낮추기 위해 애썼다. 하지만 동료 형사에게 피의자의 죄를 감춰 주려 한다고 고발 당해 호봉도 깎이고 지방으로 좇겨났다. 그 일이 벌어진 뒤부터 강 형사는 김 형사를 아꼈다. 그의 인간성을 믿었고, 동료에게 받은 상처를 감싸주려고 노력했다.

달걀로 바위 치기
자살할 이유

'상기 피해자의 부검 결과(중략) 사망 원인은 상행대동맥 자상으로 본다. 문구용 칼로 목을 그어 절명했다. 문구용 칼에서는 피해자의 지문만 발견됐으며, 목을 벤 칼의 각도를 봐서는 오른손으로 실행한 것으로 추정된다. 목 이외에 다른 신체 부위에는 어떠한 외상도 없다.'

강동일 형사는 굳은 표정으로 말했다.

"사건 끝났네. 종결이야."

"강 형사. 현장 사진 봤잖아. 칼로 목이 베였는데 바닥에 피가 한 방울도 없었어. 이수미 경위는 이미 죽은 사람을 칼로 베서 그런 거라고 추론하던데, 국과수는 자살이라고 결론 내 버렸네. 납득이 가지 않아. 목을 매거나, 팔목에 칼을 대거나, 독극물을 마시거나, 분신하거나, 절벽에서 투신할 수 있지만 자기 목을 스스로 베기는 쉽지 않단 말이지. "

"그렇긴 한데, 어떻게 할 거야. 국과수가 자살이라고 하는데. 우리가 법의학자도 아니고. 만약 어마어마한 권력이 뒤에 있다면 달걀로 바위치기야. 우린 할 일이나 열심히 하자고. 정 중령의 자식들이 일본에 있다고 했지. 홀아비라 아내는 없고. 보안사에서 부검 결과가 나올 때까지 알리지 말라고 했는데. 이젠 통지해도 되지 않을까. 가족의 동의 없이 부검한 것도 이해가 안 되지만, 자식들이 자살을 받아들이지 못하면 새로 검시나 부검을 요청하겠지."

"이렇게 치정 자살극으로 끝나는 건가?"

김 형사는 흥분을 가라앉히기 위해 숨을 깊게 내쉬며 말했다.

"치정이라니?"

"부검 결과 기다리다 시간이 나서 정 중령의 집에 갔는데 일기장을 발견했어. 일기에 애인 얘기가 나오는데, 이름이 뭐였더라. 소영인가. 최근에 둘이 좀 다퉜더라고. 친구들 얘기도 술에 취해서 밤늦게까지 신세타령을 했다 그러고."

강 형사는 소영이라는 이름을 듣고 깜짝 놀랐다. 청다방에서 쪽지를 건네준 종업원이 소영이었다.

"이유가 없으니 이유를 만드는 거겠지. 사람들에게 너무 많은 것을 기대하진 말라구. 자기 일 아니면 모두 가십거리일 뿐이야. 이제 임일수만 족치면 되겠네."

강 형사는 김 형사의 말에 호응하지 않은 척 했다. 수사가 너무 손쉽게 정리되자 갑자기 허탈함이 밀려온다는 너스레도 떨었다. 그는 김 형사에게 소영의 존재를 철저하게 비밀에 붙였다. 김 형사를 정 중령 사건에 휘말리게 하고 싶지 않았다.

강 형사는 갑자기 배가 아팠다. 정 중령과 관련된 얘기도 피하고 싶었다. 그는 임일수의 책을 집어 들고 화장실로 향했다. 허리띠를 풀고 지퍼를 내린 뒤 덩그러니 매달린 물건을 바라보면서 양변기에 앉았다.

그에게는 임일수가 최고 골칫거리였다. 소영을 만나면 정 중령 사건의 엉클어진 실타래가 의외로 쉽게 풀릴 수 있었다. 반면 임일수는 답이 없었다. 어떻게 하면 그의 입을 열게 할지 방법이 생각나지 않았다. 대마초를 폈다고 감옥에 무작정 가둬놓을 수 없었다. 어떻게든 구입 경로를 알아내 수사를 마무리 해야 했다. 강 형사는 임일수의 소설을 읽다 보면 뭔가 방법을 찾을 수 있을 거라 판단했다. 그는 담배를 꼬나물고 소설 「비밀조직」을 읽어 나갔다.

「비밀조직」은 구한말 일본에 조선을 팔아먹은 친일파 후손들과 일본으로 귀화한 재일교포들로 조직된 단체 이야기였다. 이 조직이 다시 한국을 일본의 식민지로 만들기 위해 협잡을 꾸미는 것이 소설의 주요 줄거리였다. 강 형사는 소설을 읽으면서 분노했다. 조국 독립을 위해 몸과 마음을 바치는 청년들은 존경스러웠지만 자기 혼자 잘 살겠다고 이 땅과 민족을 팔아먹는 매국행위는 명치 끝 분노까지 스멀스멀 솟게 했다. 강 형사는 실제로 비밀조직이 존재한다면 어떠할지 곰곰이 생각에 잠겼다. 가슴이 꽉 막히면서 전신이 와들와들 떨려 왔다.

비밀조직이 없으란 법은 없었다. 그는 프톨레미 바위 이야기가 떠올랐다. 자신도 모르는 사이 침투한 것들에 정체성을 잃어버리고 영육을 지배당한다는 이집트 전설이었다. 프톨레미의 신전은 거센 폭풍우가 휘몰아쳐도 흔들리지 않는 바위산에 세워졌다. 하지만 아스포델이라는 하얀 꽃이 바위산에 피자 순식간에 무너져 내렸다. 일제 잔재도 비슷했다. 생활속에 뿌리 깊게 자리잡은 일제 잔재를 인식하고 청산하지 않으면 어느 순간 자멸을 초래할 수 있었다. 해방 후 일본은 식민통치와 침략전쟁에 대해 반성하기는커녕 잘못된 과거사를 미화하고 정당화하면서 우경화됐다. 그럴수록 한국 정부는 철저하게 자성하고 일제 잔재를 극복하려는 노력이 필요했다. 그러나 이승만 정권은 친일파를 주류 기반으로 등용하면서 반공 이데올로기를 전면으로 내세웠다. 대통령도 만주인맥을 대거 높은 자리에 올려 쓰면서 친일파들은 한국 사회에 막강한 영향을 끼쳤다.

비밀조직
거짓 자수

책상 하나에 의자 두 개. 강동일 형사의 건너편에 임일수가 앉았다. 취조실은 조국 산천의 풍경을 담은 달력 하나 걸려 있지 않아 분위기가 삭막했다. 좁은 공간을 환히 비춰주는 백열등과 허연 김을 뿜어내는 커피가 아니라면 질식할 만했다. 임일수의 얼굴은 무척 수척했다. 회색 콤비 상의에도 알록달록한 때가 스며들었다. 며칠 동안 반복된 취조와 유치장 생활이 한눈에 짐작됐다. 강 형사는 오늘은 꼭 임일수의 입을 열게 만들겠다고 독하게 마음먹었다. 자존심을 박박 긁어 흥분하게라도 만들고 싶었다. 그동안 너무 얄미웠다. 그러나 임일수는 모든 게 귀찮은 사람처럼 멍하니 천장만 쳐다봤다.

"「비밀조직」이라는 책 봤어요. 묘하게 애국심을 자극하더군요. 소설인데 실화 같기도 하고. 한편으로는 허무맹랑한 이야기 같기도 하고. 한국에서는 한일 국교정상화 10주년을 기념한다고 한창인데 일본에서는 반대로 자위대를 키우며 국민들의 반한시위를 지원하고 있잖아요. 미국과 일본이 공조해 한국을 집어삼키려고 하는데 정부는 반공에만 불타올라 있고. 분단 상황이라서 그런지 주적은 북한이고. 그런데 당신은 미국과 일본을 한국의 주적이라고 생각하더군요. 미국과 일본에 대한 반감의 실체가 뭔지 궁금해졌어요. 당신이 마주하고 있는 위기와 두려움의 실체가 뭔지 알고 싶더라고요……오늘도 묵비인가요? 대마초 얘기가 아니라 책 얘기 하러 왔어요. 상습적인 대마초 흡연자인지도 불분명하고, 대마초를 구입한 경로도 밝혀진 게 없고, 과거 전력도 없고. 게다가 자수를 했으니. 공판은 로펌 수연의 김세훈 변호사가 맡았더군요. 두 사람이 어떤 관계로 얽혔는지 모르지만 이 바닥에서 최고의 인권변호사가 변론을 맡았으니. 공원 벤치에 떨어져 있는 대마초를 주워 피웠다는 게 사실이라면 아마 곧 풀려 날거요. 집행유예 1~2년 정도로."

강 형사는 자기가 무슨 얘기를 하고 있는지도 모르게 말을 늘어놓았다. 그의 입을 열기 위해 스스로 형량을 결정하는 판사가 돼버렸다. 틀린 말은 아니었다. 취조 또한 인간과 인간 사이의 일이었고, 범죄자에 대한 동정은 마음을 열게 만드는 기폭제가 되기도 했다.

강 형사 앞으로 쪽지가 도착했다. 임일수를 훈방 조치해 밖으로 보내라는 윤 반장의 지시였다. 임일수의 모발을 검사한 결과 대마초 음성반응이 나왔다. 강 형사는 기가 막혀 잠시 말문이 막혔다. 유치장에서 먹인 설렁탕이 아까울 따름이었다. 그는 아무 말도 하지 않고 임일수를 밖으로 내보냈다. 임일수는 훈계가 필요할 만큼 상식 없는 사람이 아니었다. 성격이 간사하거나 비열하지도 않았다. 단지 말을 하지 않아 속을 모를 인물이었다. 임일수는 "다음에 또 보자."는 말만 남기고 사라졌다.

김유진 기자가 강 형사를 찾았다. 기삿거리를 찾으러 경찰서를 시장바닥처럼 싸돌아다니는 게 기자들의 일이었다. 시경 안 어느 누구도 김 기자에게 신경 쓰지 않았다. 혹시라도 그가 질문을 던지면 어물쩍대며 딴청 피울 준비만 했다. 최근 시경 분위기가 특유의 냉담과 무관심으로 잠식된 탓도 있었다. 장준하라는 거물과 정상일이라는 범상치 않은 인물이 연달아 죽으면서 경찰의 사기와 자긍심은 야무지게 꺾였다. 수사를 진행할 수도 없고, 매듭지을 수도 없는, 모든 것이 아리송했고 경찰의 권한 밖 일이었다.

김 기자는 톡 튀어나온 강 형사의 뒤통수를 쏘아봤다. 강 형사는 등 뒤에서 누군가가 무섭게 쳐다보는 것 같은 느낌이 들어 빙그르 의자를 돌려 앉았다. 김 기자였다. 강 형사는 임일수 때문에 맹랑해진 표정을 감추기 위해 뒤통수를 슬슬 긁으며 늘어지게 하품을 해댔다. 김 기자가 그다지 반갑지도 않았다.

김 기자는 성미가 깐깐하고 일처리에 허점이 없어 기자로서 인정을 받았지만 형사들은 그를 꺼려했다. 긴밀하게 진행되는 수사를 망친 적이 한두 번이 아니었다. 다짜고짜 트집을 잡고 매달리는 건 기본이었다. 혼자만 알고 있을 테니 사건기록을 보여 달라 해놓고는 다음날 신문에 대문짝만하게 특종을 내는 사기꾼이었다. 그럴 때마다 강 형사는 가끔 그에게 알미운 적의를 느꼈다.

"강 선배, 뒤돌아 앉아 있으면 모를 줄 알아요?"

"뒤돌아보지 않아도 김 기자가 쳐다보는 줄 알았지."

강 형사의 무릎 위에 두툼한 서류봉투가 턱 하는 소리와 함께 앙팡지게 날아들었다.

"됐고. 임일수라는 사람이 보낸 원곤데 읽어 봐요. 흥미로울 거예요."

강 형사는 임일수라는 이름에 놀라 눈을 휘둥그렇게 떴다. 며칠 동안 거짓 자수로 골치 아프게 했던 그가 보낸 원고라는 말에 유달리 신경이 쓰였다. 짜증이 아니었다. 순수하게 독자이자 팬으로서의 관심이었다. 특히 임일수의 미발표 원고라면 뭐든 읽고 싶었다.

강 형사는 죽을 태세로 으르렁거리는 김 기자에게 방긋 미소 지은 뒤 내용물을 확인했다.

김 기자는 가끔 강 형사에게 술 마시자고 졸랐다. 형사 대신 선배라는 호칭을 쓰며 따랐다. 그러나 강 형사는 그런 자리를 애써 만들려고 하지 않았다. 기자라는 간판 자체가 부담스러워 손사래를 쳤다. 김 기자는 강 형사가 이승만 독재에 반대해 팔뚝질 좀 했던 학교 선배라 일종의 신뢰 같은 게 마음속에 있었다. 업무상 서로 티격태격 삿대질도 했지만 내심 좋으면서 싫어하는 척 내숭을 떤다며 웃어버리곤 했다.

살해 위협
불길한 전조

소영은 작은 소리에도 놀라 자꾸 힐끗힐끗 뒤돌아봤다. 큰소리가 들리면 아예 뒤돌아보지 않고 빠르게 걸었다. 죽더라도 칼을 들고 달려드는 자와 눈이 마주치는 고통은 피하고 싶었다.

커다란 고양이 한 마리가 쥐를 물고 살금살금 눈앞을 스쳐 으슥한 골목으로 사라졌다. 소영은 느닷없는 상황에 놀라 주춤했다. 작고 날쌘 쥐도 먹이사슬 앞에서는 처참한 능욕을 당하나 싶어 가슴이 더럭 내려앉았다. 고양이의 날카로운 이에 물린 쥐가 마치 자신 같았다.

페르시안 호텔 커피숍. 미행은 없었다. 얼씬거리는 그림자 하나 보이지 않았다. 소영은 급히 호텔 출입문을 밀었다. 빨간색 모자를 눌러 쓴 호텔리어가 문을 쭉 잡아당겼다. 소영은 슬며시 고개를 숙이며 호텔 로비를 지나 총총걸음으로 커피숍에 들어갔다. 멀리서 사내가 반쯤 일어나 손을 흔들었다. 미리 나와 소영을 기다리는 강동일 형사였다. 소영은 소파에 앉을 때 엉겁결에 주위를 살폈다. 강 형사는 소영의 행동이 어딘지 모르게 불안해 보해 의심스러운 눈초리로 그녀를 빤히 쳐다보았다. 며칠 전 싸늘한 주검으로 발견된 정상일 중령의 애인이 소영이라는 사실 때문이기도 했다.

“강 형사님. 제가 쫓기고 있는 것 같아요.”

소영은 하얗게 질린 얼굴로 말했다.

“누가 쫓아와요? 왜 그렇게 안절부절해요?”

“용건만 말하고 갈게요. 저는 며칠 전 뉴스에 나왔던 정상일 중령과 잘 아는 사이예요. 그이가 일주일 전부터 무척 괴로워했어요. 특수한 임무를 맡았다고 하더라고요. 큰일 같았어요. 누군가를 죽여야 할 명령 같은 거요. 제가 그러지 말고 얘기해 봐라 했는데 입을 다물더라고요. 삼일 동안 만나지 못했어요. 다방에도 들르지 않았고요. 저는 임무 때문에 그런가 보다 생각했죠. 17일인가, 그날 그이가 다방에 찾아와 송 마담과 다투더니 저에게 인사도 없이 그냥 나갔어요. 그런 적이 없었거든요. 집에 찾아가보니 술에 잔뜩 취해 헛소리를 늘어놓고 있더라고요. 송 마담이 연락책이라느니, 자기는 손에 피를 묻히고 싶지 않다느니, 별의별 얘기를 다 하더라고요. 저에게는 당장 청다방을 그만두고 다른 직장에 다니라고 걱정하고요. 뭔가 일이 잘못됐다고 생각했어요. 두렵고 불길했지요. 그날 밤 장준하 선생이 실족사 했다는 뉴스를 봤어요.

혹시 하는 의심이 들더라고요. 그리고 삼일 후엔 그이가 죽었어요. 송 마담의 표정도 달라졌고요. 저에게 굉장히 쌀쌀맞게 대하기 시작했어요. 저에게 미행이 붙은 것 같아요. 살해 위협을 느껴요. 그이처럼 저도 쥐도 새도 모르게 죽게 될 것 같아요. 저는 아무것도 모르는데 제가 뭔가 알고 있다고 생각해 죽이려는 것 같아요. 도와주세요. 강 형사님."

피로와 낙망이 일순간에 엄습했다. 국과수에서 자살로 결론지은 사건을 재조사하는 건 어려운 일이었다. 소영의 말만 믿고 그녀에게 후배들을 붙여 신변을 보호해 줄 수도 없었다. 구체적이고 객관적인 증거가 필요했다. 반박할 수 없는 확실한 근거를 내놓지 못하면 과도하고 일방적인 지시에 불과했다. 강 형사는 소영을 달래서 집에 들여보낸 뒤 홀로 커피숍에 앉아 온갖 상념에 젖어들었다.

다음날 아침 시경 안은 어수선했다. 전화기 벨소리가 수시로 삑삑거렸고, 낯선 사람들이 들락날락하며 시끄럽기까지 했다. 강 형사는 육감적으로 좋지 않은 일이 벌어진 것을 알았다. 혹여 소영에게 무슨 일이 생긴 게 아닌지 저어했다.

직감은 딱 들어맞았다. 소영이 삼청동 야산에서 목을 매고 숨진 것을 인근 주민이 발견해 신고했다. 관할 서에서 소영의 거주지 경찰서로 수사 협조 공문을 보냈고, 이 소식은 시경에도 전달했다. 그러나 수사는 정 중령 사건과 마찬가지로 급하게 종결됐다. 윤 반장은 전담반을 조직해서 정 중령 사건부터 다시 수사를 착수하겠다는 보고서를 올렸지만 퇴짜를 맞았다. 청장의 말 한마디에 사건 현장은 수습됐고, 소영은 신병을 비관해 스스로 목숨을 끊은 것으로 정리됐다.

강 형사는 고개를 갸우뚱거렸다. 시신이 발견된 장소는 일반인들이 쉽게 드나들 수 없는 곳이었다. 사유지 쪽은 사나운 개가 입구를 지키고 있거나 철창으로 둘러싸여 출입이 어렵고, 국유지 쪽은 대부분 군인들이 보초를 섰다. 소영이 자살하러 들어가기엔 무리였다. 게다가 어젯밤 소영에게 들은 얘기도 있었다.

삼청동이나 인근 지역에 거주하거나 근무하는 사람들의 소행일 가능성이 높았다. 상식 있는 사람이라면 사건 현장 주변을 샅샅이 훑어보고, 수집한 증거를 토대로 범인을 검거하는 게 옳았다. 그러나 소영의 죽음은 사망감정서 종이 한 장으로 단순 자살 처리됐다.

강 형사는 믿지 않았다. 터무니없고 어처구니없는 결말이었다. 물증은 없었다. 이미 범인이 남긴 증거는 사라졌고, 수사는 종잡을 수 없는 방향으로 흘렀다. 윗선에서 시킨 대로 수사를 끝내면 수고했다는 치하와 함께 상당한 회식비가 내려오고, 형사들은 소주 한잔에 돼지고기를 실컷 구워 먹으며 세상은 그런 거라고 자족하면 그만이었다.

감출 수 없는 진실
부검의의 죽음

강동일 형사는 책상에 팔베개를 하고 누워 창밖을 바라봤다. 팔이 찌릿해질 때까지 누워 있으면 마음이 안정되곤 했다. 그래도 자괴감 같은 것이 꾸물꾸물 올라오거나 가슴이 먹먹해질 때면 가끔씩 휴게실 소파에 담배를 물고 벌러덩 누웠다. 따끈한 목욕물에 몸을 담그는 것처럼 긴장이 풀렸고, 사건 하나하나를 더듬으며 되새기는데 그만한 자세는 없었다.

벨소리가 강 형사를 일으켰다. 머리에 눌렸던 팔에 피가 통하면서 전류에 감전된 듯 관절 마디마디가 새근새근 저려왔다. 전화한 사람은 정상일 중령의 시신을 부검한 국립과학수사연구소 부검의였다. 그는 30분 뒤 한강철교 남단 교차로에서 만나자는 말을 남기고 전화를 끊었다. 강 형사는 곧바로 뛰쳐나갔다. 좀처럼 풀리지 않던 정 중령 사건의 실마리를 찾을 수 있을 것 같았다.

강 형사는 택시를 잡아 타고 담배를 물었다. 편하게 앉아 연기를 깊게 쭉 들이마셨다. 점심에 먹은 국수가 부풀며 찾아온 복부 팽만감이 싹 사라졌다. 강 형사는 택시를 타고 드라이브를 즐기면서 담배를 자주 피웠다. 담배보다 술을 더 즐기긴 했지만 사건이 풀리기 전에는 양이 찰 때까지 마시진 못했다. 독한 술 한두 잔, 호프 서너 잔이 고작이었다.

시원한 강바람이 수증기를 머금고 흩날렸다. 강변에는 중장년 남자들이 홀로 줄줄이 앉아 느릿느릿 흐르는 강물에 찌를 드리웠다. 강 형사는 강에서 밀려오는 비릿한 냄새를 코끝으로 맡으며 수풀이 우거진 남단 교차로 공원으로 향했다. 공원에는 운전자들을 위한 간이 화장실이 설치됐고, 군데군데 놓인 벤치 옆으로는 거대한 활엽수가 늘어지게 잎을 펼쳐 그늘을 만들었다.

암만 기다려도 부검의는 오지 않았다. 강가에서 낚시하는 사람들을 구경하다 보니 한 시간이 훌쩍 지났다. 부검의는 약속을 깰 사람도, 헛말을 할 사람도, 장난전화를 걸 사람도 아니었다. 이름과 신원도 확실했고, 오래 전부터 서로 안면을 익힌 사이였다.

하늘에서 빗방울이 한 점 두 점 똑똑 떨어지기 시작했다. 비가 소나기처럼 후드득대며 쏟아지면 물에 빠진 생쥐꼴이 될 듯싶었다. 벤치에 앉아 있던 사람들은 부리나케 차 속으로 뛰어 들어갔다. 강 형사는 몸을 숨길 곳이 없어서 나무 밑으로 숨어 들었다.

콰과과과쾅. 시커먼 먹구름이 몰려오는가 싶더니 별안간 난데없이 굉음이 천지를 뒤흔들었다. 강 형사는 천둥이 치며 우박이 쏟아지는 소린 줄 알고 몸을 움츠렸다.

눈앞에서 검정색 자가용이 한강철교 난간에 부딪쳐 공중으로 솟구쳤다. 자동차는 네 바퀴가 허공에 뜬 채 강물 속으로 풍덩 빨려 들어갔다. 강 형사는 물 밑으로 사라지는 자동차를 멍하니 지켜봤다.

자동차는 햇솜이 물을 먹은 것처럼 천천히 강바닥으로 꼬르륵 가라앉았다. 차에 탔던 사람은 나오지 않았다. 저 정도 충돌이면 필시 기절했거나 즉사가 분명했다. 강 형사는 현기증이 일었다. 가슴에 선뜩한 비수가 꽂히는 것 같았다. 부검의의 자동차 같은 예감에 사로잡혔다.

정 중령과 관계된 모든 사람들이 죽었다. 방금 전까지만 해도 멀쩡했던 사람들이 사고로 위장돼 숨을 거뒀다. 부검의의 사고가 우연이 아니라면 누군가의 간악한 계략인 게 분명했다. 강 형사는 정 중령을 둘러싸고 벌어지는 모든 일들을 믿지 않기로 했다. 팥으로 동지죽을 쑨다고 해도 고개를 끄덕일 수 없었다.

강 형사는 사람들이 철교 위에 차를 세우고 강변으로 몰려드는 소리에 정신을 차리고 급한 마음에 둔치로 달려갔다. 한강 수난구조대가 보트를 타고 나타나 실종자 수색을 준비했다. 5분도 지나지 않아 양복을 입은 시체가 인양됐다. 부검의였다. 그는 가슴속에서 울분이 서서히 치밀어 올라 정 중령의 부검에 참여했던 의사들과 참관인들에게 모두 전화를 돌렸다. 그러나 어느 누구도 연락이 닿지 않았다. 연락처 하나 남겨놓지 않고 감쪽같이 자취를 감췄다. 술래잡기를 하듯이 꽁꽁 숨어버렸다.

강 형사는 하루 해가 다 가도록 아무것도 못했다. 그냥 퇴근해 버릴까 망설이다 망부석처럼 가만히 자리에 앉아 머리를 식혔다. 뒷머리를 잡아당기는 편두통이 심했다. 그는 세숫대야에 수도꼭지를 틀어 놓고 두 손으로 얼굴에 물을 퍼부었다. 쓰디쓴 인스턴트 블랙커피도 들이켰다. 담배도 머리가 띵할 정도로 연달아 물었다. 그래도 도무지 정신을 차릴 수 없었다.

두통을 말끔히 없앤 건 전화벨 소리였다. 강 형사는 벨소리가 요란하게 울리자 심장이 덜컹 내려앉았다. 끔찍한 소식이 또 들려올까봐 가슴이 발딱댔다. 다행히 김유진 기자였다. 정 중령의 부검의가 인편으로 편지를 보내왔다며 급히 만나자고 했다. 그는 또다시 뜀박질로 시경을 빠져 나갔다. 콩닥거리는 가슴을 짓누르고, 화끈거리는 얼굴을 식히면서 한신일보 앞으로 향했다. 더운 날씨 때문인지 거리는 한산했다. 아스팔트에서는 더운 열기가 아지랑이처럼 피어올랐다. 강 형사는 끔찍하게 더운 여름날에는 웬만하면 뛰지 않았다. 범인을 검거할 때만 빼놓고는 되도록 천천히 걸었다. 더위를 심하게 타 조금만 움직여도 땀을 바작바작 흘렸다. 이날만은 예외였다. 마음은 이미 김 기자를 만나고 있었다.

등신불
정 중령 죽음의 비밀

김유진 기자의 얼굴이 하얗게 질렸다. 어안이 벙벙해 말을 잇지 못하고 부릅뜬 눈으로 강동일 형사만 쳐다봤다. 강 형사가 부검의의 죽음을 알린 직후였다. 김 기자는 나즈막한 목소리로 말했다.

"부검의가 죽음을 예감한 것 같네요. 앞으로는 선배를 만나러 가고, 뒤로는 저에게 정 중령 부검 서류를 보내왔어요. 심부름 온 사람은 수고비 받고 온 대학생이더라고요. 그에게는 더 이상 캐낼 게 없었어요."

"사인은 뭐였어? 진짜 자살이 맞아? "

"그게 좀 이상해요. 정 중령이 군사기관이 아니면 절대로 구할 수 없는 화학무기로 죽었거든요. 보툴리누스균이라고."

김 기자와 강 형사 사이에 묘한 침묵이 감돌았다.

진실은 언젠가 꼭 밝혀졌지만 그것이 진실이 되는 순간 커다란 파장을 낳았다. 진실을 희구하는 동시에 진실이 영원히 묻히길 바라는 이중성을 가지고 있는 게 사건사고였다.

김 기자는 강 형사에게 부검의가 보낸 서류를 건넸다. 이수미 경위에게 받았던 부검소견서와 완전히 다른 버전이었다. 고의로 왜곡하지 않고서는 나올 수 없는 결과였다.

부검의 소견

목에 난 자상은 직접적으로 사망에 영향을 미치지 않았다. 피살자는 목을 베이기 전에 이미 죽은 것으로 사료된다. 피살자의 몸에서 출혈 흔적이 없고, 사건 현장에도 혈흔이 없는 것으로 봐서 사후경직이 상당히 진행된 뒤 예리한 칼로 목을 베인 가능성이 높다.

피살자의 위와 식도에서 보툴리누스균이 발견됐다. 보툴리누스균은 식품을 매개로 전파되는 신경독소 박테리아다. 세계에서 가장 독성이 강한 생화학물질 가운데 하나로 뇌신경을 마비시켜 사망에 이르게 한다. 0.001mg만으로 성인 한 명을 죽일 수 있으며, 일단 감염되면 수 시간 안에 사망한다. 보툴리누스균은 땅속 물속 어디에서나 생명력이 강하다. 이 균은 화학전을 대비한 전쟁무기로 고위 군관계자조차 쉽게 구할 수 없으며, 현재 우리나라에는 연구용으로 소량 보유하고 있을 뿐이다.

피살자의 혈액형은 B형이다. 피복과 몸에서는 피살자 것 외의 지문이나 혈흔은 발견되지 않았다. 보툴리누스균 감염 시간은 1975년 8월 19일 13시경으로 추정된다. 피살자의 손톱이 닳아질 대로 닳아 뭉툭해진 것으로 봐서 상당히 고통스럽게 사망한 것으로 판단된다.

사건의 윤곽이 선명하게 보였다. 윗선에서 하루 속히 사건을 종결시키려고 했던 이유가 있었다. 강 형사는 정 중령이 자살한 게 아니라 누군가가 생화학무기로 오염시켜 죽였다고 생각했다. 보툴리누스균을 쉽게 구할 수 있는 세력이 장준하 또한 실족사로 꾸몄다고 추론했다.

김 기자의 추리는 달랐다. 그의 칼끝은 보안사로 향했다. 그는 흑막 속에 파묻힌 사건의 실상이 모두 드러나 더 이상 궁금한 게 없다는 어투로 말했다.

"정 중령이 보툴리누스균으로 죽었는데, 왜 목에 자상이 있을까요? 그는 두 번 살해 당한 걸까요? 보툴리누스균으로 죽이려 했다면 굳이 목을 벨 필요가 없잖아요. 그게 정 중령이 뭔가를 알리기 위해 자살했다는 증거예요. 근데 그는 왜 보툴리누스균으로 자살했을까요? 무엇을 알리려고 했을까요? 제가 보기엔 어떤 세력을 까발리려고 한 것 같아요. 그 수장이 보툴리누스균과 연관된 것 같고요. 보툴리누스균에 대해 공부한 적 있어요. 이 균을 정제하고 희석해 안정하게 사용할 수 있도록 만든 게 보톡스라고 하더라고요. 성형외과에서는 아주 흔하지만 그 본질을 파헤쳐보면 어마어마하고 무시무시한 무기인 셈이죠."

김 기자는 잠시 숨을 돌린 뒤 말을 이었다.

"정 중령은 장준하를 죽이라는 명령을 거부한 뒤 신변에 위협을 느끼다 보툴리누스균을 삼켰어요. 저들을 세상에 폭로하기 위해 위험천만한 화학무기를 자살도구로 선택했지요. 언론에서 알게 되면 난리 나지 않겠어요. 저들은 장준하 죽음의 비밀을 알고 있는 정 중령을 죽이려고 했어요. 근데 그가 이미 싸늘하게 식은 시체인 줄 모르고 칼을 댄 거죠. 정 중령의 죽음을 단순 강도 살인으로 위장하려는 시도는 불발했어요. 부검 때 보툴리누스균이 발견됐거든요. 저들은 서둘러 자살로 부검 소견서를 조작하고 사건을 덮었지요. 그리고 정 중령의 죽음마저 은폐하기 위해 소영과 부검의도 제거했고요. 아마도 정 중령의 목에 칼을 댄 이들이 장준하 선생 또한 죽였을 거예요. 그렇지 않으면 이 사건은 논리적으로 설명이 안돼요."

강 형사는 김 기자의 추론이 앞뒤가 정확하게 들어맞아 맞받아칠 말이 없었다. 그는 김 기자에게 임일수를 만나 장준하를 죽인 세력이 누구인지 임일수에게 직접 물어보자고 제안했다. 그리고 임일수가 건넨 「칼로 새긴 장준하」를 펼쳐 들었다.

임일수의 장(章)
칼로 새긴 장준하

장준하 일대기

식민지 조국에 태어나 세상에 맞서다

장준하는 1918년 8월 27일 평안북도 의주에서 장석인 목사의 4남 1녀 중 장남으로 태어났다. 그는 집안 형편이 어려워 독학했다. 아버지는 총명하고 언행이 바른 그를 공부시키지 못해 두고두고 후회하다 뒤늦게 대관보통학교에 5학년으로 입학시켰다. 또래보다 영특한 장준하를 보고 교장이 특별히 배려했다.

그는 어린 나이에도 신앙인으로서 자기 자신에게 부끄럼이 없기를 바랐다. 옷차림은 가년스럽고, 먹을거리는 변변치 않고, 한 방에서 부모형제와 함께 잠을 잘 정도로 생활은 궁색했지만 얼굴엔 구김새가 없었다. 늘 가난한 이웃을 돕길 원했고, 아래 동생들에게 존중하는 마음을 가졌다.

의주 주민들은 오랑캐보다 왜구에 더욱 적대적이었다. 임진왜란을 겪은 뒤부터였다. 선조는 임진왜란 때 훗일을 도모하기 위해 의주로 파천했다. 그러나 일본군이 파죽지세로 몰려온다는 소문이 나돌자 곧바로 백성들을 버리고 압록강을 건넜다. 주민들은 임금이 떠나자 나라를 불신했고, 일본을 증오했다. 이들이 개화기 때 중국에서 유입되는 서양문물을 적극적으로 받아들이고, 종래의 봉건사회 질서를 타파하는데 능동적으로 동조한 이유도 다르지 않았다. 주민들은 일제 식민지 시절 지식인 중심으로 기독교를 속속 받아들였다. 교인들은 개화기에 발아한 민족주의 사상에 많은 영향을 받았고, 대부분 일제 36년간 조국 독립의 여명을 여는 우국지사로 활동했다. 장준하도 선각자였던 아버지의 뜻에 따라 독실한 기독교 집안의 가풍을 배우고 익혔다. 식사 전에는 주기도문을 외웠고, 주일에는 교회에 나가 설교를 들었으며, 가슴 한편에는 일본에 대한 의분을 품었다.

장준하는 1932년 평양 숭실중학교 입학 후 이듬해 아버지를 따라 신성중학교로 전학했다. 그는 중학교 시절 일본식 교육에 반대하는 동맹휴학에 나섰고, 방학 때에는 어려운 농촌현실을 파악하기 위해 현장을 누볐다. 졸업할 무렵에는 루쉰(중국사상가)의 사회주의 평론을 보다 들켜 어린 나이에 뜨거운 세상맛을 보기도 했다. 그는 어렸을 때부터 일본에 유학하려는 포부가 있었지만 어려운 집안 형편 때문에 그 꿈을 잠시 미뤘다. 자신의 욕심 때문에 집안에 부담을 주고 싶지 않았다. 그는 성인이 된 뒤 일본 유학 자금을 마련하기 위해 교사로 근무했다. 학교에서 달마다 지급되는 삯은 쥐꼬리만 했다. 그는 3여 년 동안 틈틈이 모은 돈과 버들고리짝 같은 가방 하나를 메고 일본행 배에 몸을 실었다.

11/15
세상에 맞서라.
2018.

짓밟힌 조선의 종교와 사상
신사참배 거부

장준하는 1941년 동양대학 예과(철학과)에 입학했다. 그가 철학을 전공한 이유는 삶의 진정한 가치를 찾고 싶어서였다. 철학은 부조리한 인간과 세상의 본질을 인식하는 문제였다. 관념적으로 추론하는 학문이 아니라 직접 체화하는 학문이었고, 주체적이고 엄격한 태도를 요구하는 측면에서 그에게 잘 맞았다. 그러나 그는 식민지 조국을 끌어안고 살아가는 지식인으로서 고뇌가 많았다. 어떻게 하면 한국 민중에 힘이 되고, 궁극적인 위로를 전해줄 수 있을지 고민하다 일본신학교로 적을 옮겼다.

장준하가 철학 공부를 포기하고 목회자의 길을 걷게 된 것은 아버지의 간곡한 권유가 한몫했다. 독실한 기독교 집안인데다 일제의 악랄한 탄압에서 자신의 신념을 지키며 살기엔 성직자가 나았다. 장준하의 생각은 더 앞섰다. 민중의 삶을 어떻게 하면 개선할 수 있을지 고민이 많았다. 그가 1970년대 학생들과 민족학교를 세워 노동자, 농민, 서민에게 의식화 교육을 시킨 이유도 그러했다. 독재와 분단이 만들어 낸 압제에 신음하던 민중을 해방시키기 위해서였다.

장준하의 아버지 장석인은 1938년 일본 신사 참배를 거부하다 근무하던 신성중학교에서 해직돼 길거리에 나앉았다. 평생을 깨끗하고 올곧게 살았던 그에게 어쩌면 예고된 일이었다. 살길이 막막해진 그를 보듬어 준 건 친분이 있던 대관교회 목사였다. 그는 장석인을 자신의 교회 목회자로 위촉해 가정을 유지할 수 있도록 도왔다. 그러나 장석인에게는 미행이 늘 뒤따랐다. 일본 경찰은 신사참배를 거부한 그에게 '요시찰 인물'이라는 딱지를 붙여 일거수일투족을 감시했다. 장석인은 경찰에게 꼬투리를 잡히지 않기 위해 각별히 언행에 신경썼다. 경찰들은 독립운동 자금을 조달하는 것처럼 보이거나 예배할 때 민족의식을 고취하는 설교를 하면 갖가지 트집을 잡아 끌고 갔고, 악랄한 고문을 가해 불구로 만들었다.

일본은 조선 민족의 종교와 사상을 송두리째 없애려고 했다. 군국주의와 조선의 식민 지배를 위해 신사참배를 강요하면서 천황 이데올로기를 주입시켰다. 조선총독부는 해방 전까지 1천여 개가 넘는 신사를 세웠고, 학교에는 '호안덴(천황의 사진이나 칙어를 봉안한 전각)', 가정에는 '가미다나(신을 모시는 감실)'라는 신단을 만들어 참배하도록 했다. 신궁도 2곳을 건립해 조선 민중을 참배에 동원했다. 1942년 한해 신궁 참배에 동원된 수는 270만여 명에 이른다.

1/15
신사참배 거부
2018

버림받은 위안부
김희숙과 결혼

장준하는 아버지의 신사참배 거부로 집안에 불행이 닥칠 것을 감지하고 1943년 11월 급하게 귀국했다. 장남으로서 본분을 다하기 위해 남은 학업을 포기하고 귀국선에 몸을 실었다. 연인 김희숙과의 결혼을 매듭지으려는 의도도 있었다. 장준하는 신안소학교에서 교사로 근무할 때 제자였던 김희숙의 집에서 하숙했다. 이것이 인연이 돼 두 사람은 급격히 가까워졌고, 일본 유학 이후에도 계속 연락하며 지냈다.

일제는 만주사변과 중일전쟁을 일으킨 1930년대부터 일본 군인들의 성노예로 조선 처녀들을 강제로 징발했다. 위안부는 조선인뿐만 아니라 중국, 필리핀, 인도네시아 등의 여성들도 있었으며, 그 수는 헤아릴 수 없이 많았다. 일제는 전선이 확대되고 전쟁이 장기화되자 군인들의 사기 진작과 성병 예방을 명분 삼아 1932년 군위안소를 만들었고, 1937년 제도화시켰다. 위안부로 끌려간 여성들은 인간 이하의 취급을 받으며 군인들의 성노리개가 됐다. 변변한 위생시설조차 없는 곳에서 하루 10명에서 30명에 이르는 군인들을 상대하다 성병에 걸려 목숨을 잃었다. 군인들에게 삿쿠(콘돔)를 사용토록 했지만 이를 지키지 않은 군인들이 많았다.

장준하는 일본이 한국 처녀를 위안부로 강제로 차출하자 김희숙의 안전을 보장할 수 없었다. 김희숙을 지키는 길은 그녀를 유부녀로 만드는 게 최선책이었다. 장준하는 이듬해 1월 5일, 귀국한지 한 달여 만에 김희숙과 서둘러 결혼했다. 그러나 그는 결혼한 지 2주 만에 강제 징용으로 일본군에 징병됐다.

일본이 패망하고 조선이 독립하자 위안부들은 양쪽 나라에서 버림받았다. 일본 군인들은 전세에 밀려 퇴각할 때 위안부를 한데 모아놓고 학살했다. 또 피난명령을 내리지 않고 전투기 폭격을 가해 수많은 위안부를 몰살했다. 겨우 목숨을 건진 위안부들은 연합군 포로수용소에 있다 조선에 돌아왔다. 그러나 위안부 대부분은 가족 곁으로 돌아가지 않고 일본에 잔류했다. 위안부라는 손가락질을 견딜 자신이 없었다. 한국에 돌아온 여성들의 삶은 비참했다. 가족과 이웃을 등지고 피해 살았으며, 극심한 가난에 시달리며 막노동판을 전전했다. 스스로 목숨을 끊는 위안부도 많았다.

일본은 아직까지도 위안부에 대한 진정한 사과나 반성이 없으며, 이들에 대한 명예회복과 배상도 하지 않고 있다.

11/15 김희숙과 결혼 2018

학도병으로 나서며
1944년 1월 19일 정주역

장준하는 학도병으로 전장에 나가야 할 처지에 몰렸다. 그는 결단했다. 집안의 불행을 자신이 대신하겠다는 일념 하나로 징병에 응했다. 장준하의 입대 소식이 알려지자 지방관청과 유지들이 입영을 축하는 편지와 입영 행사 때 사용할 어깨띠를 보내왔다. 그는 그것들을 갈기갈기 찢어 불태웠다. 일본이 일으킨 침략전쟁에 동원되는 청년들에게 해서는 안될 짓거리였다.

일본은 중일전쟁이 발발하자 조선인들을 총알받이로 쓰기 위해 '육군특별지원병령'을 실시하고 대규모 징집에 나섰다. 1941년 태평양전쟁을 일으킨 뒤에는 '학도지원병제'를 시행해 강제로 20만여 명에 달하는 학생들을 전쟁터로 내몰았다. 뿐만 아니라 15만여 명의 조선인들을 강제로 징용해 군사시설 공사 현장에 보냈으며, 일본에 유학 중인 조선인 학생에게도 강제 징병을 적용했다.

장준하는 1944년 1월 19일 일본신학교 교복을 입고 성경을 품에 안은 채 홀로 정주역 플랫폼에서 평양발 기차를 기다렸다. 어느 누구도 장준하가 학도병으로 입대하는 줄 모를 차림새였다. 플랫폼에는 자식들이 살아 돌아오길 바라는 부모들의 울음소리가 끊이질 않았다. 술에 취해 이성을 놓은 학도병도 있었고, 자신이 친일파의 자손이라는 것을 자랑 삼아 의기양양한 태도로 축하받는 이도 있었다.

장준하는 일본군에 끌려가는 학도병들에게서 혼재된 한국의 모습을 체화하며 입술을 악다물었다. 그가 일본군에 지원한 이유는 두 가지였다. 하나는 일본군에서 탈영하는 것이었고, 또 하나는 탈영한 뒤 임시정부로 가서 광복군이 되는 것이었다. 장준하는 이같은 마음을 고향을 떠나는 날 환송회에서 소회를 짧게 밝혔다. '자기가 꼭 해야 할 일을 마치고 돌아오겠다.' 그러나 그는 마음이 편치 않았다. 자신의 결단이 가족들에게 어떤 영향을 미칠지 생각하면 눈물이 앞을 가렸다.

조선총독부는 학도지원병제로 전쟁을 유지할 수 없게 되자 1944년 2월 8일 '현용징용'을 실시했다. 조선 내 공장이나 광산에서 일하는 노동자들을 모두 징용하고, 응징사(징용에 응한 전사)라는 호칭을 부여했다. 4월에는 '긴급학도근로동원방책요강', '학도동원비상조치요강' 등을 실시하고 국민학교(초등학교)부터 대학에 이르는 모든 학생들을 군수물자 증산, 군사시설 건설 등에 동원했다. 그것도 모자라 8월부터는 조선의 모든 남성을 대상으로 일반징용을 시작했다. 이들의 숫자를 모두 합치면 120만여 명에 이른다.

11/15 1944년 1월 19일 광주역, 2018

핏발선 흰자위 말똥치우기

그해 겨울은 어느 해보다 유별나게 추웠다. 대동강은 바짝 얼어붙었고, 매서운 북풍은 사정없이 귀싸대기를 잡아챘다. 일본군 부대가 위치한 평양 외곽은 더욱 더 맵찬 눈보라가 요동쳤다. 온몸을 발발거려도 손발에 온기가 채워지지 않았다. 장준하는 200여 명의 학도병들과 함께 일본군 제42부대로 끌려왔다. 학도병들은 이가 갈릴 정도로 날이 찬데다 나라를 빼앗긴 설움까지 밀물처럼 밀려와 흰자 위에 핏발이 섰다.

장준하는 군대가 형무소 같았다. 일본이 일으킨 침략전쟁에 끌려와 방한조차 되지 않은 막사에서 썩어야 한다는 생각에 말로 할 수 없는 고통이 엄습했다. 그러나 그는 머릿속을 짓누르는 고통을 인내했다. 자신이 세워놓은 계획을 실행에 옮기기 위해 부대 안팎을 염탐하는 일을 게을리하지 않았다. 그는 일본군의 생활습관이나 동태도 세세하게 파악했다. 언제, 어디로 탈출하면 가장 좋을지 두루두루 살폈다. 두 번의 기회는 없었다. 한 번의 기회를 잡지 못하면 허망하게 목숨을 잃을 수 있었다.

장준하는 부대에 배치된 뒤 말발굽을 손질하고 말똥치우는 일에 배속됐다. 장갑이 지급되지 않아 맨손으로 일해야 했다. 그는 찬바람이 불어올 때마다 자라목처럼 목을 움츠리고 말똥을 치웠다. 얼마나 추웠는지 손이 곱아 펴지지 않았다. 사지는 부들부들 떨렸고, 발가락은 얼어 감각이 없었다. 그럼에도 말똥치우기는 새우처럼 허리를 구부린 채 힘을 쓰는 고된 일이라 이마에는 땀방울이 맺혔다.

그는 연병장에서 총을 들고 군사훈련(교련)도 받아야 했다. 실전과 유사하게 벌어지는 군사훈련은 급격히 몸을 쇠하게 했다. 추운 날씨와 영양가 없는 식사, 전쟁터에 나가야 한다는 정신적인 스트레스는 혈기 왕성한 청년들의 원기를 꺾어버렸다. 그래서 많은 학도병들은 날마다 가족들에게 면회를 와달라고 편지를 보냈다. 가족들이 면회를 오면 군사훈련에서 빠질 수 있었다.

학도병에게 시행된 일본식 군사훈련은 해방 후에도 계속 이어졌다. 1949년 자유당 정권은 학원을 통제하고, 학생들을 관변 단체로 이용하기 위해 학도호국단을 만들었다. 학도호국단은 1960년 4.19 혁명을 계기로 폐지됐다. 그러나 박정희는 1975년 학생회를 없애고 다시 학도호국단을 부활시켰다. 유신 정권을 유지하기 위해 군사조직이 필요했다. 이후 국민의 민주화 요구에 따라 1985년 대학교, 1986년 고등학교에서 학도호국단은 해체됐다.

11/15
말뚝 치우기
이동환 2016

엄지손가락에 새겨진 훈장
그와 나의 대결의식

장준하의 오른쪽 엄지손가락은 동상이 걸려 불그뎅뎅하게 부었다. 장준하뿐만 아니라 많은 학도병들이 지독한 동상 때문에 통증을 호소했다. 동상은 예견된 일이었다. 혹한이 몰아지는 벌판에서 벌어지는 장시간 노동과 군사훈련이 낳은 결과였다.

장준하는 참을 수 없는 고통으로 밤잠을 설쳤다. 손등은 곯아버린 무처럼 혈기를 잃은 지 오래였고, 진땀은 통증이 일 때마다 등골을 타고 쭉 솟구쳤다. 그는 동상에 걸린 엄지손가락 통증이 심해질 때마다 성경책을 꺼내 읽었다. 동상에 걸린 아픔이 마치 나라를 잃은 민족처럼 느껴져 참고 이겨 내려고 애썼다. 고통을 호소하는 그를 대신해 궂은일까지 도맡아 해 주는 동료들의 믿음에도 보답해야 했다. 그러나 동상은 제때 처치하지 않으면 살과 신경이 썩어 문드러져 절단하는 상황에 이르렀다. 그는 나흘 동안 고통 속에서 몸부림치다 의무실을 찾았다.

일본 군의관은 마취 없이 장준하의 생살을 메스로 찢어 고름을 짜내려고 했다. 그러나 고름이 아니라 붉은 피만 뚝뚝 떨어졌다. 군의관은 계속 고름을 찾기 위해 칼로 무를 베듯, 살코기를 저미듯 엄지손가락을 쓱쓱 난자질을 했다. 아무런 죄의식은 없었다. 의사로서의 실력을 입증하려는 것처럼 고름만 찾으려고 했다. 군의관은 뼛속까지 스며드는 통증을 꿋꿋하게 참아 내는 장준하를 보면서 존경의 눈빛을 보냈다.

장준하는 뒷머리가 쭈뼛이 서도록 아팠지만 입술을 꽉 물고 참았다. 신음소리조차 내지 않고 군의관과 맞섰다. 조국의 자주독립을 위해 피를 바친 애국지사들의 고난과 비교하면 아무 것도 아니었다. 그들처럼 떳떳하고 자랑스럽게 일제와 맞서고 싶었다.

장준하는 흉한 흉터가 남은 엄지손가락을 바라보면서 마음을 다졌다. 일본의 식민 지배로부터 벗어나기 위한 청춘의 애통이, 조국의 독립을 위해 분골쇄신해 싸우겠다는 남아의 결심이 훈장처럼 자신의 엄지손가락에 새겨진 것이라 생각하며 미소로 변용했다.

며칠 있으면 일본군 제42부대에서 중국 전선으로 파견할 학도병을 뽑는 날이었다. 장준하는 파견 학도병에 뽑히면 군영을 탈출해 중국 충칭에 있는 대한민국임시정부에 비교적 쉽게 찾아갈 수 있다고 확신했다. 그는 동상에 걸린 오른손이 걱정이 됐지만 의지만 확고하면 가능할 것이라고 여겼다.

11/15
그대 나의 대결의식

내팽개친 자존심
굴욕

기상나팔 소리가 울리자 연병장 소집 명령이 떨어졌다. 장준하는 수척해진 몸을 굼적굼적 일으켰다. 오른손을 감싼 하얀 붕대는 길게 늘어뜨려 목에 걸고 연병장으로 향했다. 하늘은 구름 한 점 없이 맑았다. 그는 대낮처럼 밝은 바깥 풍경을 바라보며 회심의 미소를 지었다. 일본군 부대장은 정렬한 학도병 사이를 거닐며 점호를 시작했다. 부대장은 붕대를 감고 나타난 장준하를 바라보면서 실낱같은 양미간을 찡그렸다. 장준하는 부대장에게 의연한 목소리로 '중국 파견 부대에서 싸우게 해 달라.'며 경례를 붙였다. 부대장은 의아해했다. 모두들 파견에서 빼달라고 뇌물을 바치거나 향연을 베풀기 바쁜 와중에 오직 장준하만이 보내 달라고 나섰기 때문이었다. 부대장은 잠시 걸음을 멈추고 한참을 생각하더니 장준하를 추켜세우며 허락했다. 그의 승인에는 어떤 시련이 있을지 모르는 길, 어쩌면 죽음과 마주하는 상황조차 감내해야 한다는 묵언의 조언이 포함돼 있었다. 그러나 장준하의 생각은 오직 하나 뿐이었다. 탈출이었다. 그는 자신의 뜻을 아내에게도 알렸다. 장준하는 부대로 면회 온 아내에게 매주 편지를 보낼 것이며, 그 편지들 중 성경 구절로 끝나는 편지를 받으면 자신이 일본군 부대에서 탈출해 임시정부로 간 줄 알라고 일렀다.

일본군들은 폭력과 굶주림으로 학도병들을 제압했다. 먹다 남은 음식을 선심 쓰듯 던져주며 받아 먹게 했다. 학도병들은 음식 앞에서 민족의 자존심까지 사정없이 내팽개쳤다. 하이에나떼처럼 우르르 몰려들어 짐승 사료 같은 음식을 두고 다퉜다. 장준하는 공부 꽤나 했던 지식인들이 굶주림에 허덕지덕하며 한국인의 품위를 더럽히는 행동거지에 심한 굴욕감과 수치심을 느꼈다. 배고픔을 강요하고, 죽음을 강요하고, 짐승이기를 강요하는 일제의 만행에 모욕을 느껴 홀로 눈물을 흘렸다. 그는 일본군이 먹다 남긴 음식은 먹지 말자며 '잔반불식동맹'을 만들었다. 아무런 의식 없이 잔반을 주워 먹기 바쁜 학도병들에게 민족의 긍지를 심어주려는 의도였다. 그러나 그의 노력은 누렇게 빛이 바랬다. 음식을 먼저 차지하려고 옥신각신하는 실랑이는 매일매일 반복됐다.

장준하는 중국 쉬저우 부대로 파견 나간지 3개월 만에 다시 규율이 세고 감시가 삼엄한 쓰카다 부대로 전속됐다. 학도병들의 탈출이 늘어나자 탈출 사고가 한 번도 발생하지 않은 쓰카다 부대로 학도병들을 모두 전출시킨 것이었다. 그는 눈앞이 캄캄할 정도로 암담했지만 탈출은 그대로 감행하기로 했다.

11/15
굴욕
2016

수포로 돌아간 쉬저우 탈출 하늘의 별이 차갑게 빛났다

장준하가 일본 쓰카다 부대로 가기 전이었다. 그 당시 쉬저우 부대에서 학도병 예닐곱 명이 탈영한 뒤라 일본군들이 학도병들을 위협하는 일이 자주 벌어졌다. 한국인 출신 일본 장교도 마찬가지였다. 탈출병이 생기면 칼로 베어버리겠다며 학도병들을 강박했다. 자신의 지위를 유지하는데 지장을 주기 때문이었다. 장준하는 겸허와 우애가 아니라 오만과 배신이 일상화된 한국인들의 친일 언행에 적잖게 분노했다. 하지만 가슴을 쓸어내리며 참고 참았다. 탈출에 성공해 임시정부로 가는 것이 진정으로 중요했다.

장준하는 탈출에 성공하기 위해 장교들의 호감을 살 기회를 살폈다. 일본군 선임들의 반인륜적이고 파렴치한 행태를 참지 못하고 탈출을 감행하려다 일본군에 충성하기 위해 마음을 돌렸다는 식의 각본을 짰다. 일본군은 학도병들을 대할 때 오만불손하기 그지없었다. 날이면 날마다 청소나 설거지를 깨끗하게 하지 않았다고 욕설을 남발했다. 마치 짐승을 훈련시키는 것처럼 매서운 눈초리로 얼차려도 돌렸다.

장준하에게 자신의 계획을 실행할 찬스가 찾아왔다. 일본군 상등병이 그에게 식판이 더럽다고 트집을 잡았다. 장준하는 가슴에서 울분이 솟구쳤다. 자신에게 괜한 트집을 잡아 들볶는 건 견딜 수 있었지만 일본군의 행태가 풍전등화와 같은 조국의 운명을 그대로 보여주는 것 같아 노기가 어렸다. 그러나 그는 끓어오르는 울분을 가라앉으며 일본군의 지시대로 따랐다. 모두 계획된 것이었다.

장준하는 불침번을 교대한 뒤 내무반장을 찾아가 일본군 상등병에게 당한 모욕을 전부 일러바치면서 탈출하려고 했으나 내무반장님의 애정과 보살핌을 배신할 수 없어서 그냥 돌아왔다고 거짓말을 했다. 내무반장은 장준하의 계교에 넘어가 상등병을 매질한 뒤 3일 동안 영창에 보냈고, 장준하에게는 무한한 신임을 보냈다. 내무반장의 신임은 장준하의 탈출에 지대한 도움이 될 일이었다. 장준하는 내심 기뻤지만 겉으론 표현하지 않았다. 그러나 탈출사고가 계속 발생하면서 장준하는 쓰카다 부대로 전속됐고, 그의 노력은 수포로 돌아갔다.

장준하는 쓰카다 부대로 떠나기 하루 전 불침번을 서면서 밤하늘을 바라봤다. 밤하늘에는 수없이 많은 별들이 차갑게 빛나고 있었다. 그는 밤이 깊어 갈수록 더욱 차갑게 빛나는 별들을 쳐다보면서 서러운 마음을 달랬다. 생사기로에 선 조국을 위해 무엇을 해야 하는지 곱씹고 곱씹었다.

11/15 하늘의 별이 차갑게 빛났다 이철환 2018.

관동대지진의 악몽
철조망 너머…

연병장에는 밤낮을 가리지 않고 고막을 터뜨릴 것 같은 고함과 총소리가 울려 퍼졌다. 일본군은 학도병들의 탈출을 막기 위해 영육을 혹사시켰다. 전투훈련 시간을 무리하게 늘리거나 군가, 훈련교본 등을 외우게 하면서 학도병들이 아예 딴생각을 하지 못하게 했다.

장준하는 쉼 없이 펼쳐지는 군사훈련 중에도 인근 지형지물을 관찰했고, 탈출 경로를 파악했다. 쉬는 시간이 되면 일본군 교관에게 억지로 말을 붙여 중국군의 상황을 알아냈다. 임시정부에 가지 못하더라도 인근에 주둔한 중국군 부대로 탈출하면 목숨을 건질 수 있을 뿐만 아니라 중국군에 입대할 수 있었다. 중국도 일본과 전쟁 중이었기 때문에 많은 한국인들이 중국군에 입대해 일본군과 싸웠다.

장준하는 동북방으로 탈출 방향을 잡고, 아내에게 마지막 편지를 보냈다. 아내에게는 로마서 9장 3절의 성경 구절을 인용해 탈출 감행을 알렸다. 아내는 성경 구절이 적힌 편지를 받고 남편이 탈출에 꼭 성공하기를 두 손 모아 기도했다.

일본군은 학도병들에게 탈출하면 목을 베어버리겠다고 위협했다. 길거리에 매어놓고 본보기를 보이겠다고 협박했다. 이들의 협박은 말뿐이 아니었다. 군법이 엄연히 존재했지만 학도병의 신변은 전리품과 같았다. 일본군 장교가 재량에 따라 처리해도 뒤탈이 생기지 않았다.

학도병들은 일본 관동대지진 때 벌어진 조선인 학살사건을 전해 들어 잘 알고 있었다. 1923년 9월 1일 일본에 큰 지진이 발생하자 사회질서가 무너졌고, 우익과 좌익 사이에서 서로를 믿지 못하는 불신이 싹텄다. 일본 내무성은 사회 갈등을 잠재우기 위해 사회주의자들의 명령을 받은 조선인들이 폭도로 돌변해 우물에 독을 풀고 방화약탈을 일삼으며 일본인을 죽이려 한다는 유언비어를 퍼뜨렸다. 극우들은 자경단을 조직해 조선인 죽이기에 혈안이 됐다. 죽창과 몽둥이, 일본도, 총으로 무장하고 조선인이 발견되면 그 자리에서 때려죽이고, 찔러죽이고, 총으로 쏴 죽였다. 조선인 노동자들을 밧줄로 묶어 강물에 던진 뒤 헤엄쳐 나오면 도끼로 찍어 죽이기도 했고, 조선인의 몸에 기름을 부어 산 채로 태워죽이기까지 했다. 그 당시 학살 당한 조선인은 공식적으로 6천여 명에 이르렀다. 일본군도 자경단과 다르지 않았다. 침략전쟁에 동원된 이들에게 조선인은 전쟁에 필요한 도구 그 이상도, 그 이하도 아니었다.

11/15 철조망 너머… 이 동철 2016

사선을 넘어 느티나무 아래로

1944년 7월 7일 일본 '다나바타 마츠리' 경축일. 형형색색의 천에 소원을 적어 대나무 가지에 걸어놓는 날이 왔다. 천황은 전쟁에 참전한 일본군을 격려하기 위해 직접 술을 하사했다. 일본군들은 술을 마시고 하나둘씩 만취했고, 학도병 막사의 점호도 불가능해졌다. 술에 취한 주번사관은 어쩔 수 없이 학도병들의 야간교육을 취소하고 15분 이내에 목욕을 마친 뒤 취침하라는 명령을 내렸다.

그날이 왔다. 장준하는 김영록, 홍석훈, 윤경빈과 함께 탈출하기로 결심하고 목욕 시간에 철조망을 넘어 느티나무 아래에서 만나자고 결의했다. 기회는 단 한 번뿐이었다. 그렇지 않으면 조국 독립의 밀알이 되겠다는 꿈은 산산이 부서질뿐더러 목숨마저 보장할 수 없었다.

여기저기서 술에 취해 노래를 부르는 일본군과 요란스럽게 울어대는 풀벌레 소리를 제외하고는 천지간이 죽은 듯이 적막했다. 철조망을 순찰하던 일본군들도 취기가 올랐는지 몇몇을 제외하고는 동공이 풀렸다. 장준하는 짙은 어둠에 몸을 맡기고 선선한 밤바람이 부는 공터를 지나 철조망으로 향했다. 이 세상에 아무도 없는 것처럼 조용히 조용히, 한 걸음 한 걸음 발걸음을 뗐다.

장준하는 일본군의 감시를 피해 철조망을 기어올랐다. 철조망은 말뚝에 단단히 고정돼 있어 흔들리지 않았지만 철사가 얼기설기 촘촘하게 쳐 있는데다 쇠꼬챙이가 군데군데 돋아나 잡을 곳이 마땅치 않았다. 그는 뒤도 돌아보지 않고 3미터에 이르는 철조망을 넘는데 집중했다. 촌각을 다퉜지만 다치지 않게 조심했다. 철조망을 넘은 뒤에는 고난의 뜀박질이 기다렸다. 급한 마음에 함부로 몸을 놀렸다가는 모든 계획이 물거품으로 돌아갔다. 그는 철조망을 넘고 방어호를 무사히 미끄러져 내려가 느티나무 쪽으로 엉금엉금 기듯이 달렸다.

느티나무 아래에는 아무도 없었다. 장준하는 동지들이 보이지 않자 온갖 사념에 사로잡혔다. 함께 탈출하기로 했던 사람 중 한 명이 변심한 터라 가슴이 더욱 조마조마했다. 행여 탈출 계획을 미리 발설했다면 총살형은 떼어 놓은 당상이었다.

독립운동가 중에는 동지들의 배신으로 체포돼 사형 당한 사람들이 많았다. 모두 일신의 이익을 위해 동지를 배반한 것이라 이가 빠드득 갈릴 만큼 분한 일이었다.

11/15

느티나무 아래로

뜻밖의 실수
운하를 건너다

느티나무 아래에는 괴괴한 달빛이 가라앉아 정적이 감돌았다. 장준하는 나무 아래 바짝 엎드려 동지들을 기다렸다. 어디선가 뭇짐승과 같은 발소리가 정적을 깨뜨렸다. 몸을 낮춘 채 두 손으로 바닥을 짚으며 걸어오는 동지였다. 어찌나 살살 걸어왔는지 고라니가 발을 내딛는 것 같았다.

장준하는 한 명의 동지가 철조망을 넘었다는 기쁨을 뒤로 하고 뛰기 시작했다. 누구든지 발각되면 자신의 탈출도 성공을 가늠할 수 없었다. 곧바로 추격 당할 것이 분명했다. 그는 잠시도 멈추지 않고 달렸다. 땀에 흠뻑 젖은 군복이 몸에 달라붙어 등골이 다 드러나고, 연방 흘러내린 땀방울이 흙먼지와 뒤엉켜 얼굴이 미끄덩해질 정도로 사력을 다해 뛰었다.

그는 나무 사이를 헤치고, 고구마밭 고랑을 가로질러 옥수수밭에 들어섰다. 웃자란 옥수수에 몸을 감출만 하자 잠시 쉬면서 방향을 살폈다. 거기에는 이미 세 명의 동지가 모여 그를 기다리고 있었다. 이들은 서로 포옹을 하면서 감격을 나눈 뒤 다시 뛰기 시작했다. 탈출 사실이 알려지면 추격대가 쫓아올 터였다.

눈앞에 검푸른 바위산이 펼쳐졌다. 무성한 나무와 삐죽 솟아난 바위들이 마구 뒤얽힌 산이었다. 일본군에 잡히지 않으려면 무조건 바위산을 넘어야 했다. 장준하 일행은 허겁지겁 바위산을 올랐다. 팔꿈치와 무릎이 까지고 옷이 찢어지는 줄 모르고 열심히 산을 타 중턱에 이르렀다. 장준하는 몸에 밴 땀을 잠시 식힐 겸 널찍한 바위 위에 앉았다. 멀리 쓰카다 부대에서 퍼져 나오는 으슴푸레한 불빛이 반딧불처럼 반짝였다.

중국군이 주둔한 부대에 가기 위해서는 100여리를 더 달려야 했다. 장준하 일행은 바위산 밑으로, 밑으로 달렸다. 내리막길도 험하기는 마찬가지였다. 세차게 달리다 돌부리나 나무뿌리에 걸려 미끄러지거나 자빠지길 반복했다. 일행은 30여 분을 달려 바위산 아래에 당도했다. 일행을 기다리는 것은 강물을 끌어다 댄 거대한 운하였다.

장준하 일행은 물러설 수 없었다. 뒷걱정은 일이 벌어지면 하기로 하고 서둘러 운하에 뛰어들었다. 물 깊이는 가슴 높이 정도였지만 수영을 전혀 할 줄 몰랐던 장준하에게는 두려운 결정이었다.

뒷걱정은 생각보다 빨리 찾아왔다. 군복을 입고 운하를 건너는 바람에 성냥, 나침반 등 탈출에 필요한 모든 도구들이 물에 젖어버렸다. 일행의 입에서 동시에 한숨이 쏟아져 나왔다.

11/15 운하를 건너다. 이동환 각

목마름과 배고픔
위기의 순간

기묘한 침묵이 감돌았다. 쫓고 쫓기는 추격전이 곧 시작될 것 같은 긴장감이 팽팽하게 흘렀다. 바위산을 넘고, 운하를 건넜지만 일본군의 영향에서 벗어나려면 아직도 한참이었다. 장준하는 한때 조선 민족의 터전이었던 만주 벌판에서 일본군에게 쫓겨야 만하는 현실을 부정할 수 없었다. 이곳의 자연을 즐기며 한가롭게 거니는 방법은 조국 독립밖에 없었다.

장준하 일행은 점점 지쳐갔다. 발가락이 붓고 몸에 피로가 쌓이는 것은 그나마 참을 만했다. 입 안이 타들어 가는 갈증은 쉽게 해소되지 않았다. 수통의 물도 바닥난지 오래였다.

서로의 얼굴을 육안으로 뚜렷이 확인할 수 있을 정도로 날이 밝았다. 일행은 양지바른 조밭을 은신처로 삼고 깊은 잠에 빠졌다. 그러나 장준하는 혹시라도 발각될지 모른다는 불안감에 휩싸여 잠이 오지 않았다. 그는 허리까지 자란 조를 뿌리채 뽑아 동료들의 몸을 덮었고, 자신도 똑같이 위장한 뒤 잠을 청했다.

오전의 햇살이 뜨겁게 내리쬈다. 젖은 군복과 땀이 뒤엉켜 온몸이 끈끈하고 썩은 냄새가 진동했다. 장준하는 동지들보다 일찍 기상해 성경책을 들여다보다 귀를 쫑긋 세웠다. 트럭 엔진소리와 히라가나(일본어)가 얼푸름하게 들렸다. 장준하 일행을 뒤쫓아 온 일본군이었다. 일본군은 조밭뿐만 아니라 인근 수수밭까지 일일이 수색했지만 이들이 누워 있는 곳은 발견하지 못했다. 천만다행이었다.

한낮이 되면서 살인적인 더위가 몰아치자 숨이 턱턱 막일 지경이었다. 대지를 삶아대는 열기 때문에 갈증은 더욱 심해졌고, 시장기도 몰려왔다. 장준하 일행은 탈출할 때 가지고 온 쌀을 조금씩 나눠 먹었다. 쌀이 속에서 부풀어 오르자 그만큼 갈증은 더했다. 대동강 물을 통째로 마셔도 해갈되지 않을 것 같은 목마름을 느꼈다. 몸을 식힐 방법은 단 하나였다. 일행은 알몸으로 햇볕이 들지 않는 곳에 누워 뒹굴뒹굴 했다. 수색 중인 일본군 때문에 꼼짝하지 못하기도 했다.

한낮의 열기가 식어가면서 밤이 찾아왔다. 장준하 일행은 머리를 맞대고 어디로 갈 것인지 상의했다. 한 사람의 의견보다 네 명의 의견을 모아 실수를 줄였다. 일행은 불빛이 보이는 마을이나 시야가 트인 평야를 피해 밭고랑으로, 골짜기로, 바위틈으로 몸을 숨기며 걸었다. 배고픔과 목마름이 절정에 달해 오고, 다리는 천근처럼 무거웠지만 일본군에 잡히지 않기 위해 강행군을 이어나갈 수밖에 없었다.

11/15 위기의 순간 沒有了
2016

홍석훈을 살려라
홍동지

장준하 일행은 오랜 행군으로 기진맥진했다. 중간중간 잠시 땅바닥에 누워 힘을 저장하는 것 빼고는 피로를 회복할 방법은 없었다. 일행은 발바닥이 부르트고 장딴지가 단단하게 굳어 갔지만 기계처럼 발걸음을 옮겼다. 일본군 관할지역에서 벗어나려면 잠시도 발걸음을 늦출 수 없었다.

일행은 사방에 컴컴한 어둠이 내려 한 치 앞도 분간할 수 없는 골짜기에 들어섰다. 한 줄로 서서 앞사람의 소매를 붙잡고 조심조심 걸음을 뗐다. 일행 중 홍석훈이 갑자기 주저앉듯이 쓰러지더니 곧바로 의식을 잃었다. 술 취한 행인이 길바닥에 쓰러지는 것처럼 순식간에 벌어진 일이었다. 다행스럽게도 머리가 푹신한 흙바닥에 부딪쳐 뇌 손상은 일어나지 않았다. 장준하는 깜짝 놀라 차갑게 식어 가는 홍석훈의 온몸을 주무르며 흔들어 깨웠다. 그래도 반응이 없자 그의 옷을 벗기고 자신의 맨살로 마사지하며 온기를 전했다. 그를 살리기 위해서는 어떤 체면도 필요 없었다.

장준하는 목이 잠기고 온몸이 부들부들 떨렸다. 맑은 눈동자에서는 눈물이 한가득 모여 뚝뚝 흘러 내렸다. 여기서 죽으면 안 된다는 소리 없는 절규였다. 김영록, 윤경빈도 설움에 복받쳐 흐느꼈다. 나라 잃은 국민이 겪게 되는 슬픔이 무엇인지 정확하게 깨닫는 순간이었다. 홍석훈은 게슴츠레 눈을 뜨더니 "더 이상 걸을 수 없다, 먼저 가라."는 말을 남기고 다시 눈을 감았다. 체력을 모두 쇠진한 것이었다. 일행은 그를 그대로 놔두고 갈 수 없었다. 세 사람은 그를 번쩍 들어 평평한 곳으로 옮기고 잠시 휴식을 취했다.

장준하는 홍석훈을 바라보며 서정주의 '송정 오장 송가'를 떠올렸다. '마쓰이 히데오! 그대는 우리의 가미카제 특별공격대원.' 일제의 자살특공대에 참여한 조선 청년들을 미화화고, 일제의 침략 행위가 마치 숭고하고 값진 것처럼 그려낸 시였다. 일제의 식민 지배를 끊어내기 위해 어떤 이들은 목숨을 걸었지만 어떤 이들은 내선일체와 대동아공영에 동조하며 한국인의 삶에 악영향을 끼쳤다. 그것도 지식인이라 불리던 사람들이었다. 정준하는 도저히 참을 수 없었다. 홍석훈을 잃는다면 자신을 용서할 수 없을 것 같았다. 자신의 생명이 붙어있는 그날까지 조국을 위해 일하겠다고 입버릇처럼 얘기하던 그였다. 그는 홍석훈 자신의 임무를 다하도록 돕고 싶었다. 그러나 그의 마음과 다르게 홍석훈의 숨소리는 점점 거칠어졌다. 온몸에서 식은땀을 쏟아 내며 기력을 잃어 갔다.

11/15
"홍동지~"

신의 은총 물이다

장준하 일행은 지체할 수 없었다. 일본군의 집요한 추적을 피하려면 홍석훈을 부축해서라도 움직여야 했다. 그러나 그는 다리에 힘을 줄 수 없었다. 일으켜 세우려 해도 다리를 흐느적거리며 털석털석 쓰러졌다. 세 사람은 고된 숨을 몰아쉬며 홍석훈을 들다시피해 이동했다.

산비둘기 울음소리가 크게 들려왔다. 부엉이의 날카로운 발톱에 몸통이 찍힌 채 애처롭게 울고 있는 산비둘기였다. 장준하는 반뜩반뜩 빛나는 부엉이 눈빛을 물끄러미 바라보며 고개를 숙였다. 자신의 신세가 부엉이에게서 도망가려고 애쓰는 산비둘기 같아 구슬프고 처량했다. 일본군에게 잡히는 날에는 저 산비둘기처럼 자신이 온몸이 찢길 게 뻔했다.

비로 만들어진 것 같은 작은 물웅덩이가 나타났다. 장준하 일행은 홍석훈을 잠시 바닥에 뉘어 놓고 탄성을 내지르며 물웅덩이를 향해 뛰었다. 신의 은총을 받는 것과 같은 기쁨이었다. 세 사람은 엎드린 채 웅덩이에 입을 대고 꿀컥거리며 물을 마셨다. 미지근하고 쿰쿰한 냄새가 나는 물이었지만 약수라도 마신 것처럼 뱃속까지 개운했다. 이들은 수통에도 물을 가득 채워 홍석훈에게도 먹였다. 그는 몸에 물에 들어가자 서서히 기운을 차리기 시작했다.

몸에 열이 오르고 힘이 빠지는 이상반응이 나타났다. 숨도 제대로 쉬어지지 않았고, 배앓이가 시작됐다. 홍석훈도 다시 의식을 잃고 쓰러졌다. 아까 마셨던 물은 갖가지 오물에 오염된 더러운 물이었다. 장준하 일행은 땀을 한바가지 흘린 뒤에야 제정신을 차렸다. 반면 급속도로 허기가 찾아가 머리가 어질어질해졌다. 배에서는 꼬르륵 소리가 계속 났다. 홍석훈을 부축하고 다니면서 먹을거리를 찾기는 힘들었다. 장준하는 윤경빈과 함께 식량을 구하기로 하고, 김영록은 홍석훈을 간호하기로 했다.

장준하는 한참을 걷다 낡은 원두막을 발견했다. 두 사람은 누가 먼저랄 것 없이 원두막을 향해 뛰었다. 밭에는 수박이 익어가고 있었다. 두 사람은 막 영글기 시작한 작은 수박을 주머니마다 채워 넣고, 양팔 가득 수박을 안고 나오다 주인과 마주쳤다. 그러나 주인은 장준하와 윤경빈의 행색을 보더니 놀라 뒷걸음질치며 도망갔다. 일본 군복차림과 독이 바짝 오른 두 사람에 눈빛에 제압당한 것이었다. 수박 열매가 맺기 시작하면 주인이 도둑이나 산짐승을 막가 위해 원두막을 지키곤 했다. 그 밭도 그랬다.

11/15
“물이다~”
2016

기적 소리
지쳐 잠들다

수박 과즙과 섬유질이 뱃속에 들어가자 허기와 갈증이 동시에 해갈됐다. 설익은 수박 맛이 어떠한지는 중요하지 않았다. 입가에 단물이 주르륵 흐르지 않아도, 먹을 게 있다는 것 하나만으로도 행복했다. 홍석훈도 수박을 아싹 베어 물더니 혼자 걸을 수 있을 정도로 서서히 기운을 차렸다.

장준하 일행은 속이 완전히 들어차지 않은 새끼 수박을 나눠 들고 먹으면서 걸었다. 수박밭 주인과 마주친 일이 걱정돼 편안히 앉아서 먹을 수 없었다. 일행은 수박을 껍질째 이빨로 우적우적 씹어 삼켰다. 껍질을 남기면 추격의 실마리를 줄 수 있었다.

일행은 배고픔과 목마름에 몸서리를 치다 몸에 수박이 들어가자 졸음이 몰려와 참을 수 없었다. 눈꺼풀이 무겁게 짓눌려 더 이상 걸을 수 없었다. 일행은 옥수수밭에 들어가 잠을 청했다. 안락하고 쾌적한 잠자리는 아니었지만 세상 고통을 잠시 잊을 수 있을 만큼 평안한 곳이었다. 이들은 일본군이 쫓아온다는 생각조차 잃어버리고 어린아이처럼 곤한 잠에 빠졌다.

금빛 태양이 따사롭게 쏟아졌다. 하늘 위로 날아오른 새는 숙련된 솜씨로 하늘에 그림을 그렸다. 사방이 확 트인 평야에는 신비로운 동화처럼 계절을 잊은 꽃이 아름답게 만발했다. 기모노를 입은 백발의 노인은 그물처럼 뒤엉킨 넝쿨에 물을 주고, 물방울은 나뭇잎 위에 은빛으로 맺혀 오롯이 흔들렸다. 그 순간 굉음과 함께 버섯구름이 일면서 뜨거운 열기가 세상을 집어삼켰다. 도시와 사람들은 형체도 없이 사라졌고, 숲과 강물은 잿더미로 변했다. 하늘에서는 검은 비가 주룩주룩 내렸다. 대낮인데도 시커먼 대기가 태양을 가려 발밑을 분간 못할 만큼 어두웠다. 살아서 움직이는 사람들은 피부가 전부 녹아 흘러내려 괴기스러웠다.

장준하는 비명을 지르며 잠에서 깼다. 꿈인지 생시인지 분간하기 어려울 정도로 장면 하나하나가 모두 기억에 남는 미몽이었다. 그는 이마에 흐르는 땀을 손등으로 닦으며 한숨을 크게 내쉬었다.

빽빽 울리는 기적 소리가 간간히 들렸다. 날이 어두워 실체는 확인할 수 없었지만 기차 기적 소리라는 것은 정확하게 알 수 있었다. 장준하는 어느 때보다 민감하게 기적 소리의 정체를 파악하는데 정신을 쏟았다. 지금 여기가 어딘지, 그리고 어디로 가야하는지 확실하게 알아야 탈출은 성공할 수 있었다. 그는 깊은 잠에 빠진 동지들을 흔들어 깨웠다. 생각했던 것보다 상황이 좋지 않았다.

11/15 지쳐 잠들다. 이 동 호 2016

도망가는 중국인
밤이 되거든 걷자

드문드문 기적 소리가 들렸다. 거리가 멀어 기차바퀴가 털커덕털커덕하는 소리는 들리지 않았지만 날씨가 조금씩 밝자 검은 연기를 훅훅 내뿜으며 산모퉁이를 달려가는 기차는 어슴푸레 보였다.

장준하 일행은 벌떡 일어나 신경을 곤두세웠다. 얼굴은 부석부석했지만 눈빛은 사나운 개와 맞닥뜨린 고양이처럼 초롱초롱하게 빛났다.

일본군의 포위망에서 벗어났다는 생각은 오산이었다. 필사의 탈출이 생사의 고비와 마주했다. 장준하는 불길한 예감에 사로잡혔다. 탈출 경로로 잡았던 동북 방향에는 철로가 없었다. 필시 방향을 잘못 잡고 일본군 관할지역을 뺑뺑 돌았던 게 분명했다. 장준하 일행은 뜻하지 않게 찾아온 난관을 극복하기 위해 머리를 모았다. 어려움이 거듭될수록 더욱 희망을 잃지 말아야 했고, 차분히 의견을 교환하다 보면 현명한 방법을 찾을 수 있었다. 일행은 옥수수밭에서 날이 어두워지길 기다리기로 했다. 밤이 되면 걷자고 뜻을 모았다. 날이 밝을 때 움직이는 것은 자살행위와 같았다. 이제 동이 트기 시작했을 무렵이었다.

긴긴 기다림으로 배고픔이 극에 달했다. 바닥에 누워 움직임을 줄여도, 희망에 찬 대화를 나눠도, 혀를 차며 일본군의 만행을 열거해도, 한때 가장 좋아했던 시를 읊어도 허기는 잠재울 수 없었다.

누군가가 옥수수밭으로 걸어왔다. 밭에 거름을 주러 온 농부였다. 농부는 일본군복을 입고 있는 장준하 일행과 눈이 마주치자 줄행랑을 쳤다. 장준하는 일단 중국인 마을로 내려가 배를 채우자고 제안했다. 중국인에게 은신처를 들킨 마당에 그 자리를 지킬 이유는 없었다.

중국인들은 일본군을 두려워했다. 일본군의 잔인한 '인간 사냥'을 경험했기 때문이었다. 1937년 일본은 중국의 수도였던 난징을 점령해 중국인 30만명을 학살했다. '태우고, 빼앗고, 죽이자.'는 일본군의 삼광작전이었다. 일본군은 중국인 남자들을 색출해 무차별 학살을 자행했다. 성 외곽이나 장강으로 끌고가 기관총 세례를 퍼부었고, 총검술 훈련용이나 목 베기 시합의 희생물로 삼았다. 뿐만 아니라 장작불로 태워 죽이고, 몽둥이로 때려 죽이고, 산 채로 파묻어 매장 시키고, 칼로 난도질하며 무료함을 달래기도 했다. 일본군은 여성들을 집단윤간하고 잔혹하게 살해했다. 그 대상은 어린이부터 노인까지 가리지 않았다. 일본의 난징대학살은 6주간 계속됐다.

11/15 밤이 되거덩 걷자 이동환 2011

일념
빨리 오시오, 먹어요

장준하 일행은 중국인들의 시선을 의식하지 않고 당당하게 마을로 내려갔다. 일본군인 양 행세해 밥을 얻어 먹을 궁리였다. 중국인들이 아침밥을 먹고 있었다. 일행은 순찰을 도는 척하며 음식을 얻어먹고, 수통에 물도 채웠다. 15리 밖에 쓰카다부대가 있는 것도, 30리만 걸으면 중국군이 주둔해 있는 것도 알아냈다. 이들은 마지막 행군을 준비했다. 이번이 마지막 기회일지 모른다는 생각뿐이었다. 일행은 주머니에 남은 돈을 모두 털어 음식과 과일을 구입하고 북쪽 산을 넘기로 했다. 산은 가파르진 않았지만 쉽게 오르내릴 경사는 아니었다.

장준하 일행은 양지바른 자리에 앉아 배낭 속에 넣어둔 과일을 꺼내먹고 막 일어날 참이었다. 어디에선가 고함소리가 들렸다. 여러 명의 청년들이 오라고 손짓하면서 지르는 고함이었다. 일행은 청년들의 정체를 정확히 알 수 없었다. 그럴 때는 도망가는 게 상책이었다. 이들은 당황하지 않고 주머니에서 권총을 꺼내는 시늉을 하며 반대쪽으로 달렸다. 중국군이든 일본군이든 자신들을 발견한 이상 끝까지 쫓아올 게 뻔했다. 중국군 입장에서는 일본 군복을 입은 적군이었고, 일본군 입장에서는 탈영한 학도병이었다.

장준하 일행이 몸을 틀어 도망치자 청년들이 탕 하고 총알 한 방을 날렸다. 위협사격이었다. 일행은 산의 적막을 깨며 앙칼지게 울려퍼는 총소리에도 아랑곳하지 않고 도망쳤다. 가지를 늘어뜨린 소나무들을 방어벽 삼아 요리조리 몸을 피하며 달렸다. 연이어 연발의 총소리가 탕탕 터져 나왔다. 콩을 뒤볶는 소리처럼 허공을 뒤흔들며 귓가에 파고들었다. 무차별적인 근접사격이었다. 일행은 몸을 숙이고 옥수수밭을 향해 달렸다. 어젯밤을 보냈던 잠복 장소에서 숨어 있다가 빈틈을 노려 몰래 빠져나갈 생각이었다. 지리에 익숙치 않은 산으로 올라가면 죽음을 면치 못할 게 뻔했다.

옥수수밭으로 가는 길은 멀었다. 장준하는 총소리가 점점 가까이에서 들려오자 깜짝깜짝 놀랐다. 하지만 주눅 들지 않고 뛰었다. 어떻게든 살아남아 임시정부로 가야 한다는 일념 하나였다. 그는 산길을 내달리면서 학대와 부림을 참지 못하고 도망치던 조선 시대 노비들의 심경을 느꼈다. 노비들의 삶은 탈출이 아니면 산 송장과 다르지 않았다. 정체 모를 청년들에게 쫓기는 장준하의 상황도 똑같았다. 자신도 그저 일본이 일으킨 침략전쟁의 총알받이일 뿐이었다.

11/15 "빨리 오시오, 먹어요" 2016

731부대 탕~ 옥수수밭으로

장준하 일행은 어른 키만큼 자란 옥수수밭으로 들어갔다. 수염을 늘어뜨린 옥수수가 어깨에 부딪치며 싸락싸락 소리를 냈다. 일행은 바람에 넘실거리는 옥수수 사이에 몸을 숨기고 청년들이 사라지길 기다렸다. 그러나 총소리는 끊이질 않았다. 사방에 총을 난사하며 일행을 따라붙었다. 일행은 옥수수밭을 방패삼아 마냥 숨어 있을 수 없었다. 옥수수밭을 몰래 빠져나와 수수밭, 콩밭, 감자밭을 가로질러 달렸다. 여기서 총에 맞아 죽으면 그대로 산짐승 밥이었고, 산 채로 잡히면 총살을 당하거나 731부대 행이었다.

일본군은 하얼빈 일대에 세균전 부대를 세웠다. 독립운동가나 전쟁포로, 사상범, 적군 양민을 이곳에 끌고 와 세균실험과 약물실험을 자행했다. 부대에는 생화학 무기를 연구하는 17개 조직이 있었고, 이곳에서 마루타라고 불리는 수천 명의 사람들이 생체실험에 사용됐다. 생체실험은 참혹했다. 남녀 수용자에게 질병을 감염시킨 뒤 마취 없이 해부하고 장기를 적출했으며, 그 대상은 임산부나 영아도 가리지 않았다. 흉흉한 소문에 따르면 731부대는 잔인무도한 생화학 실험도 자행했다. 흑사병, 콜레라, 탄저 병원균을 담은 도자기 폭탄을 개발해 중국인 40만여 명을 학살했다.

길이 끝나는 곳에는 큰 강이 흘렀다. 한여름의 태양을 반사하며 은빛으로 가물거리는 강이었다. 장준하 일행은 강물 앞에서 주춤했다. 뒤에서는 총소리가 들려오고 앞에서는 강이 가로막는, 이러지도 저러지도 못하는 진퇴양난의 상황이었다. 일행은 강가를 따라 거슬러 올라갈지, 물에 뛰어들어 강을 건너야 할지 잠시 고민하다 강을 건너자고 의견을 모았다. 강을 건너기만 하면 잡힐 확률도 낮아지고, 청년들이 강을 건너면서까지 쫓아오지 않을 거라는 믿음 때문이었다.

나룻배 한 척이 물살을 가르며 강을 타고 내려왔다. 사람을 실어 나르는 도선이었다. 세찬 바람이 불어오자 배가 출렁하며 올랑댔다. 그래도 사공은 중심을 잃지 않고 노를 저었다. 장준하 일행의 급한 사정을 아는지 모르는지 잔잔한 물살에 몸을 맡기고 유유자적했다.

장준하의 입에서 저절로 탄성이 흘러나왔다. 저 나룻배를 타면 빗발치는 총탄에서 쉽게 벗어날 수 있었다. 그는 사공을 향해 양손을 흔들며 '태워 달라.'고 소리 질렀다. 물에 빠진 사람이 지푸라기라도 잡는 심정처럼 필사적이었다.

11/15
탕~ 옥수수밭으로
2016

흘러내린 눈물 다급한 손짓

사공은 손을 세차게 흔드는 장준하 일행을 발견하고 뱃머리를 돌렸다. 강을 건너는 교통수단은 나룻배 밖에 없었고, 사공은 사람이 손을 흔들면 자연스레 강가에 배를 대는데 익숙했다. 장준하 일행은 나룻배가 강가에 닿기도 전에 물속으로 뛰어들어 올라탔다. 나룻배는 물살을 가로지르며 건너편으로 향했다.

장준하는 왠일인지 똥 누고 밑을 닦지 않은 것 같은 찜찜한 기분을 지울 수 없었다. 주위를 돌아보니 김영록이 나룻배에 타지 않았다. 세 사람은 뒤늦게 그가 없다는 사실을 깨닫고 질겁한 표정으로 서로를 바라보며 울상을 지었다. 도망치기 바빠 김영록을 챙기지 못한 자괴심이 가슴을 짓눌렀다. 그러나 배를 돌릴 수 없었다. 청년들이 총을 쏘며 바짝 추격하는 상황에서 뱃머리를 돌리는 건 다 죽자는 소리였다.

세 사람은 강을 건넜다. 길게 자란 수풀 숲에 숨어 김영록을 기다렸다. 총에 맞지 않았다면 분명 헤엄쳐서라도 올 사람이었다. 그러나 다시 총소리가 쩌렁쩌렁 허공에서 흩어졌다. 청년들이 나룻배를 타고 건너오면서 총을 갈기는 소리였다. 장준하 일행은 김영록의 생사를 확인하지 못한 채 다시 도망쳤다. 수수밭을 가로질러 허겁지겁 뛰었다. 아랫도리는 벅지근했고 근육은 뭉쳐 통증이 느껴졌다. 숨도 가빠졌고 두 팔도 힘이 풀려 제멋대로 움직였다. 그래도 이를 꽉 물고 달렸다. 이국의 땅에서 죽는 건 이 세상 무엇과도 비견할 수 없는 통한이었다.

한참을 달리자 을씨년스러운 마을이 나타났다. 사람들이 소에 수레를 걸고, 보따리 짐을 짊어지고, 노인과 아이가 손을 잡고 피난을 떠나는 중이었다. 천재지변 때문에 마을을 떠나는 건 아니었다. 세간이며 이불까지 모두 싣고 가는 것을 보니 전쟁의 포화를 피해 일가족을 이끌고 나선 길이 분명했다. 부상당한 사람도 없었고, 통곡하는 사람도 없었다.

장준하는 더 이상 움직일 힘이 없다. 김영록을 잃고, 전쟁을 피해 피난 가는 사람들을 보면서 가슴이 복받치고 억장이 무너지는 것 같았다. 그는 땅바닥에 벌러덩 누워 신에게 운명을 맡겼다. 홍석훈, 윤경빈도 약속이나 한 것처럼 나란히 자빠졌다. 김영록이 기적적으로 살아 오길 바라면서 눈을 감았다. 장준하는 김영록의 부모를 떠올리자 두 눈에서 눈물이 좌르륵 흘렀다. 일본군에 끌려간 아들이 죽어 돌아가는 것만큼 불효는 없었다. 그는 꼭 김영록과 함께 조국으로 돌아가겠다고 다짐했다.

11/15 다급한 손짓 2016

믿어야 산다
한국 청년

장준하 일행은 정신을 놓고 잠에 빠졌다. 총탄을 피해 정신없이 내달린 피곤과 김영록을 잃어버린 무기력 때문이었다. 일행을 깨운 건 심장을 겨눈 청년들의 총구였다. 장준하는 총구를 보자마자 오뚝이처럼 자리에서 벌떡 일어났다. 늑대와 마주친 토끼 새끼 같았다. 코앞에서 총구를 들이미는 낯선 사내를 보고 놀라지 않을 사람은 없었다.

정체불명의 청년들은 장준하 일행이 총을 가지고 있지 않은 것을 확인하고 긴장을 늦췄다. 장준하는 위기를 모면하기 위해 머리를 굴렸다. 가장 좋은 방법이 무엇인지 딱히 떠오르진 않았지만 자신의 정체를 밝히고 도움을 요청하는 것이 가장 현명하다고 판단했다. 장준하는 재빨리 '우리는 한국 청년'이라고 밝혔다. 일본군 부대에서 탈출해 중국군 진영을 찾아간다는 얘기도 했다. 청년은 자신이 팔로군이라면서 자신의 본거지로 가자고 화답했다. 장준하는 그들의 말을 전부 믿을 수 없었지만 달리 방법이 없었다. 따라가지 않으면 적군으로 간주돼 사살당할 게 뻔했다.

팔로군은 일본군과 싸운 중국공산당의 주력부대로 일본 후방 교란과 게릴라전을 담당했다. 이들은 부농에 대한 즉결처분을 단행해 공포심을 안겨주기도 했지만 대다수 인민들에게 상당한 지지를 받았다. 3대 기율과 8항주의 때문이었다. 팔로군은 인민의 실 한 오라기도 공짜로 취하는 법이 없었고, 모든 전리품은 공유했다. 또 구타나 욕설을 하지 않았고, 불필요한 상명하복 관계를 만들지 않으며, 부녀자를 희롱하지 않았고, 포로를 학대하지 않았다. 파손한 물건은 반드시 배상했고, 농작물에 피해를 입히지 않았으며, 말할 때는 온화한 말투로 하는 게 규율이었다.

청년들은 장준하 일행을 끌고 가는 동안 소지품을 모두 빼앗았다. 폭언이나 폭행은 없었지만 장준하는 서글픈 마음은 감출 수 없었다. 그는 다시 한 번 나라 잃은 설움이 무엇인지 뼈저리게 경험했다. 일제의 손아귀에서 벗어나기 위해 온갖 비운을 참고 달려온 이 길에서 또다시 다른 민족의 총구에 유린당하는 일은 커다란 비애를 느끼게 했다. 게다가 말로는 팔로군이라지만 마적단일지 몰랐다. 국가의 힘이 미치지 않은 만주 벌판에서 양민의 재물을 약탈하는 마적단 무리가 있다는 소리를 오래 전부터 들은 터였다. 일단 그는 안심하기로 했다. 믿지 않으면 답이 없었다.

11/15 한국청년. 이철수 '86

성공한 탈출
필담, 우리는 한국청년이오

장준하 일행이 끌려온 곳은 산 속에 구축해 놓은 진지였다. 진지는 폭풍이 휩쓸고 지나가도 끄떡없을 만큼 튼튼하게 보였다. 방공호는 넓고 깊었으며, 진지 주위는 흙을 넣어 만든 포대로 에워쌌다. 진지로 가는 길목에는 적의 염탐이나 기습을 막기 위해 몇 겹으로 경비병이 배치됐다. 경비병들은 지나가는 사람들의 신원을 일일이 확인하고 몸수색을 한 뒤 수신호를 나누며 길을 열었다.

장준하는 대장이 기거하는 집무실로 끌려가 앉았다. 집무실은 긴장감이 팽팽하게 흘렀다. 자신의 의사가 정확히 전달된 것인지 알 수 없어 목숨에 대한 불안감이 완전히 해소되지 안았다. 그는 될 대로 되라는 심정으로 강하게 자신의 의지를 밝히리라 마음먹었다. 집무실에 유격대 대장으로 보이는 한 남자가 들어왔다. 얼굴은 엄숙하고 온화했으며, 굉장히 내성적인 성품의 소유자 같았다. 장준하는 그를 보자마자 책상 위에 놓인 붓을 들었다. 자신들은 한국 청년이며, 일본군 부대에서 탈출해 독립운동을 하러 임시정부로 가길 원한다는 의지를 종이 위에 썼다. 남자는 장준하가 쓴 글을 읽고 자신을 중앙군 소속 유격대 대장이라고 소개한 뒤 손을 내밀어 악수를 청했다. 그동안의 고생을 보상하는 것처럼 음식물이 전달됐고, 편안한 휴식이 주어졌다. 장준하 일행이 절체절명의 궁지에서 벗어나 탈출에 성공하는 순간이었다.

장준하는 배고픔을 달래기 위해 음식을 주섬주섬 집어먹었다. 그러나 마음 한구석에서 밀려오는 회한은 숨길 수 없었다. 도망치는 길에 놓쳐버린 김영록이었다. 총탄을 피해 홀로 피신했다면 다행이었다. 그러나 어느 길목에서 피 흘리며 쓰러져 신음하고 있을지도 모른다는 생각이 들자 애통하기 그지없었다.

모든 이별은 슬펐다. 특히 죽음과 함께 겪게 되는 이별은 가장 슬펐다. 죽음이란 모든 인간이 겪는 일이었다. 그래서 그 자체가 그리 슬프지 않았다. 오히려 현실에서 다시 만날 수 없다는 사실이 격한 정신적 고통을 안겨줬다. 장준하는 대장을 찾아가 김영록과 헤어진 사연을 설명한 뒤 찾아줄 것을 부탁했다. 대장은 그를 발견하면 만나게 해주겠다고 약속하고, 장준하 일행을 사령부로 보낼 차비를 했다. 사령부에는 장준하처럼 일본군에서 탈출한 학도병들과 애국의 큰 뜻을 품고 항일전에 나선 한국 청년들이 몇몇 있었다.

장준하는 김영록을 만나지 못하고 여기서 이대로 떠나야 된다는 생각에 몹시 괴로웠다. 시키는 대로 그들의 명령을 따를 수밖에 없는 현실이 안타까울 따름이었다.

11/15 필담

쓰카다 부대 최초 탈출 학도병 평생동지 김준엽을 만나다

진지에서 십여 명이 차출됐다. 장준하 일행을 중앙군 사령부로 이송할 중국군이었다. 그들은 멀고 험한 길을 차비했다. 어깨에 총을 메고 주머니에는 삶은 달걀을 챙겼다. 신발 끈은 단단히 동여맸고, 느슨한 허리춤은 추켜 올렸다. 사령부는 생각보다 멀었다. 20리 길을 걸어야 했다.

길은 평탄치 않았다. 오솔길을 지나 지름길로 접어들자 불규칙하고 울퉁불퉁 굴곡진 길이 계속 이어졌다. 장준하 일행은 걷는 내내 김영록이 걱정돼 발걸음이 무겁기만 했다. 이 길을 그와 함께 걸었다면 얼마나 좋았을까, 지금이라도 그가 눈앞에 나타난다면 얼마나 기쁠까 별의별 생각이 다 났다. 추격을 피해 달려왔던 피로도 밀려왔다. 발가락은 붓고 다리는 뻣뻣해졌다. 중국군도 지치긴 마찬가지였다. 눈여겨보지 않아도 표정에서 읽혔다. 명령을 받고 어쩔 수 없이 온 것처럼 얼굴이 일그러져 있었다.

사령부는 유격대 진지보다 크고 넓었다. 군부대 막사가 일렬로 10여 채 넘게 펼쳐졌고, 막사 중간중간마다 속옷이나 수건 따위의 빨래가 널려 바람에 나부꼈다. 따로 식량을 쌓아놓은 막사도 눈에 띄었고, 화장실로 보이는 곳에는 하루살이와 파리가 허공을 뱅뱅 맴돌았다. 마당에는 병사들이 모닥불을 피워놓고 삼삼오오 모여 대화를 나눴다. 모포를 깔아놓고 곯아떨어진 병사도 있었다.

장준하 일행이 사령부에 도착해 여장을 풀고 있을 때 중국 군복을 입은 청년이 나타나 일행을 반겼다. 유창한 한국말로 인사를 건네며 일행을 차례차례 안았다. 그의 이름은 김준엽이었다. 장준하는 사령부에서 한국 사람을 만나자 말로 헤아릴 수 없는 기쁨과 안도감을 느꼈다. 유격대 진지에 있을 때만 해도 탈출에 성공한 기쁨은 그리 크지 않았다. 만주 벌판에서 동포를 만난 환희와는 비교되지 않았다.

김준엽은 평북 강계 출생으로 쓰카다 부대에서 최초로 탈출한 학도병이었다. 해방 후 그는 대학에서 학생들을 가르치다 1982년 고려대 총장을 역임했다. 총장 재직시절 군부독재정권과 대립하다 1985년 강제로 사임했다.

막사 밖으로 불빛이 새어나오지 않았다. 이미 소등하고 취침에 들어간 것처럼 보였다. 하지만 막사 안은 호롱불이 켜져 있었다. 대낮처럼 밝진 않았으나 얼굴에 난 점까지 식별할 수 있을 정도로 환했다. 장준하 일행이 막사에 마련된 침대에 앉자 음식이 들어왔다.

11/15 김준엽을 만나다.

다시 만난 희열
김영록 동지와의 재회

김이 모락모락 피어오르는 음식이 나왔다. 장준하 일행은 오랜만에 뜨거운 음식을 먹으니 이마에 땀이 맺혔다. 음식이라고 해봐야 강보리밥 한 그릇과 달걀프라이, 시래기를 볶아 끓인 국이었지만 여느 산해진미와 비교할 수 없을 만큼 맛났다. 마음에 걸리는 게 하나 있다면 오로지 김영록이었다. 만약 그에게 좋지 않은 일이 생겼다면 평생을 두고두고 후회할 일이었다. 장준하는 나룻배 뱃머리를 돌려 그를 끝까지 기다렸다면 지금과 같은 괴로움은 겪지 않았을 것 같아 가슴이 아렸다.

자정이 가까운 시간이었다. 장준하 일행은 식사를 마치고 잠자리에 들었다. 막사 밖에서 시끄러운 소리가 들렸다. 장준하는 잠을 자지 못하고 일어나 수선스러운 소리에 귀를 기울였다. 마음속에 크나큰 절망감을 안겼던 김영록의 목소리였다. 그는 맨발로 뛰어나가 김영록을 왈칵 품안으로 끌어당겼다. 홍석훈, 윤경빈도 뒤따라 뛰어나와 두 팔을 열어젖히고 서로를 보듬었다. 그를 챙기지 못한 세 사람의 사죄와 네 사람이 다시 만난 희열이 뒤엉킨 순간이었다. 김영록은 총탄을 피해 수수밭에 엎드려 있다 중국군 수색대에게 발견돼 사령부로 오게 됐다. 장준하 일행은 잠을 못 이루고 서로의 무용담을 나눴다. 장준하는 김영록을 잃은 괴로움 때문에 한 시간이 일 년 같았다는 심정을 털어놓았다. 김영록은 아무렇지 않게 세 동지를 달랬다. 자신이라도 그럴 수밖에 없었을 것이라고 이들을 위로했다. 모처럼 화기애애한 분위기에 다시 수심을 안겨준 건 김준엽이었다. 그는 장준하 일행에게 오늘밤 사령부를 떠나 고왕탄광에서 일본인들에게 혹사당하는 중국인들을 돕는 일에 사령관의 통역으로 참여하게 됐다고 알렸다.

일본은 점령지역의 중국인들을 강제노역에 동원했다. 연인원 100만명에 달하는 사람을 징용해 대규모 군사 시설을 건립했고, 대륙의 풍부한 광물 자원을 약탈하는데 이용했다. 중국 징용자들은 중국 본토를 비롯해 일본, 동남아의 일본점령지, 조선 등지로 끌려가 극심한 노동에 시달렸다. 그러나 강제노역을 가장 심하게 당한 건 한국인이었다. 일본은 한일합병 후 한국인들을 노동자로 강제 징용했다. 그 숫자는 무려 800만 명에 달했으며, 대부분 무임금으로 착취당했다. 조선인들은 사할린 탄광으로 끌려가거나 군속으로 차출돼 일본이 침략한 중국과 동남아시아에서 군사기지 건설, 철도공사 현장에 투입됐다. 일제에 강제 징용된 조선인들은 대부분 고국에 돌아오지 못하거나 전쟁 중 희생됐다.

11/15 김영욱 동지와의 재회 2016

독살스러운 일본군
절망의 서

장준하는 김준엽이 피비린내 나는 전장이 아니라 일본인과의 협상테이블에 통역으로 참여하게 돼 다행스러웠다. 설사 중국군이 일본군을 공격해 탄광 지역을 탈환한다고 해도 일이 잘못돼 김준엽이 총탄에 맞아 죽는 것은 상상만으로도 끔찍했다. 김준엽은 쓰카다 부대에서 탈출 후 가장 처음 만난 한국인이자 낯선 중국군 진영에서 같은 민족의 따뜻함을 느끼도록 보살펴 준 사람이었다. 그 고마움과 살가움은 어떤 금은보화로도 갚을 수 없었다. 장준하 일행은 걱정 섞인 눈으로 김준엽을 바라보면서 꼭 다시 만나자는 말로 아끼는 마음을 전했다. 일행은 반드시 살아올 것이라고 의심치 않았으나 한치 앞의 일은 어느 누구도 몰랐다. 그는 장준하 일행에게 늦어도 내일 오후에는 돌아올 것이라고 안심시킨 뒤 막사를 나섰다.

김준엽은 며칠이 지나도 돌아오지 않았다. 장준하 일행은 혹시라도 그에게 무슨 일이라도 생긴 건 아닌지 불안했다. 편안한 곳에서 밥을 먹고 잠을 청해도 좌불안석이었다. 서로 간의 대화도 뜸해졌고 탈출의 기쁨도 점점 잃었다.

사령관 일행이 돌아왔다는 소식이 장준하 일행에도 전해졌다. 장준하는 막사에서 뛰어나와 김준엽을 안았다. 김준엽은 여전히 정중하고 상냥한 태도로 그를 대했지만 표정은 언짢아 보였다. 눈빛을 밑으로 내리깔며 고개를 푹 숙인 채 한숨을 내쉬었다. 장준하는 근심이 가득 서린 그의 얼굴을 보자 기분이 뒤숭숭했다. 그에게 무슨 일이 생긴 게 분명했다.

김준엽은 일본군 수비대장이 사령관에게 보낸 편지를 보고 가슴이 철렁 내려앉았다고 했다. 편지는 일본군에 잡힌 중국군 포로 30명과 쓰카다 부대에서 탈영한 학도병들을 맞교환하자는 내용이었다. 만약 응하지 않을 경우 포로들을 죽이겠다고 위협했다.

장준하 일행의 얼굴은 흙빛으로 질렸다. 입술이 실룩실룩 떨리고 움푹한 눈동자가 앞으로 튀어나올 정도로 충격적이었다. 잘못하면 학도병 모두 쓰카다 부대로 넘겨질 수 있었다. 장준하는 허리를 곧추세우고 눈을 지그시 감았다. 중국인과 한국인이 같은 피를 나눈 민족이었다면, 한국이 나라를 빼앗기지 않았다면 있을 수 없는 일본군의 으름장이었다. 그는 생사람을 죽이겠다고 협박하며 중국인과 한국인을 이간질시키는 일본군이 독살스러웠다. 이제 결단의 시간이 다가왔다는 것을 육감적으로 알아차렸다.

11/15
절망의 書

친일파 처단의 꿈
새로운 결심

당장은 일본군의 간교에 농락당하지 않았다. 사령관이 부대에 일본군 탈영병은 없다고 가짓부리를 떨어 목숨은 건졌다. 하지만 장준하 일행은 또다시 포로 맞교환 같은 잔인한 얘기들이 나올 것이라고 본능적으로 눈치챘다. 사령관이 일본군으로부터 타국의 아들을 지켜 주는 데는 한계가 있었다. 장준하는 되레 잘됐다며 입술을 깨물었다. 가다가 죽더라고 사생결단으로 길을 나서서 임시정부로 가겠다고 결심했다.

다음날 김준엽은 허겁지겁 막사 안으로 뛰어 들어왔다. 사령부의 진지 이동이 곧 시작되니 준비하라고 일렀다. 장준하 일행은 전날 지급받은 새 군복을 갈아입고 밖으로 나왔다. 별빛도, 달빛도 없는 칠흑 같은 밤이었다. 일행은 중국군과 함께 어둠 속을 가르며 걸었다. 시원한 물소리가 들리는 계곡을 지나, 굽이굽이 돌아가는 산길을 지나, 울룩불룩한 바위가 들어선 골짜기를 지나, 만록이 우거진 숲을 지나 한나절을 꼬박 걸었다. 장준하는 험난한 길을 걸으면서 가슴속에 조국 독립에 대한 열망을 가득 채웠다. 앞으로 전혀 예상치 못한 일이 닥치거나 어떠한 난관에 부딪치더라도 기꺼이 한 몸을 바쳐 자주독립의 길을 걷겠다고 결기했다. 한편으로는 일제를 등에 업고 활개 치며 동포를 괴롭히는 악질 친일파 처단도 다짐했다. 일제의 손발이 돼 나라를 팔아먹은 민족반역자들을 소탕해서 정의로운 한국을 세워나가는데 일조하겠다고 마음먹었다. 장준하는 한겨레, 하나의 뿌리에서 나온 민족을 배신한 친일파가 일본군보다 더 미웠다. 해방이 되면 우선적으로 친일 세력을 단죄해 한민족의 명예를 되찾고 싶었다.

한국인 출생 일본군 중에는 강제로 징집돼 끌려간 학도병도 있었지만 일신의 이익을 위해 일본군이 되겠다고 발심한 친일 세력들도 꽤 많았다. 그중 가장 잘 알려진 인물은 박정희였다. 박정희는 5.16쿠데타를 성공한 뒤 일본을 방문해 과거 만주군관학교 재학시 교장이었던 나구모 신이치로를 만나 큰절을 올리며 술을 따랐다. 군사쿠데타를 성공하고 대통령이 된 것은 일본인 교장 덕분이라며 감사해 했다. 아울러 유창한 일본말로 일본의 군국주의를 찬양하면서 정한론의 원조로 불리는 요시다 쇼인을 가장 존경한다고 말했다. 일본의 식민 지배를 받았던 한국의 대통령으로서 할 수 없는 언사였다. 요시다 쇼인은 이토 히로부미를 비롯해 조선침략의 원흉을 길러낸 사무라이였다.

장준하는 친일 세력의 발본만이 민족의 정기를 바로 세울 수 있는 길이라고 믿었다.

11/15 새로운 결실. 이동환

망국의 설움 대신 내린 용단 오욕을 씻다

행군은 질퍽거리는 길에서 멈췄다. 진지 가까운 곳에 강가가 있는지 아침 물안개가 자욱하게 내려앉았다. 해가 뜨고 바람이 불기 시작하자 숲을 덮고 있던 모든 것들이 선명하게 보였다. 장준하는 민족의 어두운 운명도 하루빨리 걷히길 간절히 바라며 진지 세우는 일을 도왔다.

사령부는 새로운 진지를 구축하고 잔치를 열었다. 아무런 사고 없이 잘 지내게 해달라는 제사의 의미도 있었고, 오랫동안 함께 고생해온 전우들과 우애를 나누려는 마음도 있었다. 또 일본군과 싸우다 전사한 선배들의 넋을 기리고 스스로 명예스러운 투사로 나서겠다는 비장한 결의를 밝히는 자리이기도 했다. 장준하 일행은 쌀밥에 토막반찬을 곁들여 맘껏 포식하고 자리에 누웠다. 밤새 걸어서 그런지 잠이 몰려왔다. 바람까지 술술 불어 시원하게 잠에 빠졌다. 일행은 저녁식사 때 잠시 자리에서 일어나 시장기를 대충 때우고 다시 혼곤히 꿈나라로 떠났다.

다음날 장준하 일행은 사철 내내 물이 마르지 않는다는 불로하강으로 향했다. 이들은 군복을 홀딱 벗고 알몸으로 강물에 뛰어 들어 물가에 나온 아이들처럼 물장구를 치며 놀았다. 큰 바위 위에 올라가 첨벙첨벙 물속에 뛰어들기도 했다. 이들은 하얗게 부서지는 햇살을 바라보면서 지금까지 겪었던 모든 시름을 강물에 흘려보냈다. 육신과 영혼에 깃든 오욕도 깨끗이 씻어 버렸다. 이제부터는 정말 시작이었다. 투사의 길, 독립의 길, 자주의 길에 모든 영육을 투신해야 할 때가 왔다.

장준하는 칼을 찬 순사가 난데없이 학교에 찾아와 신사참배를 거절했다는 이유로 아버지를 끌고 나간 일을 떠올렸다. 아버지는 그 일로 학교에서 갑작스럽게 해직돼 무척이나 괴로워했다. 딸린 식구들을 먹여 살릴 일을 무엇보다 걱정했다. 그러나 장준하는 아버지가 자랑스러웠다. 얼마나 많은 매국노들이 일제에 머리를 조아리며 면장을 하고, 교장을 하고, 경찰로 살았는지 알고 있었다. 얼마나 많은 문학가들이, 음악가들이, 미술가들이 애국의 탈을 쓰고 친일 행각을 벌였는지 어느 누구보다도 잘 알고 있었다. 그는 불로하강을 바라보며 민족의 운명을 통탄하는 일은 그만두기도 했다. 이역만리에서 풍찬노숙하고, 이리저리 떠돌며 동가식서가숙해도 망국의 설움 때문에 울지 않기로 했다. 이제는 자신이 직접 나서서 민족의 운명을 바꿔보겠다는 용단이었다.

11/15
오욕을 씻다.
2016

조선의 아들
불로하강변에서 애국가

장준하 일행은 목욕을 마치고 강가에 나란히 서서 동편 하늘 위로 떠오르는 태양을 바라봤다. 태양은 조국 독립의 서막을 알리듯 불로하강을 환하게 비추며 빠르게 중천으로 떠올랐다. 장준하는 일행에게 애국가를 제창하자고 제안했다. 언젠가는 내 조국, 내 땅에서 부를 수 있기를 바라면서 큰 목소리로 선창했다.

동해물과 백두산이 마르고 닳도록
하느님이 보우하사 우리나라 만세
무궁화 삼천리 화려 강산
대한 사람 대한으로 길이 보전하세

장준하 일행이 부른 애국가는 안익태가 작곡한 애국가가 아니라 애란(아일랜드)의 민요곡에 가사를 붙인 것으로, 원곡의 제목은 작별이었다.

장준하는 애국가를 부르면서 가사 하나하나에 집중했다. 특히 주목한 부분은 '대한 사람 대한으로 길이 보전하세'였다. 애국가의 노랫말처럼 대한사람을 보전하기 위해서는 원수에게 훼손된 한국의 자유와 독립을 되찾아야 했다. 일제에 부역한 친일파를 숙청하고 자주와 평화를 지켜내려는 정신을 전 국민적으로 배양해야 했다. 그는 실재로 가능한 일인지 고민이 들었지만 뜻있는 젊은이들이 하나둘씩 모여 힘을 합치면 불가능하지 않다고 판단했다. 장준하는 불로하강변에서 애국가를 부른 뒤 자신이 조선의 아들이라는 것을 더욱더 가슴속에 아로새겼다.

장준하는 대한민국이 남과 북으로 갈라질 것이라고 전혀 예상하지 못했다. 그가 만약 조국이 분단되는 것을 미리 알았더라면 불로하강변에서 애국가를 부를 때 '대한 사람 대한으로 길이 보전하세'와 함께 '무궁화 삼천리 화려 강산'에도 방점을 찍었을 것이다. 훗날 그가 조국과 민족의 번영을 위해 힘들어도 주저앉거나 포기하지 않고 꿋꿋이 자신의 길을 걸었던 점, 우리 민족에게 주어진 어떤 과제보다 통일이 가장 중요하다고 발언한 대목이 이를 뒷받침한다.

11/15 볼로라 강변에서 애국가 이종환 작

멀지 않은 독립 기습공격

장준하 일행은 목욕을 마치고 진지에 돌아왔다. 모처럼 몸과 마음을 씻고 나니 정신이 개운했다. 장준하는 자신이 새삼 4절까지 있는 애국가 가사를 전부 외우지 못했다는 생각이 들어 노랫말을 종이에 적었다. 독립운동을 하겠다고 나선 대한의 아들이 애국가를 끝까지 부를 수 없다는 게 스스로 용납되지 않았다. 그는 나지막한 목소리로 연속해서 애국가를 불렀다. 노래 가사를 외울 때는 머리보다 직접 따라 부르면서 몸으로 익히는 게 빨랐다.

사령관이 장준하 일행을 점심식사에 초대했다. 사령관은 일본군에서 탈출을 감행한 일행을 여러 번 칭찬하면서 일본군의 속사정을 물었다. 사령부는 적과 유격전을 하기도 했지만 갖가지 일본군의 동태를 파악해 전파하는 정보군의 임무도 있었다. 일행은 각자 보고, 듣고, 느꼈던 점들을 사령관에게 알렸다.

사령관은 일행에서 중국 본토에서 일본군의 형세와 전쟁의 양상이 어떻게 돌아가는지 자세하게 설명해 주었다. 사령관의 정세 판단은 장준하가 일본군 부대에서 교육받던 내용과 완전히 딴판이었다. 일본군 교관은 학도병들에게 일본이 만주 일대를 점령한 뒤 대륙을 야금야금 복속하는 중이라고 했다. 그러나 실제는 인력과 물자 부족에 허덕이며 싸움을 근근이 이어나갔다. 일본군 점령지역도 대륙의 일부 기관시설과 도시 정도로 미비했다.

장준하는 힘이 났다. 조금만 더 일본을 몰아세우면 독립이 멀지 않았다고 느꼈다. 또 전쟁터에 나갈 준비를 하고 있는 학도병들에게 이 사실을 알려 주고 싶었다. 생각보다 쓰카다 부대와 멀리 떨어져 있지 않은 곳에 중국군 부대가 주둔해 있으니 꼭 탈출하라고 독려하고 싶었다.

정준하 일행은 사령부 선전 일꾼으로 차출돼 일본군 삐라공작에 나섰다. 약한 고리를 건드리면 조직은 와르르 무너질 수 있었기 때문에 일행은 열과 성을 다해 일본군을 흔들어놓을 선전 작업에 참여했다.

새벽 3시경 하늘을 째는 듯한 천둥소리가 지축을 흔들었다. 천둥소리는 다름 아닌 수류탄 터지는 소리였다. 중국군은 여러 방향으로 찢어져 몸을 숨겼다. 장준하 일행도 야간 기습을 피해 불로하강변 갈대숲에 숨어 있다 강변을 따라 2킬로미터를 걸어 산 정산으로 올라갔다. 산 밑에서 벌어지는 교전이 한눈에 보이는 곳이었다.

11/15
기습공격

동족상잔의 피바람
두 개의 중국군, 중앙군과 팔로군

전투는 의외로 싱거웠다. 적의 소굴을 박살내기 위해 벌이는 전투가 아니었다. 용기백배해 목숨을 불사르는 치열함은 어디에서도 찾아볼 수 없었다. 퉁탕퉁탕 총소리만 났을 뿐이지 치명적인 타격은 벌어지지 않았다. 오히려 적들을 쫓아내려는 티가 팍팍 났다. 전투가 어이없이 진행되는 이유가 있었다. 산 아래에서 벌어지는 전투는 일본군과 중국군의 교전이 아니었다. 중국군이 중앙군과 팔로군으로 나뉘어 싸우는 것이었다. 물론 사령부에 떨어진 수류탄도 팔로군의 소행이었다.

국민당은 1921년 제국주의와 군벌을 타도하고 민족혁명을 달성하기 위해 공산당과 제1차 국공합작을 단행했다. 제2차 국공합작은 1937년 일본의 중국침략이 계기가 됐다. 국민당은 공산당과의 제2차 국공합작을 미심쩍어했다. 공산당이 국민당의 군사위원회에 종속됐지만 일본과의 전쟁보다 해방구 건설에 열을 올려서였다. 또 국민당을 주도했던 장제스는 1936년 공산당 토벌을 독려하다 그들에게 사로잡혀 감금당한 적도 있었다. 국민당은 일본이 침략하자 공산당과 항일통일전선을 형성했지만 그들의 저의를 항상 의심했고, 전선에서도 서로 다투는 일이 많았다.

장준하는 기가 막혔다. 당의 목적을 위해 같은 민족끼리 총부리를 들이대는 상황을 받아들이기 힘들었다. 특히 일본의 침략으로 중국의 운명이 풍전등화와 같은 상황에 몰렸는데도 불구하고 헤게모니를 장악하기 위해 분투하는 모습은 통탄할 노릇이었다. 그는 수단과 방법을 가리지 않고 공산화에 열을 올리는 공산당을 음흉하다고 생각했다. 그가 해방 후 반공주의자가 된 배경도 당시 겪었던 중국 상황이 크게 작용했다. 그러나 장준하는 공산당의 영토 장악을 막기 위해 외세를 끌어들이면서까지 동족상잔의 피바람을 일으킨 국민당에 대해서도 비판을 아끼지 않았다.

팔로군의 규모는 상당했다. 흐지부지하며 벌어지는 전투에서도 사령부는 계속 밀렸다. 사령부는 불로하강 진지에서 후퇴하기로 결정하고 북쪽 산을 넘어 집결하기로 했다.

산은 바위가 암암히 솟은 바위로 덮여 있었다. 한여름의 태양을 피할 곳이 전혀 없었다. 장준하는 험난한 산길을 오르면서 땀에 흠뻑 젖었다. 새벽녘에 기습을 당한 터라 갈증과 시장기도 그를 괴롭혔다. 그러나 장준하는 쓰카다 부대에서 탈출할 때의 일들을 떠올리며 인내했다.

11/15 두개의 중국 - 중앙군과 팔로군 2016.

사령관의 죽음
퇴각명령

장준하는 봉우리에 올라 산 아래를 내려다 봤다. 중앙군과 팔로군의 총격전이 아직도 끝나지 않았다. 전방도 후방도 없는 싸움이 연이어 펼쳐졌다. 시시하게 볼 전투는 아니었다. 격렬한 타기와 지긋지긋한 혐오가 부딪치는 현장이었다. 적의는 침략자 일본군에게만 있지 않았다. 시퍼런 긴장감은 같은 민족끼리도 사상과 성향이 다르다는 이유만으로 아웅다웅 부딪쳤다.

장준하 일행은 저녁 무렵 산을 넘어 반대편으로 내려와 마을에 당도했다. 마을은 중앙군의 연락책이 부대를 오가며 머무는 곳이었고, 중앙군과 마을 주민들의 관계도 깊었다. 갈증이 심했던 일행은 목부터 축였다. 냉수를 벌컥 들이마시며 캬 하고 외마디 탄성을 토했다. 중앙군은 마을 주민들에게 약간의 음식도 얻어 배를 채웠다. 새벽에 전투가 벌어진 뒤 18시간 동안 아무것도 먹지 못해 군인들의 입가에는 허옇게 침이 말라 붙어 있었다.

장준하 일행은 배를 채운 뒤 매미들이 매암매암 울어대는 큰 느티나무 밑에 자리 잡고 앉아 잠시 휴식을 취했다. 포연에 휩싸인 전장에서 멀리 떨어져 있는 것만으로도 평정심이 밀려왔다. 그러나 사령관이 전사했다는 소식이 당도했다. 장준하는 비통했다. 아주 가까운 친구를 잃은 것처럼 슬펐다. 일본군이 포로 교환을 제시했을 때 기꺼이 방패막이 돼 주었던 사령관이었다. 일행의 표정도 일그러졌다. 육신은 언젠가 죽어 썩게 마련이지만 생명의 은인이라고 할 수 있는 사령관을 이렇게 허망하게 하늘나라로 보내야하는 건지 몹시 달상했다.

장준하 일행은 다시 길을 걸어 사령부 후퇴 집결지에 도착했다. 집결지에는 이미 50여 명의 사람들이 모여 있었다. 이들의 표정은 한결같이 돌덩어리처럼 굳었다. 비애와 통분이 뒤죽박죽 섞인 모습이었다. 전선에서 밀려난 이유도 있었지만 무엇보다 사령관의 죽음이 컸다. 사령관은 전투 작전을 진두지휘하는 능력도 탁월했지만 항상 부드럽고 온화하게 부하들을 대했다. 매사에 맺고 끊는 것도 분명해 뒷얘기가 나오질 않았고, 비굴하거나 나태하지도 않아 부하들로부터 존경을 받았다.

불행한 일들은 겹쳐서 일어나는 경우가 많았다. 불행이 슬픔과 고독을 만들어내면 또 다른 불행이 딸꾹질처럼 되풀이됐다. 중앙군이 집결지에 모인지 한 시간도 되지 않아 다시 무전으로 후퇴명령이 떨어졌다.

11/15
퇴각명령
2016

가자! 임시정부로
충칭으로 보내주마

사령부는 후퇴를 시작했다. 작전상 떨어진 퇴각 명령이었다. 팔로군의 느닷없는 기습으로 전선 자체가 무너져 후퇴가 불가피했다. 다음 전투를 대비하기 위해 속히 전열을 새롭게 정비할 필요가 있었다.

장준하 일행은 끝없이 펼쳐진 콩밭과 조밭을 따라 걸었다. 더위와 흙바람, 배고픔을 안고 또다시 행군에 나섰다. 나직나직한 무덤이 펼쳐진 길을 지나자 눈앞에 고왕탄광이 나타났다. 중국인들이 열악한 환경에서 착취당하던 곳이었다. 초소에는 일본군이 보초를 서고 있었다. 그러나 일본군은 중국군을 본체만체하며 눈을 돌렸다. 중앙군과 팔로군이 싸울 때는 절대로 끼지 않는 것이 불문율이었다. 일본군이 이들의 싸움에 끼어들면 양쪽에서 모두 일본군을 공격하기 때문에 반대로 어부지리를 노렸다. 장준하는 국민정부와 공산당의 분열이 안타까웠다. 일본군을 앞에 두고도 어찌하지 못하는 자신의 신세도 처량했다.

장준하 일행은 하루를 더 걸어 쥐 죽은 듯 조용한 마을에 도착했다. 앞쪽에는 강이 흐르고, 뒤쪽에는 노송이 수려하게 군락을 이룬 마을이었다. 마을 사람들은 피비린내 나는 살육과 무관하게 평화롭고 여유로운 생활을 영유했다. 한 번도 군인들이 들어와 전쟁을 일으킨 적는 곳이었다. 사령부는 이 마을 촌장에게 며칠 동안 묵을 것을 청했다. 마을 사람들은 말썽 없이 있으면 편안하게 지낼 수 있도록 돕겠다고 했다. 부대원들은 여러 집에 나뉘어 숙소를 배정받았다. 일행은 사령관 직무대행, 여러 참모들과 함께 같은 숙소에서 여장을 풀었다.

장준하 일행은 마을에서 빈둥빈둥 밥도둑으로 지냈다. 간부들도 전장이 돌아가는 상황만 보고받을 뿐 움직이지 않았다. 장준하는 권태로웠다. 놈팡이처럼 도식하고, 맨송맨송 보내는 시간이 아까워 견딜 수 없었다. 그는 목숨을 걸고 일본군 부대에서 탈출한 사실을 상기했다. 지금 여기서 이렇게 눌러 앉아 중국인들의 싸움에 말려들 수는 없었다. 그는 참모장에게 일본군의 총탄을 피해 산천을 떠돌던 일행에게 베풀어 준 진심어린 호의에 감사를 표한 뒤 임시정부로 가겠다는 뜻을 밝혔다. 조국 독립의 그날까지 결사 항거를 다짐하고 일본군에서 탈출했던 용기와 의지를 가슴으로 보듬어 달라고 청했다. 참모장은 군소리 없이 바로 허락했다. 충칭으로 걸어가는 6천리 길에는 일본군과 팔로군 관할 지역이 많아 몸조심하라며 허심탄회하게 일행을 걱정해 주었다.

11/15
충칭으로 보내주마.
2016

첫 번째 고비
걸어야 산다

장준하는 김영록, 홍석훈, 윤경빈, 김준엽과 함께 사령부를 떠나 6천리 대장정에 나섰다. 빼앗긴 영토를 되찾고 한국의 모든 국민이 자유를 누리는 해방 세상에 조력하기 위해 드디어 첫발을 뗐다. 일행은 그동안 정들었던 사령부 사람들과 일일이 악수한 뒤 적들의 눈에 발각될 것을 염려해 저녁노을이 질 무렵 군영에서 벗어났다. 고맙게도 참모장이 장준하 일행에게 지리와 지형에 익숙한 안내인 한 명을 붙였다. 다섯 명이 임시정부에 무사히 도착하길 바라는 염려와 후의였다. 중앙군 조직이 얼마나 탄탄했는지 어느 지점이 되면 안내원이 계속 바뀌었다. 장준하 일행은 새로운 안내원을 만날 때마다 그를 믿고 따랐다.

서쪽 하늘이 유난히 붉게 물들고, 시원한 바람이 산 쪽에서 불어왔다. 장준하 일행은 안내인을 따라 빠르게 걸었다. 내리막길에서는 거의 반달음으로 뛰어가듯 나흘을 행군했다. 쫓기는 것은 아니었지만 마음이 급했다. 하루라도 빨리 충칭에 도착해 겨레의 원분을 풀고 싶었다. 충칭에 가면 김구 주석과 혁명 선배들도 만날 수 있었다. 첫 번째 안내원은 삼촌처럼 자상하고, 학자처럼 총명했다. 마음씨도 좋아 일행들이 안심하도록 배려했다. 자칫하면 자신의 목숨도 보장할 수 없었지만 피를 나눈 친형제 이상으로 알뜰히 보살폈다. 일행은 어느새 안내원과 깊은 정이 들었다.

장준하 일행이 충칭으로 가는 길에서 만난 첫 고비는 진포선 철도를 건너는 일이었다. 진포선은 일본 침략전쟁의 역사를 가장 생생하게 상징하는 기관시설이었다. 일본군은 전쟁 중 많은 민간인을 강제 징용해 전쟁물자와 군인을 싣고 나르는 철로를 세웠다. 그런 만큼 이곳은 일본군의 경비가 삼엄했다. 한국인인 게 발각되면 그대로 총살이었다. 게다가 진포선 철도 인근은 사방이 확 트여 몸을 숨길 곳이 많지 않았다. 경비병이 고개를 돌리면 수상한 사람을 금방 발견할 만큼 시야 확보가 용이했다.

안내원은 진포선 철도를 빠져나갈 묘책을 강구하다 중앙군 연락소가 있는 인근 마을에서 사흘을 쉬기로 했다. 사흘 뒤 열리는 장날에 들르는 중국인 주민으로 위장하기 위해서였다. 일행은 마을에 머무르면서 농민처럼 보이기 위한 연습에 돌입했다. 아주 사소한 것 하나라도 부자연스럽거나 쭈뼛쭈뼛하면 다섯 명의 정체는 탄로 나고 말았다. 총을 들고 싸우면서 죽을 수는 있을지언정 대한 독립 만세 한 번 외치지 못한 채 잡혀가 죽을 수 없었다.

11/15 걸어야 산다. 2016.

일본군 초소를 지나
전신의 피가 말라가는 듯

장준하 일행을 돕기 위해 중국인 세 명이 붙었다. 장터로 가는 날 이들이 일행 앞뒤에 서서 도움을 주기로 했다. 안내원의 인복 덕분이었다. 안내원은 마을 주민들에게 존경을 받았다. 그는 일본군이나 팔로군과 분쟁이 있을 때마다 기꺼이 나서서 까다로운 문제들을 일일이 해결해 왔다.

일행은 안내원의 지시에 따라 중국인 농부 옷을 입고 구럭 망태를 걸머졌다. 똥자루를 어깨에 메거나 갖가지 보따리도 쥐었다. 일행이 한꺼번에 발각되는 일이 없도록 다섯 명 사이에는 중국인들이 섞였다. 만약 한 명이 잡히더라도 네 명은 살아서 충칭으로 가야 했다. 그것이 동지를 위한 일이었고, 조국을 위한 일이었다. 일행은 장꾼들이 가장 많이 드나드는 시간에 철도를 건너기로 했다. 그 틈에 섞여 가야 감시의 눈에서 조금이나마 벗어날 수 있었다. 또 중국말을 못하는 장준하 일행에게는 청각장애인 행세를 하고, 중국어를 잘하는 김준엽에게는 적당히 대처하라고 일렀다.

결전의 시간이 왔다. 장준하 일행은 중국인 장꾼을 따라 천천히 걸었다. 얼굴에 웃음기를 쫙 빼고, 눈동자를 가운데에 두고, 뚜벅뚜벅 발을 내딛었다. 장준하는 일이 잘못되면 모두 총살감이라는 생각이 머릿속에 가득했다. 뜻밖의 사고로 원대한 꿈이 좌절될 수 있었기 때문에 안절부절못했다. 그는 초소가 가까워질수록 더욱 초초했다. 불안한 나머지 등과 가슴에 비 오듯이 땀방울이 맺혔다. 빨리 걷고 싶어 조바심도 일었다. 참아야 했다. 이상한 기색을 내보이지 말고 느긋이 걸어야 했다. 자신이 어색해 하면 일본군에게도 어색하게 보였다.

초소가 눈앞에 들어왔다. 십 보만 내딛으면 첫 번째 관문은 무사 통과였다. 장준하는 등골에서부터 피가 바싹바싹 말라왔다. 입술은 탔고 혓바닥에는 침이 말랐다. 쿵쾅거리며 뛰는 심장소리가 밖으로 들리는 것 같아 노심초사했다. 장준하 일행이 초소를 지나가자 일본군이 매의 눈으로 행렬을 훑었다. 장준하는 욱신욱신 뒷골이 쑤시며 자꾸 발걸음이 빨라지려고 했다. 그때 옆에 섰던 중국인이 장준하의 보따리를 들어주척하며 그의 손을 꼭 쥐었다. 장준하는 중국인의 따뜻한 온기에 긴장감이 쓰윽 풀리면서 자연스럽게 악몽 같은 순간과 작별했다. 그러나 초소를 지나자마자 일본군이 호각을 불며 쫓아오는 소리가 들리는 것 같아 깜짝 놀랐다. 신경을 너무 많이 써 들리는 환청이었다.

11/15 전선의 피가 말라가는 듯. 이호철 2016.

자주의 횃불을 높이 들고
우리는 왜 걸어야 하나

장준하 일행은 불상사 없이 일본군 초소를 건넜다. 생기 없는 얼굴에 핏기가 돌며 웃음이 저절로 났다. 도전 없는 성공은 없었다. 어려운 도전을 감행하지 않으면 성공이라는 참맛을 알지 못했다. 일행은 안내인과 중국인들이 너무 고마워 연신 감사의 인사를 건넸다.

중국인 세 명은 해야 할 일을 한 것처럼 별다른 반응 없이 작별인사를 남기고 자리를 떴다. 조국을 배반하고 적국에 빌붙어 사는 사람이었다면 일행에게 뭔가 대가를 바랐을지 몰랐다. 그들은 그러지 않았다. 일본이 일으킨 침략 전쟁을 결코 용인하지 않았다. 일본은 그들에게 적국이었고, 한국은 적국에게 독립하기 위해 싸우는 나라였다.

일본군 관할지역에서 벗어나려면 60리만 걸으면 됐다. 오늘 안에 60리를 걷는 건 무리였지만 일본군의 손아귀에서 벗어나고 싶어 마음이 앞섰다. 장준하 일행은 장터에서 안내원과 친분이 있는 주막에 들려 국밥으로 시장기를 달랬다. 중국인 농민으로 위장하기 위해 가져온 물건들도 죄다 맡기고 다음 여정을 재촉했다.

눈앞에 휘넓은 만주 벌판이 펼쳐졌다. 황막한 벌판엔 나무조차 보이지 않았다. 사막에서 불어오는 흙바람이 간간이 소용돌이치며 적막함을 더했다. 장준하 일행은 아무 말도 없이 줄지어 걸었다. 걷는 것에만 집중하면서 토박한 벌판을 내딛었다.

장준하는 자신과 대화를 나눴다. 자신이 왜 충칭으로 가는지 그 의미를 물었고, 그 답을 얻어 6천리 대장정의 힘을 얻으려고 했다. 걷는데 이골이 나고, 뙤약볕과 삭풍에 단련된 몸이라 해도 바람처럼, 강물처럼 6천리를 쉬지 않고 걷는 일은 쉽지 않았다. 도처에는 사건, 사고의 위험이 도사렸고, 시간이 얼마나 소요될지도 장담할 수 없었다.

답은 아주 쉽게 나왔다. 장준하가 충칭에 가려는 이유는 일제의 총칼에 결박된 조국을 독립시키는데 힘이 되자는 것이었다. 자주의 횃불을 높이 들고 일제에 항거해 후손들에게 해방된 땅을 물려주기 위해서였다. 자신의 도움이 피라미처럼 미미하고, 그 대가가 차디찬 감옥에 감금되거나 목숨을 잃는 것이더라도 조국 독립을 위해 조금이나마 기여할 수 있다면 그것으로 족했다.

11/15 우리는 왜 걸어야 하나 2016

나라 잃은 설움
또 다른 사령부의 모욕적인 태도

장준하 일행은 태양이 지글지글 타오르는 벌판을 닷새 동안 걸어 다음 유격대의 사령부에 도착했다. 첫 번째 안내원은 목마름과 배고픔 없이 일행을 편안하게 이동하도록 도왔다. 야트막한 구릉지에 조성된 원두막에서 수박을 사먹였고, 시골 마을 헛간을 빌려 밤사이에 잠도 재웠다. 특히 번쩍이는 포화와 숨 쉴 틈 없이 쫓기는 추격에서 벗어나게 해준 것만으로도 순편했다.

참을 수 없는 수모는 다음 유격대에 인계되면서부터 시작됐다. 첫 번째 안내원은 다음 유격대에 장준하 일행을 인계한 뒤 안내를 부탁하고 떠났다. 일행은 그와 헤어지는 게 안타까웠지만 만남이 있으면 이별도 반드시 찾아오는 법이었다.

두 번째 만난 유격대는 장준하 일행을 개보듯 대했다. 바로 앞에서 눈을 내리깔며 얕잡아 봤다. 사령관도 똑같았다. 사령관은 서른 살 넘게 차이나는 여자를 무릎에 앉힌 채 팬티 바람으로 장준하 일행을 맞았다. 그의 손길은 여자를 애무하고 있었다. 장준하 일행이 앞에 서있어도 아랑곳하지 않고 가만가만히 여자의 몸을 훑었다. 나중에 안 사실이지만 그 여자는 사령관의 다섯 번째 첩이었다. 일행은 온갖 모욕을 견디며 언짢은 하룻밤을 보냈다. 첫 번째 안내원이 그리웠고, 그토록 보고 싶게 될 줄 몰랐다. 장준하는 이가 바득바득 갈렸다. 나라를 잃지 않았어도 이런 봉변을 당할 리 없었다. 그러나 충칭으로 가기 위해서는 참고 또 참아야 했다. 뜻한 바를 얻기 위해서는 모욕을 이겨 내는 용기도 필요했다.

장준하 일행은 총을 어깨에 둘러멘 무장대원 10명과 함께 길을 떠났다. 이 지역은 팔로군과 자주 마주치는 지역이어서 낮에만 걸을 수 없었다. 밤이슬까지 맞아가며 걸어야 해서 무척 힘들었다. 그러나 행군보다 일행을 더욱 힘들게 한 것은 무장대원들이었다. 이들은 일행을 시도 때도 없이 괴롭히고 놀렸다. 너희들 때문에 생고생을 사서하고 있다는 말투로 핀잔을 줬다. 마을을 지날 때는 일행을 사람들에게 '꿔즈'라고 놀리며 구경을 시켰다. 꿔즈는 도깨비라는 뜻으로 '일본놈'을 낮잡아 부르는 속어였다. 일행은 마을을 지나칠 때마다 사람에게 둘러싸여 흥미로운 구경거리 취급을 당했다.

닷새를 걸어 롱해선 철도 앞에 다다랐다. 이 철도는 진포선 철도와 달리 칠흑 같은 야음에 몸을 숨기고 몰래 넘어야 했다. 장준하 일행은 철도 앞에서 다음 유격대 안내원에게 인계됐다.

1/15 오다준 사령부의 모욕적인 태도

2016

안내원 청년의 기략
중국 청년의 눈부신 활약

장준하 일행의 새로운 길잡이는 마음씨 착한 청년이었다. 청년은 무례한 10명의 호송병과 차원이 달랐다. 훤칠하고 시원한 용모에 친절까지 베풀 줄 알아 호감이 갔다.

룽해선 철도는 진포선 철도와 비교가 되지 않을 정도로 살벌하고 깐깐한 초소였다. 수비 병력도 상당히 많이 주둔했고, 방어 장비도 튼튼했다. 경비초소는 밤새 서치라이트 불빛을 밝히며 주위를 감시했고, 집총한 군인들도 배치해 사람들의 접근을 철저하게 막았다. 신분이 불분명하거나 수상한 점이 포착되면 바로 총격을 가하도록 교육을 받은 일본군이었다.

철로를 건너기 위해서는 먼저 호를 넘어야 했다. 일본군은 철로 옆에 수로와 비슷한 호를 2미터 넘는 깊이로 파놓았다. 사다리 같은 장비가 없으면 절대로 건널 수 없는 높이였다. 안내원은 밤 1시에 철도를 건너자고 제안했다. 그때가 경비초소 보초들의 교대였다. 장준하는 걱정이 앞섰다. 일본군의 삼엄한 경계를 피해 철도를 건너는 게 그리 간단치 않아 보였다. 자신을 향해 총을 마구 쏘아대는 상상이 머릿속을 스쳤고, 호는 사형 집행자를 위한 공간 같았다.

1시가 되자 보초들이 교대할 동료와 함께 쪼그리고 앉아 담배를 꼬나물었다. 안내원이 굵은 밧줄을 어깨에 메고 앞장섰다. 장준하 일행은 막상 철도를 건널 때가 되자 온몸이 떨렸다. 아무리 가늠해 봐도 호를 쉽게 넘을 수 없을 것 같았다. 그러나 안내원의 표정은 대수롭지 않았다. 호 앞에 서서 밧줄 한 쪽은 자신의 허리에 묶고 다른 한 쪽은 호 아래로 늘어뜨렸다. 일행은 그 밧줄을 잡고 호를 내려갔다. 어떤 방법보다 간단하고 효율적이었다. 일행이 밧줄을 잡고 모두 내려가자 안내원은 호에서 훌쩍 뛰어 내렸다. 그리고 반대쪽으로 달려가 암벽을 타듯 손으로 여기저기를 잡더니 휙 날아 호 위에 올라섰다. 전광석화처럼 재빠른 몸놀림이었다. 안내원은 내려갈 때와 마찬가지로 밧줄을 허리에 묶어 밑으로 내렸다. 일행이 모두 올라올 때까지 호 끝에 서서 버텼다. 장준하는 팽팽한 밧줄을 잡아당기면서 벽을 타고 기어 올랐다.

장준하 일행은 같은 방법으로 두 개의 호를 무사히 통과했다. 걱정했던 것과 달리 아주 편하게 호를 건너자 안내원에게 무한한 신뢰가 싹텄다. 철도를 건넌 뒤에도 계속해서 안내해 주길 바랄 만큼 애착이 갔다. 하지만 안내원은 룽해선 철도를 건너는 일만 돕는 청년이었다.

11/15
중국청년의 눈부신 활약
2016

수모를 참아 내며 패악질, 멸시와 굶주림

장준하 일행은 안내원이 하는 대로 똑같이 철로를 건넜다. 그가 할 때는 무척 쉬워 보였지만 막상 따라 해보니 가슴이 짓눌려 숨 쉬기가 곤란했고 허벅다리에 힘이 많이 들어 쥐가 날 것 같았다. 그러나 철로 건너기는 호를 넘는 것보다 식은 죽 먹기였다. 수풀이 웃자란 들판과 자잘한 자갈이 깔린 돌무더기를 포복으로 기어가다 철로에서 데굴데굴 옆으로 굴러 맞은편 돌무더기로 곤두박질치면 끝났다.

철도를 건너자 또 다시 호 두 개가 나타났다. 장준하 일행은 조금 전 건넜던 방식 그대로 밧줄을 타고 오르내리며 호를 넘었다. 일행은 모두 탈 없이 호를 넘자 서로 얼싸안으며 자축하고 다시 장정에 나섰다. 갈 길이 바빴다. 다음 안내원이 10리 밖 호숫가에서 기다리는 중이었다.

안내원은 장준하 일행에게 이름도 가르쳐 주지 않고 끝까지 독립운동을 위해 싸우자는 작별 인사만 남기고 떠났다. 일행은 그와의 짧은 만남에 아쉬움을 토로하고 악수를 청했다. 이 광경을 지켜보던 새로운 안내원 5명은 한동안 말없이 담배를 피우다 따라오라며 손짓을 했다. 일행은 그들의 지시에 따라 일렬로 늘어서 걸었다. 안내원들은 무장한 호송대원이었다.

새벽 무렵 40리를 걸어 한 마을에 도착했다. 호송대원들은 무례하기 짝이 없었다. 전에 만난 호송대원들보다 장준하 일행을 더욱 못살게 괴롭혔다. 당돌하고 고약한 언행은 물론이고, 행패까지 부렸다. 허기와 갈증을 표현하면 발길질을 해댔고, 마을을 지날 때마다 '뀌즈'라고 소문을 내 중국인들에게 조리돌리기를 당하게 했다. 중국인들은 장준하 일행을 나무 막대기로 찌르고 발로 차고 손가락질을 하며 소리 내 웃기도 했고, 포로 취급을 하듯이 줄줄이 앉혀 놓고 그 앞을 느릿느릿 걸으면서 겁을 주기도 했다. 끼니도 챙겨 주지 않았다. 자기들끼리만 음식을 챙겨 먹고 장준하 일행은 구경만 하게 했다. 나흘 동안 먹은 음식이라고는 하루에 한 번 간신히 시장기만 면할 정도의 밀가루빵이었다.

장준하 일행은 별다른 저항을 할 수 없었다. 민족의 자존과 독립을 위해 나선 약소국 사람들에게 모질게 대하는 중국군이 못마땅할 뿐이었다. 이 땅의 주인은 중국인이었고, 거기에 의지해 따를 수밖에 없는 존재는 한국인이었다. 차라리 처음부터 팔로군을 만났더라면 이런 수모는 겪지 않았을지 모른다는 자책까지 일었다.

11/15
패악질 - 멸시와 굶주림
이동환
2016.

정성 어린 선물
나흘째 되던 날 저녁

장준하 일행은 나흘 밤낮을 걸어 다음 유격대에 도착했다. 무례한 호송대원들의 손아귀에서 벗어나자 기뻤다. 더욱더 발칙하고 방자한 안내원을 만날 수 있었지만 저들을 보지 않아도 된다는 생각에 안도감이 일었다.

호송대원들의 몰상식은 장준하 일행을 다음 유격대에 인계할 때도 끝나지 않았다. 두어 발짝 앞에서 발길질하는 시늉을 하며 조롱을 퍼붓는가하면 경비병에게 빈정거리는 말투로 서한을 전하면서 일행을 향해 우롱 섞인 눈웃음을 살살 쳤다. 장준하는 꿈쩍도 하지 않고 호송대원들의 행짜를 그대로 넘겼다. 조국 독립을 위해 어떤 봉변이라도 참아 낼 각오가 돼 있었다. 일제의 발아래 조국이 유린당한 상황에서 그 나라의 국민이 제대로 된 대접을 받는 것은 상상 속에서나 가능한 일이었다.

이를 악물고 버틴 보람이 있었다. 사령관이 장준하 일행을 저녁식사 자리에 초대했다. 사령관은 장준하 일행의 초라한 몰골과 추레한 옷을 보면서 걱정을 아끼지 않았고, 중앙군이 한국의 청년혁명가들을 소홀하고 섭섭하게 대우한 것에 대해 일일이 사과했다. 일행이 민망할 정도로 진심어린 사죄였다.

사령관은 인상이 서글서글한 미남이었다. 용모는 단정했고 성격은 온순했으며 신체도 단단했다. 특히 눈동자가 초롱초롱하고 맑았다. 말싸움이나 주먹다짐이 벌어지기 전에 상대방을 먼저 제압할 만큼 힘찬 기운을 가진 인물이었다. 앤된 첩을 무릎에 앉혔던 사령관과는 완전히 달랐다. 장준하는 방탕하다 못해 인간에 대한 기본적인 예의마저 없었던 그가 치가 떨리도록 싫었다.

사령관의 인품은 아래로까지 이어졌다. 그가 통솔하는 부하들은 장준하 일행을 존중했다. 예의 갖춘 몸차림과 긍정적인 태도로 일행의 닫힌 마음까지 열리게 했다. 사령관은 그동안 고생했을 장준하 일행을 위해 편안하게 목욕할 수 있는 시간을 마련했다. 또 만찬을 베풀어 기름지고 맛난 음식을 대접했고, 부하를 시켜 일행에게 정장을 새로 맞춰 입혔다. 한국이 백의민족이라는 것에 착안해 정장 색깔을 하얀 색으로 정하는 세심함도 보였다. 장준하 일행은 사령관의 배려로 부대에서 며칠 동안 편히 쉬었다.

사령관은 하얀 정장을 입은 장준하 일행을 보며 자기 일처럼 기뻐했다. 떠나는 일행을 위해 노잣돈도 쥐어 주면서 몸 건강히 임시정부에 도착할 수 있기를 바랐다.

11/15 나흘째 되던날 저녁 이철수 2016.

100리를 남겨두고 고향생각

장준하 일행은 사령관이 특별히 붙여 준 호송병들의 안내를 받으며 길을 나섰다. 호송병들의 태도는 한결 부드럽고 친절했다. 중차대한 임무를 부여받은 것처럼 자부심도 가득했다. 이유가 있었다. 사령관은 일행이 떠나기 전 호송병들을 불러 일행을 최대한 안전하고 편하게 안내하라고 훈시까지 했다. 일행은 생각하면 할수록 사령관의 마음 씀씀이가 고마워 다시 만나면 넙적 엎드려 절을 올리고 싶었다.

하얀 정장은 장준하 일행의 몸마저 가볍게 했다. 여기저기 구멍 나 속곳이 비치고, 밑이 터져 거의 벌거벗은 거나 다름없는 거지꼴로 걸을 때와 다르게 자신감을 불어넣었다. 게다가 일본군의 관할지역도 벗어나 마음마저 평온했다. 여전히 빠른 걸음으로 걸어야 했지만 팔은 쌀랑거렸고, 다리는 서붓거렸다. 장준하는 걷는 동안 눈부시게 부서지는 햇살과 눈길이 자꾸 마주치자 뭔가 좋은 일이 있을 것 같은 예감에 사로잡혔다. 앞으로의 계획이 쉬 풀릴 것 같은 낙관이 가슴을 설레게 했다.

일행은 사흘 뒤 자그마한 도시인 귀양에 도착해 짐을 풀었다. 그곳에서 100리 떨어진 린촨에 한국 청년들이 집결하고 있다는 소식을 전해 들었다. 독립운동의 투사를 양성하는 광복군 부대였다. 장준하는 꿈에 부풀었다. 그토록 열원했던 독립을 한국 청년들과 함께 할 수 있다는 것만으로도 기뻤다. 그는 광복군에 도착하면 본격적으로 독립운동에 참여해 기꺼이 한 몸 바쳐 싸우겠다고 맹세했다. 그러나 날씨가 도와주지 않았다. 며칠 동안 후덥지근하던 더위가 찾아오더니 쉴 새 없이 비가 내리기 시작했다. 비는 며칠 동안 계속됐다. 구질구질한 가랑비와 굵은 소나기가 쏟아지길 반복했다. 장준하는 비 내리는 하늘을 바라보면서 가슴이 메어 말을 잇지 못했다.

늦은 밤이었다. 한동안 천둥이 몰아치더니 비가 아우성치듯이 내렸다. 장준하는 빗소리에 잠을 설쳤다. 광복군에 대한 기대 못지않게 그의 수면을 방해한 것은 조국과 고향에 대한 그리움이었다. 부모님은 건강한지, 아내는 무고한지, 형제들은 평안한지 모든 게 궁금했다. 비가 점점 거세지고, 밤이 깊어갈수록 그리움은 더해 갔다. 그는 가까이에서 가족들을 보살피지 못한 죄스러움이 컸지만 가족들이 자신을 지지해 줄 것이라고 믿었다. 그의 가족들은 식민 지배로부터 벗어나기 위해 결연히 일어난 남아의 충정을 사사로운 이유로 반대할 사람들이 아니었다. 오히려 친일에 앞장선 자식과 연을 끊을 만큼 엄격했다.

11/15
고향생각
2016

낯선 부대에서의 환호성 뜨거운 함성

줄기차게 내리던 비가 멈췄다. 하늘은 구름 한 점 없이 화창했다. 마을 뒤 숲에서는 상쾌한 바람이 솨솨 불어왔다. 며칠 쉬어서인지 장준하 일행의 몸도 한결 가뿐했다. 일행은 맑은 공기를 들이마시며 아침 일찍 나설 채비를 했다. 광복군 동지들을 만날 생각에 콧노래가 절로 나왔다.

장준하 일행은 조국 독립의 열망을 가득 안고 길을 나섰다. 말끔하게 빨아 놓은 하얀 정장에 간단한 음식과 물통이 든 봇짐을 짊어지고 힘차게 걸었다. 부지런하게 걸으면 저녁 안에 린촨에 도착할 수 있었다. 일행은 달음박질하다시피 걸었다. 걸을 때마다 거친 숨소리가 흘러나왔지만 가슴속은 환희로 들끓었다. 만주벌판을 내달리는 독립투사가 머지않아 현실로 이뤄질 것 같아 눈물이 핑그르르 돌았다.

장준하 일행은 생각보다 빨리 린촨에 도착했다. 린촨은 사람들의 왕래가 별로 없는 듯 차분하게 가라앉았다. 일행은 핏줄에 이끌린 듯 현판조차 없는 낯선 부대 앞에 도착했다. 누군가 길을 안내해 준 것이 아니었다. 알지 못할 본능에 이끌려 도착한 부대였다. 장준하는 부대 안을 쳐다보았다. 사방이 조용하고 엄숙했다. 일행을 안내하던 호위병은 경비병과 잠시 이야기를 나눈 뒤 서한을 가지고 부대 안으로 들어갔다. 잠잠하기만 하던 건물 안에서 환호성이 터져 나왔다. 금의환향한 아들을 반기는 가족들처럼 뜨거운 박수와 열렬한 환대가 쏟아졌다. 조국의 광복에 목숨을 내건 한국 청년들이 장준하 일행을 반기는 소리였다. 먼저 달려온 청년들은 일일이 장준하 일행을 안기며 반겼고 뒤에 서 있던 청년들은 두 손을 번쩍 치켜들고 휘파람을 불렀다. 장준하 일행은 눈물이 쏟아져 나왔다. 모국어가 그렇게 반갑고 정겨운 줄 몰랐다. 이국 땅에서 배고픔과 갈증, 천대와 멸시, 나라 잃은 서러움으로 마음 고생했던 지난 2개월간의 풍상이 주마등처럼 스쳐 목이 메었다. 일행은 마중 나온 청년들을 향해 고맙다고 연신 얘기했지만 열화 같은 함성에 묻혀 목소리가 제대로 퍼져 나가지 않았다.

일행은 청년들 틈에 파묻혀 영내로 들어갔다. 커다른 문 위에 중앙군관학교 임천분교라고 쓰인 한문 글자가 큼지막했다. 문을 열고 들어가자 건너편에 커다란 연병장이 눈에 띄었다. 연병장에는 청천백일기(대만국기)가 펄럭였고, 몇몇 군인들이 팬티 바람으로 체력단련을 하고 있었다. 대부분의 군인들은 막사에 모여 담배를 피우거나 앉아서 쉬었다. 저녁때가 다될 무렵이어서 군사훈련은 이미 끝난 상태였다.

11/15 뜨거운 함성 2016.

막사에 울려 퍼진 혁명가 동지들…장하오

중앙군관학교의 전신은 중국국민당 육군군관학교였다. 1924년 제1차 국공합작의 산물로, 초대 교장은 장제스가 역임했다. 장제스는 이곳에서 군사훈련뿐만 아니라 사상교육에도 전력을 쏟았다. 군관학교에 들어온 학생들은 소규모 군대를 이끄는 자격을 주었고, 명예나 급여 면에서 최고의 대우를 해주었지만 그만큼 엄격한 기강과 규율을 강조했다. 특히 혁명에 있어서는 타협을 불허했다.

육군군관학교는 조선인을 피압박민족으로 후원하고, 입학을 독려했다. 김구 주석이 1933년 중국 국민당 군사위원장 장제스를 만나 중앙군관학교에 한인특별반 설치를 요청한 뒤였다. 의열단 간부였던 김원봉을 비롯해 많은 한국인 청년들이 이곳에서 공부한 뒤 졸업 후 독립운동을 위한 군사적 기초를 닦았다. 육군군관학교는 1938년 일본군에게 폭격을 당했다.

중앙군관학교 임천분교에도 한국광복군간부훈련반이 부설됐다. 국민당은 한국인 학도병의 탈출이 늘어나고, 일본과 전쟁이 격화되면서 한국군을 위한 별도 훈련반을 조직했다. 한국과 힘을 합쳐 일본을 몰아내자는 의도였다.

한국광복군간부훈련반은 일본군에서 목숨을 걸고 탈출한 학도병들이 주축이었다. 장준하는 그곳에서 일본군 쓰카다 부대에서 마주쳤던 낯익은 동료들을 만나 회포를 풀었다. 서로 얘기를 나눈 적은 없었지만 첫눈에 알아봤다. 그리워하다가 만난 것이 아니었는데도 마음속에 쌓인 게 무엇이 그리 많은지 손을 부여잡고 껴안기 바빴다. 조국 독립을 위해 일본군에서 목숨을 걸고 탈출했다는 동질감이 만들어 낸 일종의 동지애였다. 서로의 가슴을 찌르르하게 만드는 동포애이기도 했고, 지난날의 고통과 앞으로 펼쳐질 고난에 대한 격려이기도 했다.

장준하 일행은 한국광복군훈련반이 마련한 환영식에 참석했다. 환영식은 동지들의 사기를 북돋아 주기 위해 약간의 술과 노래, 춤이 어우러졌다. 노래는 혁명가를 비롯해 팔도 민요가 모두 나왔다. 동지들은 빠른 노래가 나올 때는 자리에서 일어나 팔을 양옆으로 펼쳐 들어 춤을 췄고, 느린 노래가 나올 때는 구성진 목소리로 따라 부르며 민족의 아픔과 설움을 토했다. 혁명가는 모두가 따라 부르기에 안성맞춤이었다. 조국 독립과 민족 해방을 위해 싸우자는 목소리가 하나로 어우러져 막사를 쩌렁쩌렁 울렸다.

11/15 "동지들... 장하오" 2016.

하얗게 새운 밤
답보상태와 반복

장준하 일행은 다음날 아침 가장 먼저 일어났다. 환영식이 밤늦게까지 이어졌지만 피곤하지 않았다. 퉁퉁 부은 발가락과 뭉친 다리 근육, 뻣뻣한 목덜미는 중앙군관학교의 정식 교육에 참여하는 설렘 때문인지 일상에 별다른 지장을 주지 않았다.

일행은 수건을 챙겨 들고 손가락으로 머리카락을 대충 쓸어 넘기면서 세면장으로 향했다. 모두들 일어나기 전이라 세면장은 한가로웠다. 물을 담은 대야에 얼굴이 비쳤다. 일행의 표정은 모두 밝았다. 바짝 말라 뺨은 우묵하게 패였지만 입술은 생동감이 넘쳤고, 눈빛은 이글이글 타올랐다.

세면을 끝내고 숙소로 들어왔지만 아직도 많은 이들이 쉽게 깨어나지 않았다. 얼굴에는 피로한 기색이 역력했고, 매가리가 없어 보이기까지 했다. 장준하는 괜히 미안한 마음이 들었다. 하루 종일 뛰어다니며 훈련 받느라 힘들었을 텐데 환영식을 해준다고 쉬지 못했을 동지들이 걱정됐다. 장준하는 만성 피로에 젖어 보이는 동지들의 모습이 전혀 다른 이유 때문이라는 것을 사흘이 지나서야 알았다.

장준하 일행은 중국군에서 준비한 군복을 갈아입고 다부진 각오로 교육에 참여했다. 장준하는 타격과 총검술을 비롯한 각종 군사훈련과 새로운 지식을 함양할 수 있는 수준의 강의를 기대했다. 그러나 훈련은 지루했고, 강의는 무료했다. 군사훈련은 기본자세나 동작을 되풀이하는 도식적인 교련이었고, 강의는 학도병이라면 다 아는 상식 수준의 내용이었다.

며칠이 지나도 구태의연하고 획일적인 교육은 달라지지 않았다. 몸과 마음이 움직이지 않는 교육 일색이었다. 장준하 일행은 교육이 답답하고 지루하게 진행되자 시간낭비라는 생각이 들었다. 특히 중국 군인들은 소총사격, 수류탄 투척, 박격포 사격 같은 훈련을 수시로 했지만 한국인에게는 총 한 자루조차 주어지지 않아 마음속에 공허함마저 밀려왔다. 이러다간 조국 독립에 대한 꿈도 무너지지는 게 아닌지 걱정이 들었다. 내실 없는 광복군, 형식적인 독립운동은 언젠가 밑을 드러낼 공산이 컸다.

일본군 부대에서 탈출했을 때 희구했던 것과 현실은 달랐다. 기대가 컸던 만큼 실망도 더욱 크게 다가왔다. 일행은 대책을 강구해야 했다. 반복되는 교육과 별도로 의미 있는 시간을 만들 묘책이 필요했다. 장준하는 뾰족한 생각이 떠오르지 않아 하룻밤을 하얗게 새웠다.

11/15 답보상태의 반복 2016

배움의 즐거움
강좌를 시작하다

장준하는 고심 끝에 강좌를 열자고 제안했다. 학도병마다 학교 다닐 때 관심 분야나 공부했던 내용이 달랐던 점을 착안해 자신의 지식을 공유하자는 의견을 냈다. 여기저기에서 찬성 의견이 쏟아졌다. 자기가 알고 있는 지식을 공론공담처럼 헛되이 쓰거나 남에게 자랑하려는 요식행위가 아니라 무료한 훈련병 생활을 의미 있게 채워보자는 발의였기 때문이었다. 혼자만 알고 있는 지식은 전문적이지만 단편적이었다. 세상에는 여러 분야의 지식이 있었고 그 내용 또한 무궁무진했다. 또 지식은 공유하지 않으면 죽은 것과 다르지 않았다. 널리널리 퍼져나가야 살아 있는 생명력을 가졌다. 게꽁지만한 지식이라도, 평범한 경험이라도, 누군가에게는 빈말공부가 아니라 유용한 배움이 될 수 있었다.

첫날 강의는 장준하와 김준엽이 맡았다. 두 사람은 자신이 가장 잘 알고 누구나 재밌게 들을 수 있는 내용을 주제로 잡아 동지들의 관심을 끌어 모은 뒤 갖가지 예를 들어가며 열변을 토했다. 팔짓을 해가며 눈동자를 굴렸다. 목소리의 강약을 조절하는 것도 잊지 않았다. 강의는 자기 잘난 맛에 해봐야 역효과만 낼 뿐이었다. 머리에 들어가지 않은 어려운 주제를 잡아봐야 그 또한 시간낭비였다.

강의는 혀끝에 불이 붙은 것처럼 거침이 없었고, 단박에 좌중을 휘어잡았다. 80여 명에 달하는 동지들을 일심동체로 만들었다. 동지들은 열성적인 강의에 크게 호응했다. 메모을 해가며 경청하는 동지도 있었고, 강의 내용을 곱씹어 보며 질문거리를 챙기는 동지도 있었다. 강의가 끝나면 우렁찬 박수갈채가 쏟아졌다. 밀도 높은 내용을 쉽게 설명해서 그런지 동지들의 표정은 모든 내용을 완벽하게 이해한다는 눈치였다.

강의가 거듭될수록 동지들의 눈빛은 변하기 시작했다. 분야도 다양해지고 내용도 깊어지면서 점점 더 배움의 즐거움을 갈구했다. 배움의 즐거움은 학문에 뜻을 두고 탐구하려는 욕구는 아니었다. 인간을 배우고, 삶의 가치를 배우고, 자유의 소중함을 배우자는 것이 목적이었고, 올바른 의식을 함양해 조국 독립의 길을 좌절하지 않고 나가자는 의지였다. 그럼에도 별의별 이유를 들어가며 강의를 거부하던 몇몇이 있었다. 괜히 어깃장을 놓으면서 자기 생각만 옳다고 자기주장을 해대는 부류였다. 그러나 얼마지 않아 이들마저도 강의를 들으러 왔다. 아무리 생각해봐도 지루하고 무료한 훈련을 견디는 방법은 강의밖에 없었다.

11/15 강좌를 시작하다. 2016

짊어진 숙명 〈등불〉

강의가 열띤 분위기에서 진행되면서 전성기를 구가했다. 모두들 군관학교에서 마련한 교련이나 강의보다 동지들이 어울려 준비하는 강의를 좋아했다. 따분하지도, 고압적이지도 않았고 열린 마음으로 논쟁할 수 있어서 더욱 부응했다. 강의에 대한 각별한 관심은 책으로 이어졌다. 강좌가 일회성으로 끝나지 않고 나중에도 두고두고 읽어볼 수 있는 교재로 만들어지길 바라는 동지들이 나타났다. 장준하는 강의 내용을 일목요연하게 정리해 책으로 만들면 시간이 날 때마다 틈틈이 복습이 가능하고, 강의를 듣지 못하는 사람들에게도 큰 도움이 되겠다고 생각했다. 문제는 인쇄였다. 손으로 일일이 써서 책을 만드는 일은 높은 노동 강도를 요구했고, 효율적이지도 않았다.

장준하는 등사기를 사방팔방으로 수소문했다. 하지만 돌아오는 것은 시큰둥한 반응이었다. 대도시에서도 찾아보기 힘든 것을 조그마한 도시에서, 그것도 전쟁 통에 찾는다고 핀잔만 잔뜩 들었다. 붓과 종이마저 구하기 힘든 시절이었다. 하루 세 끼 먹는 것도 힘들었고, 세 끼를 먹는다고 해도 배불리 먹을 수 있는 사정이 안됐다. 전쟁은 모든 것을 황폐화시켰다.

장준하는 포기하지 않았다. 편집팀을 꾸리고 손으로 써서 책을 내기로 결정했다. 삽화는 김준엽의 그림 솜씨를 빌렸다. 종이가 부족하면 군관학교 관계자들에게 부탁해 얻었다. 형식은 잡지처럼 구성했고, 내용은 참신함을 담보했다. 읽는 재미를 위해 수필이나 시도 추가했다. 표지는 투툼한 종이를 구할 수 없어 천을 잘라 종이에 붙여 사용했다. 천은 김준엽이 내의를 잘라 준비했다. 잡지 이름은 〈등불〉로 정했다. 어둠이 내린 곳을 환하게 밝혀 주는 등불은 자신들이 하고 있는 모든 일을 함의했다. 동지의 등불이 되고, 겨레의 등불이 되는 삶을 살아가려는 한국광복군간부훈련반 80여 명의 의지가 오롯이 담긴 이름이었다.

〈등불〉이 발간되자 서로 먼저 보겠다고 난리가 났다. 장준하를 비롯해 편집팀은 여간 흐뭇한 게 아니었다. 서로의 아이디어와 재주, 고민과 노력 끝에 탄생한 잡지에 동지들의 지대한 관심이 모아지자 힘이 솟았다. 장준하는 곧바로 2호를 준비했다. 〈등불〉이 교재로서 제 구실을 하려면 멈추지 않고 발간돼야 했다. 장준하는 〈등불〉을 내면서 잃었던 자신감도 되찾았고, 자신의 잠재력도 확인했다. 또 자신이 조국 독립 후 새로운 대한민국을 건설하는데 무엇으로 이바지해야 하는지 숙명적으로 느꼈다.

등불
11/15
등불
2016

무분별한 탐욕
부패는 악화돼 갔다

장준하는 〈등불〉을 발간하면서 한국광복군간부훈련반에 정신적인 유산을 남긴 것 같아 한없이 기뻤다. 자기만족에 급급하는 건 허영의 소산이었지만 타인의 만족으로부터 자신의 가치를 발견하는 건 진정한 즐거움이었다. 그러나 그는 여전히 여러 가지 복잡한 문제로 고민이 많았다. 그중에서 머리가 아플 정도로 그를 괴롭혔던 건 다름 아닌 식량이었다. 마음이 궁한 것은 동지들과 함께 〈등불〉로 채워나가면 됐지만 영양실조를 느낄 만큼 고통스러운 배고픔은 오직 풍족한 음식만이 해결할 수 있었다.

팔팔한 청춘들은 항상 기진맥진했다. 멀건 채소 국물과 밀가루빵을 아침과 저녁에 먹었다. 밥을 먹고 돌아서면 바로 배가 고플 정도로 양이 적었다. 점심은 거르며 교육을 받았다. 제반 사정이 좋지 않아 하루 세 끼를 배식할 수 없는 상황이었다. 훈련병들은 고픈 배를 물로 채웠다. 허기를 해결하기 위해 물을 급하게 많이 마시다보니 트림과 헛구역질을 걱걱하고 내뱉기 일쑤였다. 훈련병들이 배를 쫄쫄 곯는 이유는 의외로 간단했다. 훈련병 1인당 책정된 급식비가 다른 데로 새고 있었다. 장준하는 학교에서 지급되는 금액과 부식비를 깐깐하게 비교했다. 돈을 부정하게 빼돌리지 않고서는 나올 수 없는 배식이었다. 한국광복군간부훈련반 취사 담당자는 매일 아침 돈을 챙겨들고 자신이 먹을 술과 담배, 고기 같은 것을 먼저 구입하고, 나머지 돈으로 식재료를 샀다. 그러니 만날 배식이 그 모양으로 나올 수밖에 없었다.

부패는 필연적으로 드러나는 법이었다. 전체회의가 자연스럽게 마련됐다. 장준하는 같은 훈련병 중 한 명이었던 취사 담당자의 부정을 상세히 밝히고 그의 입장을 들어보기로 했다. 그러나 취사 담당자는 당당했다. 자기가 고생한 것만 주장하면서 오히려 동지들을 욕했다. 한국광복군간부훈련반의 단합에 저해되는 극단적인 이기주의였다. 장준하는 통탄했다. 조국 독립을 위해 뜻을 모인 사람들이 개인의 무분별한 탐욕으로 동지들의 얼굴에 먹칠하는 것도 모자라 스스로 잘못한 것조차 인정하지도, 뉘우치지도 않아서였다. 아울러 깊은 슬픔도 찾아왔다. 나라를 빼앗고, 목숨을 짓씹으면서 한국인들에게 희망도, 의욕도 없이 동물적인 생존의식만 좇게 만들어버린 일본이 끔찍하게 싫었다.

서로 믿고, 마음을 하나로 모아도 부족할 때였다. 일신의 이익을 위해 동지들의 고통을 모른 체하는 파렴치한을 그대로 둘 수 없었다. 훈련병들은 뜻을 모아 취사 담당자를 그 자리에서 물러나게 했다.

11/15
부패는 악화되어 갔다.
2016.

동지들을 위한 순수한 애정
그래 역시 장동지란 말이야

부식비 유용문제로 한국광복군간부훈련반 내에서 한바탕 소동이 일어난 뒤 취사 담당자로 장준하가 뽑혔다. 장준하는 취사 담당자로 거론됐을 때부터 일향 사양했다. 〈등불〉을 잘 만드는 것이 자신이 해야 할 일이라고 강변했다. 종이를 구해 초필로 또박또박 글을 쓰는 것조차 힘에 부친 마당에 취사 담당자까지 겸임할 수 없었다. 그러나 전체 훈련병의 의사가 하나로 모여 있었다. 장준하가 해야 믿고 따를 수 있다는 결론이었다. 장준하는 그들의 의견을 끝까지 물리치지 못했다. 조금 더 시간을 내 고생하면 될 일이었다.

장준하는 훈련병 취사 당번과 중국인 요리사 셋과 함께 부식을 사러 시장에 갔다. 시장을 돌아다니면서 동지들이 가장 맛있게 많이 먹을 수 있는 부식을 골랐다. 상인과 채소 값을 깎아 달라고 흥정하면서 소고기 살 돈도 마련했다. 한국에서는 소고기를 최고로 치지만 중국에서는 돼지고기가 으뜸이었다. 가격 차이도 돼지고기가 두 배 이상 비쌌다. 그는 채소를 사고 남은 돈을 모두 소고기에 투자했다.

장준하는 취사 담당자를 맡은 첫날 아침 식사는 쇠고기와 무, 채소를 넣어 끓인 고깃국을 선보였다. 고깃국은 소고기 양이 많지 않아 고기 씹는 맛을 충분히 느끼게 해줄 수 없었지만 구수한 육수가 채소에 어우러져 제법 깊은 맛을 냈다. 훈련병들은 눈 깜짝할 사이에 밀가루빵을 고깃국에 적셔 먹어치웠다. 국물이 남았으면 더 달라고 청하기도 했다. 이전에 나왔던 국물은 소금물에 채소를 넣고 끓였던지라 맛은 없고 짜기만 해서 배가 고파도 많이 먹을 수 없었다.

장준하는 동지들이 식사하는 모습을 유심히 살폈다. 자신이 제대로 음식을 만들어 냈는지 동지들의 반응이 무척 궁금했다. 이유가 어찌 됐든 취사 담당자 자리를 견탈한 만큼 전보다 나아야 했다. 이전 취사 담당자에게 미안했지만 그보다 더 낫다는 소리가 나오길 바랐다. 혁명이나 이념 같은 대의를 위해서가 아니었다. 이국땅에서 고생하는 동지들을 위한 순수한 애정이었고, 동지들이 건강한 몸으로 전선에 나가길 바라는 마음이었다. 여기저기서 침이 마르게 장준하를 칭찬했다. 크리스천이라 그렇다는 얘기도 심심치않게 나왔다. 그는 한없이 기뻤다. 노력하고 정성을 쏟은 만큼 결과가 뒤따라서 좋았다. 다만 크리스천이라는 말은 걸렸다. 인간이 즐기는 갖가지 쾌락에 속박당하지 말라는 목언의 강요인 듯싶었다. 종교인은 주위에서 요구하는 도덕적 의무가 높기 때문에 조그만 잘못에도 비난을 면하기 어려웠다.

11/15 "그래 역시 장롱지란 말이야." 2016

옳고 그름의 갈림길 나는 왜?

장준하가 취사 담당자를 맡으면서 훈련병들의 식사는 전보다 나아졌다. 그렇다고 동지들의 배고픔이 완벽하게 해갈되진 않았다. 부식비가 워낙 적게 책정돼 있어서 동지들을 배불리 먹이는데 턱없이 부족했다. 뭔가 대책이 필요했지만 중앙군관학교에 부식비를 늘려 달라고 요구할 수 없었다. 전쟁으로 세금 걷기가 어려워지고, 덩달아 교육비 예산이 줄어들면서 군관학교의 재정도 상당히 궁했다. 한국인들이 독립운동을 할 수 있도록 학교에 머물게 해주는 것만으로도 고마운 일이었다.

장준하는 시장에 나갈 때마다 갖가지 식재료를 보면서 머리를 굴렸다. 맛이 좋은 음식이 아니라 풍족하게 내놓을 수 있는 음식이 무엇인지 궁리했다. 이 정도면 됐다 싶어 주머니를 뒤져보면 살 수 없는 게 너무도 많았다. 아침에 산 식재료로 아침, 저녁 두 끼를 책임져야 했다. 점심에 여전히 물로 배를 채우는 동지들이 수두룩했다. 그는 눈앞이 암담했다. 굶주림에 시달리는 동지들을 위해 〈등불〉 일도 잠시 뒷전으로 미뤘다. 이 문제를 해결하지 않고서는 제 아무리 좋은 글도 동지들에게 제대로 전달되긴 힘들었다. 게다가 그는 동지들의 끼니를 책임지는 취사 담당자였다. 각자 맡은 자리에서 제 일을 재량껏 해내야 이루지 못할 것 같은 역사적 과업도 완수되는 법이었다.

중앙군관학교 인근 고구마밭이 민둥민둥 벌거숭이가 됐다. 고구마는 뿌리가 열리기 시작하면 줄기를 모두 베어냈다. 줄기로 가는 영양분을 차단해야 고구마 씨알이 커졌다. 장준하는 고구마밭을 쳐다보면서 한동안 고민에 빠졌다. 동지들을 위해 고구마라도 훔쳐야 하는지 냉가슴을 앓았다. 대의를 위한 일이라도 도둑질은 도덕적으로 어긋났다. 어떤 나라라도 문화의 차이가 있기 때문에 무엇이 선이고, 무엇인 악인지 구분하기 어려울 때가 생기지만 도둑질만큼은 모든 나라에서 용납되지 않는 행위였다. 장준하는 자신이 동지들에게 크리스천으로 알려진 것도 부담이었다. 그는 신학교에 다닐 만큼 스스로 성심을 다하는 정통 교인이었다.

장준하의 내면에서 옳고 그름이 부딪쳤다. 생각이 깊어질수록 갈등의 골도 깊어졌다. 그는 길게 고민해봐야 달라질 게 없다는 걸 알았다. 오히려 내면의 혼돈과 번민만 불처럼 거세질 뿐이었다. 며칠 뒤 장준하는 갈림길에서 벗어나기로 했다.

11/15　나는 왜?　[illegible] 2016.

매일매일 준비한 고구마 밤참 고구마 한 개라도 더

장준하는 수확을 앞둔 고구마밭에 낮은 포복으로 들어갔다. 몇몇 동지들과 함께 80여 명의 동지들이 쪄 먹을 수 있을 만큼 충분한 양의 고구마를 캤다. 동지들이 고구마를 맛있게 먹는 상상을 하며 죄의식을 떨쳐냈다. 처음에 그는 고구마를 훔칠 것인지 말 것인지 도덕적인 고민에 시달렸다. 그러나 조국을 잃은 한국인에게 지금 당장 필요한 것이 무엇인지 스스로 묻고 답을 찾았다.

옳고 그름의 문제로 따질 게 아니었다. 개인의 도덕적 신념에만 집착했던 자만심을 떨쳐버리기로 했다. 나라를 되찾겠다고 나선 동지들의 배고픔을 해결하는 게 취사 담당자로서 마땅히 해야 할 도리였다. 그는 굵직굵직하고 길쭉길쭉한 고구마를 손으로 움켜쥐면서 고구마 주인에게 어떻게든 이 은혜는 꼭 갚겠다고 다짐했다. 이 땅에서 일본군을 몰아내고 더 나아가 전쟁이 종식된다면 그보다 더 큰 선물은 없었다.

장준하는 아궁이에 불을 붙이고 큰 솥을 걸었다. 솥에 크고 작은 고구마를 씻어 넣었다. 물이 설설 끓으면서 김이 모락모락 피어났다. 취사실 내부에 물안개와 함께 구수한 향기가 진동했다. 그는 고구마가 몰캉하게 익자 커다란 쟁반에 옮겨 담았다. 솥이 너무 컸던지 밑에 깔린 고구마는 껍질이 죄다 타버렸지만 달기는 더했다. 그는 자정 무렵 고구마를 들고 숙소에 들어가 자물쇠를 잠갔다. 고구마 서리가 발각되면 어떤 일이 벌어질지 몰랐다. 배상은 물론 이대로 모두 중앙군관학교에서 쫓겨날 수 있었다.

동지들은 이미 잠에 빠져 있었다. 장준하는 동지들을 조심히 흔들어 깨웠다. 동지들은 고구마라는 소리에 깜짝 놀라 하나둘씩 일어나 뜨거운 고구마를 손에 쥐고 덥석 베어 물었다. 껍질도 벗기지 않고 허겁지겁 먹었다. 얼마나 배가 고팠는지 고구마는 게눈 감추듯 순식간에 사라졌다. 그러나 그는 고구마를 먹지 않았다. 자식이 먹는 것만 봐도 배가 부르는 부모의 심정이었다.

장준하는 매일 밤마다 찐 고구마를 동지들에게 먹이고 잠을 잤다. 고구마를 캘 때 매사에 조심하기도 했지만 고구마밭이 워낙 커서 아무리 파내도 티가 나지 않았다. 그는 새벽에 일어나 장을 보고, 일과가 끝나는 밤에는 〈등불〉 편집에 매달렸다. 하루하루 잠시의 휴식조차 주어지지 않는 일상이었다. 그러나 그는 고달프지 않았다. 해야 할 일이 끝도 없이 이어졌지만 동지들과 조국 독립을 생각하며 웃음으로 변용했다. 심신의 피로보다 한층 감당하기 어려운 것은 따로 있었다.

11/15 고구마 한개라도 더 이[illegible] 2016.

중국군과의 차별
총 없는 군대

한국광복군간부훈련반은 린촨 중앙군관학교에 임시로 설치된 군사훈련부대였다. 침략전쟁을 일으킨 일본군을 몰아내기 위해 장제스가 군관학교 내 한국인을 위한 훈련부대를 승인한 뒤 이곳에도 한국광복군 간부훈련반이 개설됐다. 하지만 군사훈련은 형편없었다. 중국군의 훈련과 달리 한국군에게는 목총 한 자루 지급되지 않았다. 고막을 터트릴 듯 요란하게 울려 퍼지는 총이나 박격포 소리는 중국군이 훈련할 때 나는 소리였다. 뿐만 아니라 다른 교육도 형식적이고 질이 낮았다. 교련은 아주 간단한 제식훈련만 가르쳤다. 소학교 다닐 때 이미 배웠던 발맞추는 보법이나 구령에 맞춰 같은 동작으로 움직이는 것 말고는 없었다. 강의도 배울 게 없는 정신교육이 대부분이었다. 일본 정규대학에 재학 중이었던 훈련병들에게는 함량 미달 수준이었다.

한국인 훈련병들은 임자 없는 나룻배 신세였다. 이들은 나라를 잃은 민족의 비의를 이국땅에서 뼈저리게 경험하면서 자체적으로 마련한 강의와 〈등불〉 편찬, 고구마 밤참으로 고충을 달랬다. 강의와 〈등불〉은 지속적으로 훈련병들을 일깨우고 위로하는 역할을 했다. 그러나 고구마 서리는 들쭉날쭉했다. 운이 나쁘면 빈 밭을 헤매다 끝나기도 했고, 보초를 서는 농부 때문에 포기하기도 했다. 고구마 수확이 끝난 뒤에는 고구마를 맛볼 길이 전혀 없었다.

훈련병들 사이에 쌓인 불만은 중앙군관학교로 향했다. 지금 당장이라도 학교를 그만두고 광복군 유격대에 참여하길 원했다. 삶에 허무를 느낀 훈련병들은 중국인 행세를 하며 소시민으로 살기를 원했고, 고향에 가서 농부가 되겠다는 이들도 있었다. 그러나 모두들 꿀 먹은 벙어리처럼 아무 말도 하지 못하고 가슴앓이를 했다. 학교 측에 중국인과 평등하게 대우해 달라고 요구하는 것은 어려웠다. 학교에서 한국인을 받아준 것만으로도, 구박과 무시가 없는 것만으로도 고마워 할 일이었다.

교장은 중국인이나 한국인이나 모두 동등하게 대하겠다고 입버릇 말했다. 한 가지 목적을 위해 교칙을 준수하고, 보편타당한 원칙 아래 학교의 모든 운영방침을 결정하겠다고 공언했다. 하지만 현실은 판이했다. 먹는 것에서부터 훈련까지 모든 게 제 나라 국민에게 맞춰졌다. 중국군에게는 향후 중국을 이끌어갈 혁명 전사를 양성한다는 자부심에 맞게 최상급 대우를 했다.

1/15 군대. 2016.

두 동지의 난행 새벽 2시의 소란

한국인 훈련병들의 답답한 심정은 난행으로 이어졌다. 가느다란 희망조차 묵살된 현실이 갑작스레 걷잡을 수 없는 분노로 자라나 버렸다. 장준하는 실의에 빠진 동지들을 위해 새로운 활력소를 찾으려 했다. 동지들이 맥빠지고 힘겨운 조건을 딛고 일어서서 조국 독립의 밀알이 되도록 돕고 싶었다. 하지만 제약이 많은 상황인지라 특별한 아이디어가 떠오르지 않았다.

동지 두 명이 낭패감에 젖은 상태로 민가를 돌아다니며 술을 강탈해 마시고 만취 상태에서 온갖 추태를 부렸다. 술 취한 사람이 일반적으로 부리는 물의가 아니었다. 고래고래 소리를 지르고, 험한 욕설을 내뱉고, 아무 데나 오줌을 갈기고, 길거리에 벌러덩 누워 잠을 자는 게 아니라 일본도로 개를 무 베듯 죽여 버렸고, 주민들을 위협했다. 건장한 청년들이 칼을 들고 린촨 거리를 활보하자 주민들은 두려움에 사로잡혀 모두 문을 걸어 잠그고 와들와들 떨었다.

두 동지의 난행은 중앙군관학교에 돌아와서도 계속됐다. 잠을 자는 동지들을 발로 차 깨운 뒤 포악스럽고 무지막지한 폭언을 늘어놓았고, 칼을 휘두르며 모두 베어 버리겠다고 위협했다. 훈련병들은 이들의 잔인한 표정에 놀라 혼비백산 도망을 쳤고, 미리 빠져나가지 못한 이들은 구석에 모여 두 동지의 행패가 끝나기만을 부르르 떨며 기다렸다. 난폭한 언행은 서너 시간 뒤 끝났다. 미칠 듯이 모든 힘을 쏟아버리고 나니 그냥 그대로 그 자리에 꼬꾸라져 잠이 들었다. 다음날 아침 두 동지는 무장한 중국군에게 연행돼 영창에 갇혔다. 장준하는 고통스러웠다. 중국인을 강박하는 것도 모자라 동지들에게까지 칼을 휘두르는 모습을 보면서 적잖은 충격을 겪었다. 그는 이들의 난행을 모두 다 이해할 수 없었지만 그들을 미워할 수 없었다. 모든 원인은 나라 잃은 서러움이었고, 계획적인 범죄가 아니라 충동적으로 벌어진 난동이었다.

영창 생활은 훈련병 생활보다 더욱 열악하기 그지없었다. 하루에 한 끼만 밀가루빵 1개와 멀건 배춧국이 배식됐다. 장준하는 두 동지를 위해 사식을 준비했다. 이들은 그가 챙겨주는 사식을 허겁지겁 먹은 뒤 손을 붙잡으며 고마움을 표현했다. 자신들의 실수를 뼈저리게 뉘우치는 표정으로 고개를 숙이며 울먹였다. 장준하는 사식을 챙겨주고 뒤돌아 나오는 길에 항상 울었다. 이러한 비극을 초래하게 만든 일본을 떠올리면서 한없이 눈물을 흘렸다.

11/15 새벽 2시의 소란 2016

끝없는 동지애와 조국 독립의 약속 두 동지를 위한 항변

장준하가 두 동지의 사식을 챙겨주는 동안 세 사람 사이에 끈끈한 동지애가 몽글몽글 피어났다. 잠자리는 달랐지만 서로의 가슴에 동병상련의 고통이 꿈틀댔다. 조국 독립을 위해서는 조국에 바치는 사랑과 뜨거운 동지애가 절실했다. 어려운 상황에 직면했다고 해서 각자도생을 선택해버리면 독립의 길은 요원했다. 함께 뭉쳐 투쟁해도 될까 말까 했다.

영내에 이상한 소문이 돌았다. 두 동지가 중앙군관학교를 떠나 중국 육군형무소로 이송된다는 얘기였다. 육군형무소에 들어가면 굶겨 죽인다는 얘기도 나돌았다. 이 소문이 사실로 확인되자 장준하는 심장이 얼어붙는 것 같은 아픔이 찾아왔다. 어떻게든 두 동지가 형무소에 끌려가는 것을 막아보려고 했다. 한국광복군간부훈련반 훈련병으로 씻을 수 없는 오점을 남겼다 해도 죽음을 방치하는 형무소에 보내는 건 참을 수 없었다. 두 동지가 조국 독립을 위해 죽음을 무릅쓰고 일본군에서 탈출한 그 결기를 허망한 죽음으로 대신할 수 없었다. 장준하는 〈등불〉을 함께 편집했던 동지들을 찾아가 구명운동에 동참해 달라고 호소했다. 동지들의 반응은 냉담했다. 시정잡배나 협잡꾼보다 못한 행동으로 한국광복군간부훈련반의 사기를 꺾고 더 나아가 조국을 욕보였다고 목소리를 높였다.

다른 방법이 없었다. 장준하는 한국광복군간부훈련반 전원을 강당에 불러 모아놓고 마음을 전했다. 눈물을 쏟아내면서 두 동지가 형무소에 끌려가지 않도록 도와 달라고 부탁했다. 과거의 과오 때문에 자기편인 동지들에게 등을 돌려서는 안된다고 꾸짖으면서 뜨거운 동지애를 보여 달라고 말했다. 또 두 동지가 벌인 행패는 결코 두 사람의 잘못이 아니라 훈련병 모두의 죄라면서 군관학교에서 총 한 번 들지 못하고 몇 개월을 허송세월로 보냈던 비애를 함께 느껴보라고 다그쳤다.

반응은 폭발적이었다. 장준하의 연설은 훈련병들의 심장을 후벼 팠다. 자기 감정에만 치우쳐 진정 중요한 것을 놓쳤던 자신을 성찰했다. 바로 끝없는 동지애와 조국 독립의 약속이었다. 훈련병들은 모두 그의 의견에 동조하면서 엄지손가락을 치켜세웠다. 곧바로 한국광복군간부훈련반 전체의 의견은 모아졌고, 두 동지의 석방을 군관학교에 요청했다. 학교 측은 이들이 저지른 모든 책임을 한국광복군간부훈련반 전원이 공동으로 진다는 다짐을 받고 석방을 허락했다.

1/15 두더지를 위한 항변
2016

처량한 학도병 신세
능서야! 내 아들아

중앙군관학교 4개월 초급반이 끝났다. 한국광복군훈련반은 그동안 특별하게 배운 게 없었지만 중국군과 함께 졸업했다. 뒤늦게 합류한 장준하 일행은 3개월 만에 교육을 마쳤다. 중국군은 졸업실에서 총지휘관의 지시에 맞춰 대규모의 사열을 준비했고 팀을 조직해 총검술, 유격시범 등을 선보일 예정이었다. 한국광복군훈련반은 졸업식 전야제에서 예술제를 준비하라는 지시를 받았다. 장준하는 졸업 전 〈등불〉 2호 제작에 박차를 가했다. 〈등불〉을 펴들고 무료함을 달했던 동지들의 얼굴이 눈에 밟혔다. 창간호 발행과 동시에 〈등불〉의 맥이 끊기는 건 스스로 용서가 안됐다.

전야제에서 선보일 연극은 노능서의 일화를 각색하기로 했다. 그는 홀어머니를 두고 학도병으로 징집된 뒤 일본군에서 탈출해 중앙군관학교에 왔다. 강제 징병 때문에 어머니를 지척에서 모실 수 없었던 그의 운명은 학도병의 처량한 신세를 그대로 대변했다.

일본은 1943년 대학에 재학 중이거나 졸업한 한국인을 대상으로 지원병 제도를 실시했다. 그러나 지원이 부진하자 관제행사를 열어 학도병 지원을 독려했다. 문인들을 대상으로는 학도병 권유를 권유하는 글을 쓰게 하거나 연사로 동원했다. 강제 징집된 학도병들이 대부분이었지만 일제에 적극적으로 부역한 이들도 있었다. 이들은 친일파 숙청 때에도 건재함을 과시하며 우리 사회의 저명인사로 활동했다.

연극 대본은 김준엽이 맡았다. 노능서가 실제로 겪은 일들을 연극에 맞게 살을 붙여 비극적으로 각색했다. 줄거리는 아들의 강제 징병된 소식을 듣고 쓰러진 어머니와 어머니의 장례조차 치르지 못하고 일본군에게 끌려가는 아들의 이야기로 시작해 주인공이 중국군과 함께 일본군 침투 작전을 성공리에 마치고 돌아오는 것으로 끝났다.

장준하는 연출을 맡았다. 교사로 재직할 때 아이들의 연극 수업을 지도한 적이 몇 번 있을 뿐 전문가는 아니었지만 그나마 경험 있는 사람은 그뿐이었다. 주연은 실제 이야기의 주인공 노능서가 맡았고, 주변 인물로 10여 명이 참여했다. 훈련병들은 열정적이고 실감나게 연기를 펼쳤다. 특히 일본군이 학도병을 구타하거나 괴롭히는 장면을 실감나게 연기하는 바람에 노능서의 몸에 피멍까지 들었다. 장준하는 연기에 크게 참견하지 않았다. 아주 이상하거나 정리가 필요한 부분만 조언하며 무대를 만들었다.

11/15 "늠서야~ 내아들아" 2016.

민족을 배신한 연극인 연극의 막이 올랐다

전야제의 막이 올랐다. 연극은 노능서의 농익은 연기로 단숨에 관객들의 마음을 사로잡았다. 교관은 변사로 참여해 중국어로 상황이나 대화 내용을 설명했다. 연극은 중국군과 동지들의 환호와 박수로 성공리에 마무리됐다. 장준하는 열화와 같은 성원에 기쁨을 감출 수 없었지만 한편으로는 마음이 무거웠다. 노골적으로 친일행각에 나선 연극인들을 봐왔던 터였다.

일본은 한일합병 후 친일 동화주의에 입각해 한국을 직접통치체제로 지배했다. 한국의 정치, 경제뿐만 아니라 역사, 문화, 관습, 언어에 이르는 모든 사회제도를 부정하고 철저한 일본화, 일본인화를 위한 정책을 시행했다. 특히 침략전쟁을 뒷받침하기 위해 공출, 증산 등의 경제적 수탈을 높였고, 한국인들을 침략전쟁에 동원시키기 위해 공연예술을 선전도구로 이용했다.

출세지향적인 연극인들은 일제의 요구에 부응했다. 유치진이 대표적이었다. 유치진의 극단 '현대극장'은 창립 공연으로 1941년 친일 작품 '흑룡강'을 무대에 올렸다. 이후 그는 한국 연극계 최고 권력자가 됐고, 일제의 지시를 받고 시찰과 강연에 나섰다. 일제 식민지 초기에는 자발적 친일은 많지 않았다. 연극인들이 카프(조선프롤레타리아예술가동맹)에 참여해 민족의식을 고취하는 작품을 발표하면서 일제에 저항했다. 하지만 식민지 말기에 접어들면서 많은 연극인들이 전향했다. 1939년 협동예술좌, 1940년 조선연극문화협회 등은 일제의 국민총동원운동본부산하기구로 활동하면서 친일행각을 벌였다.

친일의 정점은 바로 '연극경연대회'였다. 이 대회는 총독부 정보과와 국민총력조선연맹, 매일신보사 등이 후원한 관제행사였다. 제1회 대회까지는 유치진의 작품 '대추나무'가 작품상을 수상한 것 빼고는 노골적인 친일 성향은 없었다. 그러나 제2회 연극경연대회에서부터 조선총독부가 가이드라인을 제시하면서 노골적인 친일 체제 행사로 전락했다. 총독부 정보과는 생산확충, 징병제도, 육해군지원병제도, 일본정신을 강조한 작품으로 경연 주제를 명확하게 지정했다. 또 조선극뿐만 아니라 1막짜리 국어극(일어극) 경연을 별도로 시행했다. 연극에서 국어상용화정책을 시험해 보자는 의도였다. 조선 8개 극단은 이 행사에서 일제의 정책에 철저히 부응했다. 대동아공영권 건설과 징병제 예찬 같은 주제의 연극을 경쟁적으로 선보이며 친일예술인 대열에 합류했다.

11/15
연극의 막이 올랐다.
2016.

친일 신문과 〈등불〉 그리고 졸업식 중국군 육군 준위로 임명되다

김준엽은 졸업식 전야제에서 연사로 나와 혈기 넘치는 목소리로 일제의 침략전쟁을 비판했다. 한국광복군훈련반을 개설해 조국 독립에 도움을 준 중국군에도 고마움을 표했다. 홍석훈은 정감 넘치는 목소리로 한국의 옛 가요를 독창했고, 진경성은 단아하고 절제된 고고한 춤사위를 선보였다. 전야제 마지막은 한국광복군간부훈련반 전체가 무대에 올라 독립군가를 합창했다.

풍성한 내용과 열성적인 공연에 감복한 중국군 관객들은 일제히 환성과 박수갈채, 휘파람을 쏟아냈다. 간만에 즐거운 시간을 마련해 준 한국광복군훈련반 대원들에게 보내는 명랑하고 요란스러운 반응이었다. 장준하는 예술제로 한민족의 결속력과 자긍심을 보여준 것 같아 자랑스러웠다.

다음날 졸업식이 열렸다. 장준하는 중국군 육군 준위에 임명됐다. 그는 장교 계급장을 달자 쑥스러웠지만 하루 빨리 독립운동의 대열에 뛰어들고 싶은 마음이 앞서 한없이 기뻤다.

장준하는 졸업식 날 〈등불〉 제2호를 발간했다. 그는 〈등불〉을 먼저 보겠다고 옥신각신하는 동지들을 보며 흐뭇한 미소를 지었다. 한국에서는 〈조선일보〉와 같은 친일 신문이 판을 치고 있을 때 〈등불〉은 그 이름 그대로 동지들에게 공동체 의식과 조국 독립의 염원을 불어넣었다.

〈조선일보〉는 처음 창간될 때 재정상황이 어려워 인쇄기를 돌릴 돈조차 마련하지 못했다. 친일에 적극적으로 부역하지도 않았다. 그러나 1932년 만주동포를 위한 의연금을 빼돌려 쓰다 적발된 뒤 일제의 손아귀에 좌지우지됐고, 이후 고리대금업자인 방응모에게 넘어가면서 친일 성향으로 돌아섰다. 방응모는 1937년 8월 경성방송국 시국강연에서 "일본제국은 지나(중국)의 베일을 절멸케 하여 극동 평화를 확립시키려 한다."고 말하는 등 침략 정책에 협력했다. 특히 1944년 비행기를 헌납할 목적으로 만들어진 '조선항공공업주식회사'의 창립 발기인 등으로 활동하면서 일제의 전쟁에 협력했다.

〈동아일보〉의 창업주 김성수도 친일에 적극적으로 나섰다. 김성수는 1943년 8월 5일자 〈매일신보〉 기고문에서 "징병제 실시로 비로소 조선인이 명실상부한 황국의 신민이 됐다."고 주장하는 등 여러 차례에 걸쳐 학도병 지원을 장려했다. 그는 일본이 전시총동원 체제에 맞춰 설립한 '국민정신총동원 조선연맹'의 이사로 활동했다.

11/15 중국군 육군준위로 임명되다.

충칭을 향한 항변
김학교 주임과의 갈등

장준하는 중앙군관학교 졸업식을 마치고 충칭으로 떠나는 꿈에 부풀었다. 3개월 동안 귀중한 시간을 낭비한 것이 못내 아쉬웠지만 내일을 위해 그런 시간이 꼭 불필요하진 않았다. 넘어진 김에 쉬어 간다는 속담도 있듯이 가쁘게 몰아쉬었던 숨을 한 번쯤 고를 필요가 있었다. 그래야 지치지 않고 목표를 향해 전진할 수 있었다.

충칭으로 가는 길은 수월하지 않았다. 김학교 주임이 훈련반 동지들에게 충칭으로 떠나지 말고 린촨에서 함께 일하자고 무리한 제안을 했다. 김 주임은 충칭에서 한국광복군간부훈련반 교육을 위해 파견 나온 간부였다. 장준하는 도저히 받아들일 수 없었다. 그가 훈련반 주변을 에워싸고 있던 갖가지 문제들에 물러서지 않고 해결해 왔던 이유는 단 하나였다. 임시정부로 가기 위한 토대를 마련하기 위해서였다. 활력을 재충전하는 것은 길어도 1주일이면 충분했다. 그 외의 시간은 모두 목표를 달성하기 위한 투자가 돼야 했다. 허송세월로 보낼 수 없어서 강의도 준비하고, 〈등불〉도 발간하고, 동지들의 어려운 사정도 해결하면서 참아 온 3개월이었다.

김준엽이 대표로 나서 김 주임과 단판을 지었다. 일본군에서 탈출하면서 겪었던 수많은 수모들을 인내했던 건 충칭에 가려는 목표 때문이었다. 어쩔 수 없는 상황이라면 목표를 수정할 수 있었다. 당초 목표한 대로 진행해도 별다른 장애물이 없는 상황에서 중앙군관학교에 머물라는 소리는 일신의 안녕을 위해 똬리를 틀고 앉아 있으라는 얘기로밖에 들리지 않았다.

김준엽의 목소리는 결연한 의지로 가득 찼다. 어느 누구도 꺾을 수 없는 강고한 결심이 느껴졌다. 김학교 주임은 허락할 수밖에 없었다. 13명은 김 주임과 함께 남아 일본군에서 탈출한 학도병들을 비롯해 애국투사들을 규합하는 공작대 임무를 맡기로 했고, 장준하를 포함한 53명은 한국의 조직적 독립운동의 중심체였던 임시정부로 떠났다. 임시정부는 국제사회의 승인을 받지 못한 정부였다. 정부는 실질적으로 정치권력을 가지고 국제법을 준수할 능력을 보유해야 다른 나라로부터 정당한 대우를 받았다. 그러나 임시정부는 일본이 대한민국의 모든 정치권력을 쥐고 있었기 때문에 인정받지 못했고, 해방 후 미군정이 정부자격이 아니라 개인자격으로 들어오라고 해도 불만을 꺼낼 수 없었다.

11/15
김학규 주임과 갈등
2016

예상치 못한 싸움
행군의 시작

눈보라가 혹독하게 휘날렸다. 사나운 북풍이 몰아치자 소나무 숲은 웅웅대며 소리를 냈고, 연병장에는 소용돌이가 코를 떼어 갈 듯 용솟음쳤다. 현관과 창문 사이에도 허옇게 성에가 끼었다. 장준하 일행은 황막하게 쏟아지는 눈보라를 보면서 걱정이 앞섰다. 성난 맹수마냥 달려드는 눈보라를 무릅쓰고 떠나야 할지 잠시 생각에 잠겼다. 그러나 일행은 여장을 꾸리고 곧장 중앙군관학교를 떠났다. 지체할 틈이 없었다. 제 아무리 하늘이 진동해도 갈 길은 가야 했다. 길 잃은 조국의 운명을 생각하면 따뜻한 모닥불 앞에서 이 겨울이 다 가기를 기다릴 수 없었다. 강추위가 동지들을 사지에 몰아넣을 수 있었지만 함께 힘을 모으면 이겨 내지 못할 게 없었다.

한여름 쓰카다 부대에서 탈출할 때와는 완전히 달랐다. 초록으로 물든 숲은 앙상한 뼈만 남았고, 유유히 흐르던 강물도 얼어붙어 멈췄다. 광활한 벌판은 새하얀 눈으로 덮였고, 만물은 꽁꽁 숨어 미동조차 없었다. 일행은 펄럭이는 옷깃을 부여잡고, 덜덜 몸을 떨면서 걸음을 내딛었다. 잠시라도 걸음을 멈추면 추위가 엄습했다. 쉬지 않고 걸어야 몸의 체온이 유지됐다. 린촨에서 충칭으로 가는 여정은 대략 3개월이 소요됐다. 장준하는 곧 있으면 가장 혹독한 싸움과 맞서게 될 것을 예상했다. 날씨와의 싸움, 본능과의 싸움, 시간과의 싸움이 펼쳐질 것이었고, 갑자기 일본군이 나타나 공격할지 모를 상황이었다. 그러나 그것은 자신과의 사투일 뿐이었다. 고난과 역경은 이겨 내면 그만이었다. 충칭에 도착한 뒤가 더 문제였다.

장준하는 충칭으로 가지 말라는 김학교 주임의 얘기를 한참동안 되뇌며 걸었다. 독립을 위해 힘을 모아도 모자랄 판에 자기 당의 이익만을 추구하며, 주도권을 잡기 위해 집착하는 임시정부 요인들의 모습에 치를 떨던 김 주임의 얼굴이 생생하게 떠올랐다. 김 주임은 훈련반 동지들에게 충칭의 지리멸렬한 속사정을 얘기해 주었다. 김구 주석과 이청천 독립군 사령관에 대한 찬사는 아끼지 않았지만 그 외의 정당이나 인물에 대해서는 쓴 소리를 내뱉었다. 충칭에 가봐야 후회하게 될 것이라고 진심으로 설득했다.

장준하는 아직까지도 임시정부에서 파벌 싸움과 권력 쟁투가 끊임없이 벌어지고 있을지 의문이 들었다. 정말 김 주임의 말이 사실이라면 6천리 경장행군은 쓸데없는 일이 될지도 몰랐다. 하지만 말로만 듣고 속단할 수 없었다. 만약 그런 상황이라면 싸워서라도 뜻을 바로 세워야 할 책무도 있었다.

11/15　　행군의 시작.　　2017

고생스럽지 않은 길
눈 쌓인 협곡을 돌아

장준하 일행은 벌판을 지나 골짜기에 접어들자 얼굴을 쳐들고 걸을 수 없었다. 고향에서는 경험할 수 없었던 거친 눈보라가 얼굴을 쳐 갈겨 한 걸음 내딛기가 어려웠다. 눈보라가 진눈깨비로 바뀔 때에는 바람이 더욱 거세게 불어와 눈앞이 보이지 않았다. 일행은 옷소매로 얼굴을 가리며 앞으로 걸어가기 위해 안간힘을 썼다. 일행은 독한 백주 한 모금이 그리웠다. 독주를 마시면 긴장이 풀리며 발걸음이 가벼울 듯싶었다. 백주는 보리나 옥수수를 증류한 술로 도수가 40도가 넘었다. 숙성을 오래 시키기 때문에 목 넘김이 부드럽고 향이 강해 추울 때 마시면 제격이었다. 술을 마시지 않는 장준하는 따뜻한 쌀밥과 장국이 생각났다.

협곡을 돌아나가는 길은 무척 험했다. 돌멩이와 진흙이 엉겨 붙어 얼어버린 바닥은 미끄러웠다. 눈이 몇 차례 내리고 녹길 반복하다 한겨울이 되자 얼음판이 됐다. 비탈길에서는 몇 걸음도 옮기지 못하고 넘어지는 이들이 속출했다. 추위 때문에 몸을 움츠리고 걸어서인지 중심을 잡기가 여간 힘든 게 아니었다. 장준하는 낙오자를 돕기 위해 대열의 후미에서 걸었다. 낙오자는 체력보다는 감기 몸살 때문에 발생했다. 일행 중 몇몇이 며칠 동안 걸으면서 쌓인 피로가 누적돼 미열과 오한을 동반한 고뿔이 찾아왔다. 그렇다고 행군을 멈출 수 없었다. 그는 뒤처지는 동지들의 겨드랑이를 부축하며 행렬을 뒤따랐다. 반면 비교적 체력이 좋은 동지들은 앞장서서 발목까지 푹푹 빠지는 눈길을 개척했다. 휴식은 웬만하면 천천히 걷는 것으로 대신했고, 식사할 때만 행군을 멈추고 얼어빠진 밀가루빵을 씹었다. 오직 허기만을 달래기 위해 곱은 손으로 빵을 입에 밀어 넣었다.

임시정부로 가는 길은 겉으로만 보면 피난길 같았다. 행색은 계절에 맞지 않았고, 음식은 부족했으며, 적군에 쫓기듯 추위를 참아가며 부지런히 걸어야 했다. 주위는 인적 하나 없이 썰렁했고 알땅에서 고스란히 눈을 맞으며 밀가루와 옥수수를 실은 수레를 힘센 몇몇이 돌아가면서 끌었다. 그러나 지긋지긋한 폭격도 없었고, 총을 든 군인도 나타나지 않았다. 일행의 얼굴에는 비참한 표정도 없었다. 힘들었으나 고생스럽게 생각하지 않았다. 충칭으로 가는 기대와 희망이 모든 어려움을 이겨 내게 했다.

장준하는 품속에 파고드는 한기와 맞서며 다짐했다. '나는 충칭에 가면 조국 독립을 위해 불의나 이기와 타협하지 않을 것이며 무엇을 보고 듣던 간에 내 소신을 그대로 밀어붙일 것'이라고 곱씹었다.

11/15 눈쌓인 협곡을 돌아… 2014

하늘의 뜻에 맡긴 생사화복
찬바람을 뚫고서

장준하 일행이 중앙군관학교를 나선 지 닷새 후 새로운 식구가 합류했다. 일본군 점령지역에서 조국 독립을 도왔던 사람들이었다. 장준하는 힘겨운 여건에서도 목숨을 걸고 투쟁했던 이들을 환대했다. 그 어떤 보상도 모자랐다. 지금으로서는 이들이 충칭에 무사히 도착할 수 있도록 돕는 것이 최선이었다. 그러나 장준하의 가슴 한편에는 근심이 하나 더 늘었다. 이들이 혹독한 추위와 굶주림을 견디며 충칭까지 갈 수 있을지 걱정이 들었다. 이들이 입은 옷은 동복이 아니었다. 한랭한 바람이 그대로 피복을 파고들 만큼 얇은 옷이었다. 추위를 피하기 위해 속옷을 여러 벌 껴입었지만 제대로 된 동복을 대신하긴 힘들었다. 게다가 아이들이 있었다. 평상시에는 서로가 보모 역할을 해주면 됐다. 문제는 일본군 점령지역을 지날 때였다. 적들의 공격에 노출되기가 쉬웠다. 아이들은 아무리 입단속을 시켜도 울음을 터뜨릴 수 있었고, 만약 일행이 발각돼 재빨리 도망쳐야할 때 어른들이 품에 껴안고 달릴 수밖에 없었다. 특히 일행 앞에는 일본군이 점령지역인 평한선 철도가 가로막고 있었다.

일본 제1군은 평한선 철도를 따라 남하해 보정에 주둔한 중국군을 공격했고, 제2군은 진포선 철도를 따라 남하해 창현을 점령한 뒤 석가정을 점령했다. 석가정은 평한선 철도의 교차점이었고, 인력과 물자가 모이는 주요 군사 요충지였다. 중국군은 일본군의 남하를 막기 위해 평한선과 진포선 철도를 중심으로 반격을 전개했지만 끝내 실패했다. 중국군은 평안선 철도를 포기하고 임분으로 후퇴했다. 임분은 험준한 산악지대라 일본군도 추격을 멈췄고, 평안선 철도 일대는 1945년 일본이 항복을 선언할 때까지 일본군의 점령지였다.

장준하는 생사화복을 하늘의 뜻에 맡겼다. 용기와 의지만 있다면 두려울 것이 없었다. 일본군에 입대하하면서부터 지금까지 수차례 사선을 넘나들었다. 그럼에도 어디 하나 다치지 않은 몸으로 충칭을 향해 가고 있었다. 거기에는 열원했던 조국 독립이 있었다. 반드시 그날이 올 것이라는 희망을 버리지 않았기 때문에 가능했다. 그는 늦게 합류한 부부들과 아이들을 티나지 않게 보살폈다. 너무 잘해줘도 부담을 느낄 수 있었다. 모두에게 힘든 시기라는 것을 이들도 잘 알았다. 아이들에게 일어날 수 있는 사고는 미연에 방지하기 위해 눈을 떼지 않았다. 사소한 사고가 일행의 앞길을 가로막을 수 있었다.

11/15 찬바람을 뚫고서 2017

전쟁이 낳은 비극
중국 중앙군과의 조우

날씨는 변화무쌍했다. 찬바람을 동반한 눈보라가 몰아쳤다가 바람이 잠잠해지면서 함박눈이 펑펑 내려 소복소복 쌓였다. 눈이 그치고 햇빛이 하얀 산과 벌판에 반사돼 일행의 눈을 찔렀다.

장준하 일행은 잠시 휴식을 취하면서 간단하게 요기했다. 나뭇가지도 주어 모았다. 바싹 마른 나무 가지들을 뚝뚝 끊어 여기저기에 모닥불을 피웠다. 모닥불은 불꽃을 탁탁 튀며 활활 타올랐다. 일행은 삼삼오오 둘러 앉아 모닥불을 쬐며 축축해진 옷가지와 양말을 말렸다. 퉁퉁 부은 발은 열심히 주물러 동상을 막았다. 어떤 이들은 곤한 잠에 빠졌다. 몽둥이로 머리를 맞고 바로 기절한 사람처럼 바닥에 눕자마자 곧바로 곯아떨어졌다.

휴식 시간은 길지 않았다. 매일 걸어야 할 거리가 만만치 않았다. 밤에도 쉬지 않고 걸어야 예정된 시간 안에 충칭에 도착할 수 있었다. 휴식이 길어지면 길어질수록 실패할 가능성이 높았다. 게다가 동상에 걸리지 않으려면 쉬지 않고 걸어야 했다. 겨울 행군에서 가장 조심해야 할 것은 아사와 동사였다. 굶거나 동상에 걸리지 않으면 몇날 며칠을 행군해도 버틸 만했다. 일행은 발가락이 얼어 감각이 없었지만 의연한 자세로 달빛을 가르며 묵묵히 발걸음을 내딛었다. 이 정도의 어려움 따위에 굴복할 수 없었다.

어둠이 물러가고 새벽 여명이 대지에 조심씩 스며들었다. 장준하 일행은 평한선 철도 인근 마을에 도착했다. 마을은 사람이 살지 않은 것처럼 차갑고 삭막한 분위기였다. 마을을 둘러싸고 있는 산과 강물조차 낯설게 느껴졌다. 마을에는 전쟁의 상흔으로 가득했다. 가옥들은 잇따른 포격으로 불에 타거나 군데군데가 무너져 내렸다. 밭은 전투기 폭격으로 구멍이 났고, 몇 년째 농사를 짓지 못했는지 황폐화됐다. 주민들도 어디로 갔는지 보이지 않았다. 피난을 떠난 것인지, 포화에 휩싸여 죽은 것인지 도통 알 수 없었다. 전쟁이 없는 세상이 바로 인간다운 삶이 넘치는 세상이라는 것을 여실히 보여주는 마을이었다.

마을에는 중앙군 정규군 부대가 평안선 철도를 건너기 위해 집결했다. 중앙군의 옷차림은 너저분했다. 바싹 마른 몰골에 피부도 까맣게 그을렸다. 춘궁기에 밥을 얻어먹기 위해 마을을 떠도는 거지꼴이었다. 군인들의 눈빛은 휴식과 평화를 원했다. 일본군과 계속되는 전투에 지친 기색이 역력했다. 아니 일본군에게 쫓기고 있는 게 분명했다.

11/15 중앙군과 조우 2017.

악취 나는 중국군의 전횡
사전 타협 혹은 상호 이해

중앙군은 평한선 철도를 넘기 위해 대기 중이었다. 철도 탈환 작전을 펼치는 것이 아니라 일본군과 협상해 철도를 건너가려고 했다. 장준하는 차림차림이 남루한 군인들이 가마 50여 개를 들고 있는 것을 보고 단박에 알아차렸다. 사단장과 고급 장교들의 가족과 애첩들이 탄 가마였다. 그는 중앙군관학교에서 중국군이 일본군과 모종의 거래를 한 뒤 적진을 빠져나왔다는 얘기를 종종 들었다. 충성스럽고 용감무쌍한 군인으로서는 할 수 없는 짓이었지만 종종 비열하거나 파렴치한 사령관들이 공공연하게 일본군과 협상해 개인의 안전을 도모했다. 협상은 언제나 모욕적이었다. 일본군은 군인들의 목숨 값을 충분히 보상해주고도 남을 만큼을 대가를 중국군에 요구했다. 또 중국군이 자신을 속이고 갑작스레 공세를 펼칠 수 있기 때문에 대가를 모두얻은 뒤에야 비로소 응했다. 대가는 대부분 일본군의 노역에 중국 주민들을 대규모로 동원시키는 것이었다. 중국군은 군말 없이 일본군의 흥정을 받아들였다. 국민을 지키는 군대가 아니라 자신의 안위를 보장받기 위해 국민을 이용하는 전횡이었다.

장준하는 마을에 주민이 없는 이유를 그때서야 알았다. 주민들은 일본군에게 끌려가 노역 중이었다. 노역에 동원된 주민들은 인간 이하의 취급을 받았다. 고된 중노동에 시달리다 영양실조로 죽는 일이 속출했다. 탄광이나 광산에서 일하다 갱도가 무너져 매몰되는 이들이 허다했다. 일본의 부당한 대우에 반항하거나 노역에서 빠지려고 몰래 탈출을 시도하다가 즉결 처형을 당하기도 했다. 그러나 주민들은 일본군의 횡포에도 불구하고 중국군의 명령을 거역할 수 없었다. 전쟁 중에는 모든 주민이 군의 명령에 따라야 했고, 이를 거부하면 총살을 면치 못했다.

장준하는 격분했다. 사령관에게서 짐승 사체가 썩는 악취가 풍겼다. 남의 나라 일이라지만 통탄스럽기 짝이 없었다. 공포와 굶주림이 허덕이며 목숨을 연명하는 국민의 아픔을 보지 못하는 군의 탐욕과 횡포에 치가 떨렸다. 그는 전쟁이 남긴 비극을 보면서 가슴을 쳤다. 어떻게든 빨리 전쟁을 끝맺고 다시는 일본이 침략전쟁을 일으키지 못하도록 단죄하고 싶었다. 그것이야말로 전쟁이 부른 상처를 털어 내는 유일한 방법이었다. 그는 한국이 해방되면 일제 식민지 시대에 벌어진 부정을 발본색원하겠다고 다짐했다. 그 시작은 친일파였다.

11/15 사전타협 혹은 상호이해 2017

전쟁 앞에 짐승이 된 인간들
낙오하면 죽는다

평한선 철도가 열렸다. 주민의 고통과 죽음을 강요해 얻은 찰나의 평화였다. 사령관의 얼굴에서는 수치심이나 굴욕은 읽을 수 없었다. 군인들도 명령대로만 하면 그만이라는 것처럼 굳었다. 국민의 안위를 지키는 군인으로서의 책무는 버린 지 오래된 눈빛이었다. 그러나 일부 군인들은 입술을 지그시 깨물며 침통한 표정을 지었다. 차마 고개를 꼿꼿하게 들고는 따를 수 없었다.

장준하는 공산당이 중일전쟁을 틈타 대륙 곳곳에 세를 넓혀 나갈 수 있었던 이유를 현장에서 똑똑히 보고 느꼈다. 민심을 잃은 정부를 지지할 국민은 없었다. 공산당이 중국을 장악하는 것은 시간문제였다.

전쟁은 항상 인간이기 전에 짐승이기를 원했다. 정복자는 피정복자를 사람이 아니라 개, 돼지로 취급했고, 기본적인 인권조차 악독하고 잔인한 인간의 본성 앞에 철저히 파괴됐다. 한국에도 중국군 사령관과 비슷한 종자들이 있었다. 물질과 권력욕을 채우기 위해 제 동포를 희생양으로 삼았던 친일파들이었다. 장준하는 일제의 탄압에 굴복하지 않고 저항했던 선배 투사들의 모습이 눈에 아른거렸다. 인간의 양심을 저버리지 않고, 자신의 신념을 향해 목숨을 바쳤던 수많은 독립운동가들이 그토록 자랑스러울 수 없었다.

중국군은 평한선 철도를 건너기 위해 일렬로 늘어서서 천천히 이동했다. 장준하 일행은 선택해야 했다. 치욕을 견디며 중국군의 대열에 끼여 철도를 건너갈 것인지, 아니면 야음을 틈타 따로 행동에 옮길 것인지 고뇌했다. 고민은 길지 않았다. 일행 중에는 여성과 아이들이 있었다. 수레도 끌고 가야 했다. 중국군의 옷을 입고 있었기 때문에 의심받을 필요도 없었다. 일행은 초조한 기색을 감추면서 자연스럽게 중국군 대열에 합류했다.

중국군이 이동하자 여성들이 가마에서 내려 치마를 올리기 시작했다. 사내들의 시선에도 아랑곳하지 않고 속바지까지 내린 채 엉거주춤 앉아 오줌을 싸고 재빠르게 가마에 올라탔다. 창피한 마음에 소변을 참고 있다가 갑자기 행군이 시작되자 서둘러 볼일을 해결했다.

전쟁은 최소한의 인간다움마저 저버리게 만들었다. 스무 살 전후 처녀들의 수치심도 총칼 앞에서는 무용지물이었다. 얼굴을 붉히지도, 날카로운 적의도 없었다. 행군 대열에서 벗어나면 죽을지 모르는 두려움이 이들의 체면이나 위신까지 버리게 만들었다.

11/15 낙오하면 죽는다.

2017.

살아남기 위한 뜀박질
무의식 속의 구보

장준하 일행은 중국군을 따라 흙먼지가 풀썩거리는 길을 터벅터벅 걸었다. 아이들과 밀가루를 실은 수레를 밀고 끌며 바퀴가 달캉거리는 소리에 맞춰 발걸음을 옮겼다.

어느새 드문드문 보이던 인가가 사라지고 눈앞에 허허벌판이 펼쳐졌다. 몸 하나 숨길 곳 하나 없는 황량한 광야였다. 혹시라도 한국인이라는 것이 발각되면 모두 죽음이었다. 장준하는 금방이라도 총알이 날아와 심장에 박힐 것 같아 조마조마했다.

이미 활시위는 당겨졌다. 다시 마을로 돌아갈 수도 없었다. 장준하는 중국군에 몸을 맡기고 어금니를 물었다. 예고 없이 닥쳐올지 모르는 불행을 떠올리지 않기로 했다. 이미 중국군과 일본군의 협상은 끝났다. 검문도 없을 것이고, 똑같은 군복을 입은 사람 중에서 한국인을 꼬집어 내긴 어려웠다.

평한선 철도가 가까워지자 갑자기 앞에서부터 중국군이 뛰기 시작했다. 장준하 일행도 일제히 중국군의 뒤를 쫓았다. 속도를 맞추지 못하면 낙오였다. 중국군이 속도를 높이자 수레를 끄는 사람들이 점점 뒤처졌다. 수레에 여럿이 달라 붙어 밀고 끌었다. 수레는 행렬에서 멀어지지 않고 바싹 따라붙었다.

일행은 중국군의 뒤통수만 보고 무의식적으로 뛰었다. 오직 살아남아야 한다는 일념 하나로 달렸다. 인간은 위대했다. 처절한 격투와 극한 상황에서 살아남으려고 발버둥질하는 것이 인간이었고, 전쟁 중에는 모든 이유를 막론하고 살아남는 것이 가장 현명한 생존법칙이었다. 일행은 목숨을 보존할 수 있다는 서글픔이 묘한 힘으로 작용해 쉬지 않고 뛰었다. 빨갛게 달아오른 얼굴에 땀방울이 흘러내렸다. 옷은 땀에 흠뻑 젖었다. 한겨울의 북풍이 오히려 시원하게 느껴질 정도로 숨차게 달렸다.

20km정도를 뛰자 발바닥에 자갈이 밟히기 시작했다. 철도 근방에 이르렀다는 증거였다. 총을 들고 양옆으로 사열한 일본군이 보였다. 조금만 더 뛰면 일본군의 총칼에서 벗어나 충칭으로 한걸음 더 다가갈 수 있었다. 장준하 일행은 벌렁대는 가슴을 진정시켰다. 일본군과 눈을 마주치지 않으려고 후다닥후다닥 철도를 건넜다.

중국군은 철도를 건넌 뒤에도 계속해서 뛰었다. 장준하는 중간걸음으로 걸으면서 대열 후미로 왔다. 쫓아오지 못한 일행이 있는지 일일이 머릿수를 헤아렸다. 낙오자는 단 한 명도 없었다.

11/15
무의식 속의 구보
2017.

선발대의 임무
검은산, 성

장준하 일행은 평한선 철도를 건넌 뒤 일본군 관할지역에서 벗어나자 천천히 중국군 대열에서 빠졌다. 중국군은 누가 행렬에서 이탈한지도 모르고 앞만 보며 뛰었다. 갑자기 내린 폭우에 죽을 둥 살 둥 도망치기 바쁜 개미떼 같았다. 일행은 20리를 걸어 산골짜기 작은 마을에 도착했다. 마을은 겉으로 보기엔 평화로워 보였다. 잠자는 아이의 얼굴처럼 고요하고 포근했다. 그러나 이곳도 전쟁이 할퀴고 간 상처는 비켜갈 수 없었다. 간간이 전투기가 날아가는 소리가 울려 퍼지면서 피비린내는 살육의 전조가 야금야금 엄습했다. 주민들도 포성과 화마가 언제 닥칠지 몰라 두려움에 떨었다.

유순하고 마음씨 착해 보이는 한 노인이 마을 입구에 서 있었다. 노인은 마을의 보장(면장)이었다. 보장은 일행을 마중 나와 정정히 인사했다. 군복을 입은 중국군들이 반가울리 없었지만 주민들의 안정을 부탁하기 위해 일부러 격식을 차렸다. 장준하는 마을의 보장에게 중앙군관학교의 서한을 보여주며 숙소를 부탁했다. 보장은 서한을 꼼꼼하게 읽은 뒤 마음의 안정을 찾았다. 자신들에게 해를 가할 군인들이 아니었다. 보장은 자기 집 헛간과 마당을 기꺼이 내어주었다. 일행은 오랜만에 밥을 지어 먹었다. 평한선 철도를 건너기 전까지는 엄두도 내지 못할 평온의 시간이었다.

장준하는 원활하고 안정적인 행군을 위해 인원을 4조로 나눴다. 1조는 선발대였다. 일행보다 먼저 나서서 숙소를 잡고 취사를 담당하는 일을 맡았다. 위험요소를 확인하는 정탐 역할도 했다. 장준하는 중앙군관학교에서 취사 담당자였기에 선발대 대장이 됐다.

선발대는 수레에 밀가루를 싣고, 간단한 식량은 자루에 넣어 등에 짊어지고 새벽녘에 길을 나섰다. 장준하는 여장을 챙기면서 민족의 운명을 개척하는 심정으로 투철하게 정신을 무장했다. 선발대의 행보에 일행의 운명이 걸렸고, 그는 충칭으로 가는 시련 앞에 지혜와 양심, 인내를 시험받고 있었다.

예감은 딱 들어맞았다. 좀처럼 마땅한 숙소가 나타나지 않았다. 선발대는 걷고 걸었다. 입 한번 벙긋하지 않고 8시간을 걸어 어두컴컴한 산골짜기에 들어섰다. 일 년 내내 해가 들지 않아 침엽수만 자생하는 산이었다. 하늘마저도 찌푸려 대낮인데도 침침했다. 길은 울퉁불퉁해서 수레바퀴가 자꾸 바위틈에 끼었다. 선발대는 수레와 씨름하듯 발걸음을 옮겼다.

1/15. 검은산, 성

2017

빼앗긴 식량과 보따리 애걸복걸

비좁은 나뭇가지 사이로 산성이 보였다. 골짜기 협곡 사이에 바위로 성벽과 성장을 쌓은 천혜의 요새였다. 높이도 꽤 높았고 구조는 견고했다. 현판이 걸려 있지 않아 산성의 이름은 정확히 알 수 없었지만 수천 년 전에 세워진 산성이 분명했다. 선발대는 수레를 적당한 곳에 세워 놓고 산성을 향해 힘껏 달렸다. 날이 어두워지기 전에 하룻밤 묵을 숙소를 구해야 했다. 그러나 산성은 문이 굳게 닫혔고, 파수병은 총을 들고 성문을 지켰다. 선발대는 성문을 두드리며 대장과 만나고 싶다고 파수병에게 외쳤다. 파수병은 무표정한 얼굴로 손을 흔들며 돌아가라고 했다. 몇 번을 부탁해도 파수병의 태도는 바뀌지 않았다. 선발대는 파수병이 보이는 곳에서 대기했다. 이대로 물러가지 않으면 밤이 되기 전에 대장과 만날 수 있을 거라고 믿었다. 속 타는 기다림이 하염없이 계속됐다. 답답하고 지루한 시간이 흘러 산에 짙게 어둠이 깔렸고, 산짐승들의 울음소리가 커졌다.

뒤늦게 출발했던 일행 모두 산성 앞에 모였다. 장준하는 더 이상 앉아서 기다릴 수 없었다. 대장을 만나지 못하면 꼼짝없이 눈 내리는 골짜기에서 노숙해야 했다. 그는 다시 파수병을 찾아가 대장 면담을 요청했다. 파수병은 그의 간곡한 청을 거절하지 못하고 대장과의 만남을 주선했다. 파수병은 일행을 대표해서 2명만 들어오라고 했다. 장준하는 중국어를 잘하는 선우진과 함께 대장을 만났다. 그러나 대장은 이들의 얘기를 들으려하지 않았다. 막무가내로 빵빵 큰소리를 치며 노기발발했다. 장준하는 물러서지 않고 중앙군관학교 서한을 보여주며 중국군이 아니라 조국 독립을 위해 충칭으로 가는 한국군이라고 말했다. 하룻밤만 묵게 해주면 조용히 떠나겠다고 부탁했다. 그래도 대장의 태도는 변하지 않았다. 눈을 내리깔며 거만하게 웃더니 부하들에게 두 사람을 잡아 가두라고 지시했다. 이들은 어깨를 단단히 잡힌 채 끌려 나와 성안의 움막에 갇혔다. 벌써 그곳에는 일행 전체가 모여 있었다. 수레에 실린 식량은 모두 빼앗겼고, 보따리도 모두 압수당한 뒤였다. 움막 밖에는 집총한 사람들이 층층이 경계를 섰다. 장준하는 앞날이 걱정스러웠다. 살아서 나간다고 해도 식량 없이 며칠을 버틸 수 있을지 답답했다. 장준하는 무서움증이 들었다. 충칭 땅을 밟아보기도 전에 까마귀밥이 될 처지였다. 그는 날이 밝자마자 파수병에게 대장 면담을 다시 한 번 요청했다. 파수병은 장준하의 우는 목소리에 마지못해 대장과 만남을 주선했다.

11/15 매걸복걸. 이종호 2017.

도적의 마음까지 움직인 진심 천명인가 보오

장준하는 대장을 만나 머리를 조아리며 사정했다. 빼앗긴 나라를 되찾기 위해 대장정에 나선 일행들을 도와 달라고 간청했다. 눈가는 눈물로 촉촉하게 젖었고, 목소리는 메어졌지만 울지 않았다. 이런 일로 눈물을 보이는 투사를 믿을 사람은 없었다. 차라리 무릎을 꿇고 자존심을 내려놓는 게 나았다. 대장은 장준하의 부탁을 딱 잘라 거절했다. 장준하가 연신 허리를 굽히며 애원해도 어림없다는 듯 강경했다.

장준하의 통사정은 서너 번이나 이어졌다. 그는 파수병에게 대장을 만나게 해달라고 찰떡같이 매달렸고, 대장을 만난 뒤에는 조국 독립을 위해 싸우게 해달라고 동정심에 호소했다. 그때마다 대장은 딴전을 피우며 매몰차게 고개를 저었다. 얼마지 않아 장준하의 진심은 통했다. 장준하가 하도 사정하는 바람에 대장은 손사래를 치며 못이기는 척 들어주었다. 일행에게 빼앗은 수레와 식량도 모두 되돌려줬다. 그를 움직인 건 장준하의 가슴에서 우러나오는 절절한 충정이었다.

장준하 일행은 대장의 허락이 떨어지자마자 반대쪽 성문으로 빠져나와 빠르게 걸었다. 대장의 마음이 언제 어떻게 바뀔지 몰랐다. 일행의 등을 향해 총구를 겨눌 수 있었다. 산성이 보이지 않을 정도로 거리가 멀어졌다. 일행은 그제야 안심한 얼굴로 숨을 골랐다. 장준하는 대장을 설득하면서 소중한 것을 배웠다. 사람을 움직이는 일은 진심을 털어놓는 것과 같았다. 정치라는 것도 국민과 진심으로 소통하면서 민심을 얻지 못하면 결국 사상누각처럼 무너지고 말았다. 살다 보면 시도 때도 없이 갖가지 사건사고와 맞닥뜨리며 손을 더럽히는 일이 생겼다. 등쳐먹는 사기꾼에 속아 홀라당 빈털터리가 되는 일도 발생했다. 돈푼깨나 있는 작자들과 어울리다보면 비양심적인 짓에 빠지기도 했고, 잘해보려고 했던 일들이 나쁜 결과로 이어져 뭇매를 맞기도 했다. 그러나 어떤 경우에도 진심을 다한다면 후회는 없었다. 비록 비참하고 곤궁한 결론에 이르더라도 자신에게 떳떳한 것만큼 삶에서 중요한 건 없었다.

장준하 일행은 밀가루빵을 손에 쥐고 조금씩 뜯어 먹으면서 걷고 걸어 어두컴컴한 골짜기에서 벗어났다. 골짜기에서 나왔지만 날씨가 흐려서인지 하늘은 거무죽죽했다. 일행은 저녁 무렵 작은 마을에 도착했다. 장준하는 마을 보장을 만나 산성에서 겪었던 일을 들려주었다. 보장은 눈을 휘둥그레 뜨면서 탄성을 질렀다. 운이 나빴으면 일본에게 팔리거나 죽었을 운명이었다고 가슴을 쓸어 내렸다.

11/15
"천명인가 보오"
2017.

모처럼 잠에 취한 밤
흙방에서 잠을 자다

장준하는 일본군과 내통하며 도적질을 일삼는 산성 마적단에게 아무런 피해 없이 빠져나온 것을 다행으로 생각했다. 잘못했으면 꼼짝없이 저승길로 갔겠다싶어 가슴이 후르르 떨렸다.

일행은 보장이 마련해 준 숙소에 들어가 두근거리는 심장을 누그러뜨렸다. 두 다리를 길게 펴고 벽에 비스듬한 자세로 기대어 앉아 서로 얼굴을 찬찬히 훑어보면서 대화를 나눴다. 팽팽하게 감돌던 긴장감이 천천히 이완되면서 일행의 얼굴에 웃음꽃이 폈다.

숙소는 무척 열악했다. 흙을 바른 집에 바닥에는 지푸라기가 깔렸다. 방안은 겨울밤의 한기가 그대로 느껴졌다. 사나운 바람을 막아 주는 것을 빼면 바깥 날씨와 다르지 않았다. 몇몇이 어깨를 움츠리며 지름 1미터가 넘는 화로에 숯을 피웠다. 희뿌연 연기와 은은한 열기가 방안에 퍼지면서 추위는 금방 가셨다. 덜덜 떨리던 입술에도 핏기가 돌았고, 굳었던 손발도 부드럽게 풀렸다.

일행은 화롯가에 둘러앉아 다리 주무르기에 열중했다. 땅땅하게 뭉친 근육을 손아귀에 힘을 주고 지근지근 눌렀다. 쿡쿡 쑤시는 아픈 다리를 풀어 줘야 그나마 편안하게 잠을 잘 수 있었다. 참으로 고단한 여정이었다. 장준하는 마음이 안정되고 온기가 느껴지자 졸음이 밀려왔다. 일행도 줄줄이 늘어지게 하품을 쏟아냈다. 몇몇은 벌써 새우잠에 빠졌다.

장준하는 이른 새벽 잠에서 깼다. 바람이 가마니로 짠 문을 흔들며 떼걱대는 통에 눈이 저절로 떠졌다. 갑자기 옆구리가 시렸다. 무릎도 찌릿찌릿 저렸고, 콧마루도 시큰했다. 바닥을 만져보니 냉기가 스멀스멀 올라왔다. 다행스럽게도 방안의 온기는 사라지지 않았다. 그는 구석에 쭈그리고 앉아 주위를 둘러보면서 빙그레 미소를 지었다. 잠자리가 불편하지도 않은지 모두들 세상모르고 잠에 빠져 있었다. 그의 가슴속에 뜨거운 불덩이가 꿈틀거렸다.

보장은 장준하 일행이 잠에서 깨어났는지 몇 번을 찾아와 확인한 뒤 때늦은 아침식사를 내놨다. 늦잠을 자던 일행들은 밥 먹으라는 소리에 정신을 차렸다. 식사는 걸쭉한 옥수수죽과 장아찌가 나왔다. 일행들은 모처럼 맡는 구수한 음식냄새가 반가워 입맛을 다셔가며 옥수수죽을 후루룩 마셨다. 알맞게 곰삭아 달달한 장아찌 맛도 일품이었다.

11/15
흙방에서 잠을자다.
2017

깊은 잠을 방해한 낯선 손님 가려움

장준하 일행은 식사를 마치고 난양으로 향했다. 난양에는 중앙군 부대가 있었다. 이곳에서 조금이나마 보급품을 받아야 다음 여정을 이어나갈 수 있었다. 보장은 손을 흔들며 인자한 미소로 일행을 전송했다.

선발대는 두세 시간 앞서 길을 나섰다. 하루를 푹 쉬고 나섰지만 발걸음은 더욱 무거웠다. 견딜 수 없는 피로에 정신이 잠식되고 말았다. 한 번 긴장을 내려놓자 다시 정신을 바짝 차리기 힘들었다. 마을에서 닷새 정도만 걸으면 난양에 도착한다는 생각에 마음만 급했다. 선발대 인원은 계속 교체됐다. 보장과 협상해 숙소를 마련하는 일이 쉽지 않았고, 일행의 저녁식사도 준비했기 때문에 노동 강도가 셌다. 그러나 장준하는 항상 선발대에 참여했다. 먹는 문제를 해결해야 한다는 책임감이 막중했다. 일행도 장준하를 워낙 믿고 따랐기 때문에 그가 먼저 나서주기를 바랐다. 식량이 점점 바닥을 드러내는 상황이었다.

선발대는 이름 모를 나무들이 우거진 산길을 지나 개울물이 고이는 빨래터에 당도했다. 좌우로 퍼진 구릉 한가운데에 자리한 마을이었다. 마을은 작은 시장이 설 만큼 인구수가 제법 됐다. 장준하는 보장을 찾아가 잠자리를 부탁했다. 보장은 장준하 일행의 인원수를 듣고 큰 막사를 내주었다. 소와 돼지를 키웠던 우리였다. 장준하는 곧바로 일행의 식사를 마련하기 위해 시장으로 나가 소고기와 채소를 구입해 국을 끓였다. 그가 중앙군관학교에서 취사 담당을 맡아 처음으로 내놓은 음식이었다. 밤늦게 도착한 일행은 오랜만에 직접 끓인 음식을 나눠 먹으며 피로를 풀었다. 장준하는 난양까지 갈 동안 낮에 먹을 음식도 준비했다. 행군 도중에 취사할 수 없었기 때문에 점심은 전날에 준비하는 게 통상적이었다.

잠은 헛간에서 나뭇가지를 깔고 잤다. 나뭇가지는 사람이 움직일 때마다 똑똑 부러지는 소리를 냈다. 꺾어 놓은 지 오래돼 쾨쾨한 냄새까지 풍겼다. 그래도 찬 바닥에서 자는 것보다 나았다. 일행은 깊은 잠에 빠지지 못했다. 자다 말고 일어나 인상을 쓰며 팔과 다리를 긁적거렸다. 피부가 헐 정도로 손톱으로 박박 긁었다. 진물이 툭툭 터져 나왔다. 옴이었다. 일행의 몸은 바닥을 기어 다니는 진드기에 물려 벌겋게 부풀어 오른 상태였다. 옴은 손가락과 발가락사이, 겨드랑이나 사타구니 같은 연한 살부터 짓무르게 만들면서 전신으로 퍼졌다. 차라리 옻이 오르는 게 나았다. 옻은 옻나무에서 나는 진이 피부에 노출돼 두드러기가 돋고 가려움을 유발했지만 그렇게 오래가지도 않았고 진물도 나지 않았다.

11/15　가려움.　2017

벌거벗은 사내들
돼지 기름과 유황

옴과의 전쟁이 벌어졌다. 얼마나 가려웠는지 염치라곤 찾아볼 수 없었다. 남자들끼리라 거리낄 게 없는 듯싶었다. 옴에 오른 일행들은 옷을 홀라당 벗어재끼고 유황을 넣고 끓인 싯누런 돼지기름을 온몸에 발랐다. 유황 먹은 돼지기름이 옴에 효능이 있는지 어느 누구도 확신하진 못했다. 재래 민간 치료제라는 말만 듣고 중국인에게 구입한 것뿐이었다. 옴이 오르지 않은 이들은 벌거벗은 남자들의 몸짓이 우스꽝스러워 히들히들 웃었다. 탈만 쓰면 딱 광대놀이의 한 장면이었다. 옴이 오른 일행들이 가려움을 참지 못하고 몸을 긁어대며 걷다보니 예정보다 하루 늦게 난양에 도착했다.

중국군의 사정은 좋지 않았다. 전쟁 중이라 모든 물품이 부족했다. 식량은 떨어지기 일보직전이었고, 탄약이나 의약품조차 보급이 원활하지 않았다. 장준하 일행은 보급품을 받기 위해 어쩔 수 없이 난양에서 2주 동안 머물러야 했다. 보급을 받지 않으면 행군은 더 이상 어려웠다. 일행은 보급품이 제일 먼저 도착하는 마을에 방을 세 개 빌렸다. 한 방에는 세 가족과 여자 여섯이 잤고, 나머지 두 방에는 남자들이 나뉘어 들어갔다. 방은 움막이나 다름없었다. 방음도 되지 않았고, 바닥은 나무 등걸로 짠 돗자리가 깔려 있었다. 돗자리에는 벌레가 가득했다. 그러나 일행은 바닥에 진드기가 기어 다니는지 모르고 누워 잠을 청했다. 진드기들은 또다시 한밤중에 피잔치를 벌였다. 일행들의 피부를 물어뜯고 쏘아대며 피를 물씬 빨아먹었다.

일행들은 가려움을 호소하며 하나둘씩 잠에서 깼다. 그러나 할 수 있는 일은 아무것도 없었다. 짜증 끝에 소리를 꽥 지르며 손톱이 닳도록 긁는 것이 전부였다. 날이 밝자 이들은 진드기를 잡는데 혈안이 됐다. 진드기가 발견되면 손톱으로 꾹 눌러 압사시켰다. 진드기 몸은 순식간에 딱 소리와 함께 터지면서 붉은 피를 쭉쭉 뿜어냈다. 하지만 투명하고 작은 진드기를 발견하기가 쉽지 않았다. 돗자리 사이사이에 숨어 있는데다 진드기 알은 너무나 잘아 보이지도 않았다. 돗자리를 불태우지 않고서는 섬멸하기 힘들었다.

장준하와 김준엽만 빼고 모든 사람들의 몸에 좁쌀 같은 옴이 수두룩하게 올랐다. 연약하고 희끄무레한 사타구니 쪽 피부가 특히 심했다. 일행들은 모두 옷을 훨훨 벗어던지고 유황 기름을 손에 발라 전신을 문질렀다. 수십 명의 남자들이 때를 미는 모습이 연상되는 풍경이었다. 이들은 몸에 기름을 바른 뒤 방안에서 벌거벗은 채로 돌아다녔다. 옷에 기름이 스며들까봐 잠을 잘 때도 그대로 벌렁 누웠다.

11/15
2017.

일탈
흔들리는 기강

장준하 일행은 보급품을 기다리기 위해 난양에 머물렀다. 지금까지 걸어왔던 길도 만만치 않았지만 충칭으로 가는 여정도 무난하지 않았다. 일행은 개개인에게 독립투사로서 지켜야 할 최소한의 규율을 맡기고 휴식기에 들어갔다. 그러나 용납할 수 없는 일탈이 벌어졌다. 식욕과 성욕 때문이었다.

먹을 양식이 떨어지고 있었다. 하루 두 끼 먹는 것조차 힘에 부쳤다. 취사를 담당했던 장준하는 아침이 되면 끼니 걱정 때문에 눈앞이 암담했다. 며칠만 더 버티면 보급품이 도착했다. 어떻게든 그때까지 식량을 조달해서 동지들의 배를 채워야 했다. 우선 식사량부터 줄였다. 수중에 돈이 많지 않아 밀가루와 채소만 구입해 죽을 끓였다. 모두들 배가 고팠지만 함께여서 참을 만했다. 목숨을 건 고난의 행군을 같이해 온 동지들이었다. 며칠 동안의 배고픔은 서로를 애틋함으로 모자람 없이 상쇄할 수 있었다. 그러나 가족이 있는 부부들은 달랐다. 배급량이 줄고, 끼니를 거르기 시작하자 따로 갖고 있던 돈으로 먹을 것을 샀다. 시장기를 이기지 못해 자신의 배만 채우는데 열중했다. 이들이 옆에 굶고 있는 사람을 보면서도 자기 가족들만 챙기자 장준하는 부아가 났다. 그는 독하게 마음을 먹고 쓴 소리를 내뱉었다. 혼자만 살겠다고 먹을 것을 나누지 않은 사람들과는 동행할 수 없으니 당장 떠나라고 큰소리를 쳤다. 이국땅에서 듣기에 심한 말이었지만 이들이 일행을 위한 충고 정도는 수용할 것이라고 의심치 않았다. 이들은 미안한 마음에 가지고 있는 돈을 장준하에게 내주며 사과했다.

가장 문제가 된 건 애정행각이었다. 장준하 일행을 인솔했던 중앙군관학교 책임자가 나중에 따로 합류한 여인 한 명과 정분이 났다. 남녀 간에 서로 좋아하게 된 것을 나무할 필요는 없었다. 문제는 책임자가 그녀와의 성행위에 집착해 본분을 잃은 것이었다. 그에게는 일행 안에서 발생하는 갖가지 어려움들을 해결하려는 의지가 없었다. 장준하는 책임자에게 충칭에 도착하면 두 사람을 결혼시켜 줄테니 분위기 흐리지 말라고 따끔하게 조언했다. 책임자는 무겁게 잘못을 뉘우치며 여러 방면에서 힘닿을 때까지 최선을 다하겠다고 다짐했다. 뜻밖의 일탈은 훈련반 동지들이 일으켰다. 5명의 동지들이 여러 여인들과 방탕하고 난잡한 섹스를 즐겼다. 아무데나 배설하는 짐승처럼 염치없이 성을 탐닉했다. 이성을 지닌 인간이라면 차마 보여줄 수 없는 추잡하고 볼썽사나운 성교였다.

11/15 흔들리는 기강 2017.

뺨 맞은 동지들 처벌

장준하 일행 중 다섯 동지가 여성들과 뒹굴었다. 한두 번이 아니었다. 불끈불끈 솟아나는 성욕을 채우기 위해 날이면 날마다 여성들이 머무는 숙소를 드나들었다. 여성들도 이들의 유혹을 뿌리지지 못하고 상대했다. 이들의 행각은 단순히 성욕을 채우는 것으로 끝나지 않았다. 말초적인 쾌감에 젖어 이성의 끈을 놓아버리고 파괴적인 섹스에 몰두했다. 남녀 10명이 뒤엉킨 소리는 같은 숙소에 묵던 동지들에게 벽을 타고 그대로 전달됐다. 격정적인 신음소리, 살과 살이 부딪치는 소리, 어떤 때는 구령소리에 맞춰 삽입하는 소리까지 들렸다. 타성과 태만에 빠진 동지들도 그 소리를 듣고 흥분을 감추지 않았다.

장준하는 나태하고 비소한 언행이 일행 안에 방만하게 번진 것은 견딜 만했다. 썩어빠진 정신은 충칭으로 가는 고난의 행군 동안 십분 개조될 수 있었다. 그러나 다섯 동지의 변태 행각은 도저히 그냥 넘어갈 수 없었다. 공동체 의식을 파괴하고, 독립투사의 긍지를 손상시킨 행동은 엄벌이 필요했다.

장준하는 일행을 모두 마당에 불러 놓고 다섯 명이 저지른 잘못을 상세히 밝혔다. 또 이들이 동지들을 실망시킨 점에 대해 합당한 처벌을 내렸다. 뺨 서른 대였다. 장준하는 김준엽과 함께 동지들의 뺨을 때렸다. 형식적인 처벌이 아니었다. 찰싹찰싹 소리가 나도록 세게 후려갈겼다.

장준하와 김준엽의 마음은 무거웠다. 눈물은 흘러내렸고, 손바닥 힘은 빠졌다. 한평생 뜻을 같이할 동지들을 자기 손으로 때려야 한다는 사실이 용납되지 않았다. 그러나 일행의 해이해진 기강과 혼탁해진 윤리를 바로잡고 충칭으로 가는 목표를 재정비하기 위해서는 부정에 관대하게 대할 수 없었다. 어떻게 보면 조국 독립이라는 높은 뜻을 강직하게 밀고나가려는 고육지책이기도 했다. 뺨을 맞는 동지들은 두 사람의 진심을 알았다. 단 한 번도 눈을 흘기거나 반항하지 않고 이들에게 뺨을 대며 용서를 구했다.

장준하는 전쟁 중 적군에 대한 복수심이 폭발해 벌어진 강간마저도 용인하지 않았다. 전쟁이 인간성을 말살하고, 끝이 없는 타락으로 이끌고, 삶의 의의를 찾지 못하게 만들더라도 한국의 아들들은 고귀한 인성의 소유자가 되길 바랐다. 그것이 황폐화된 조국을 새롭게 번성시킬 밑바탕이 된다고 믿었다. 민족을 배신한 친일파들의 야비한 행동이 그토록 싫은 이유도 똑같았다. 눈앞의 이익에 급급해 인간성을 상실한 사람은 짐승과 같았다.

11/15

2017.

고릉중에서 만난 제갈량 오래간만의 여유

장준하 일행은 중앙군관학교를 떠날 때 가졌던 초심으로 돌아왔다. 빰을 맞았던 동지들의 얼굴도 활짝 핀 나팔꽃처럼 밝았다. 언제 그런 일이 있었냐는 듯 천연덕스럽게 농담하는 여유도 보였다. 때마침 라오허커우에 있는 리쭝런 사령부에서 보급품이 들어왔다. 일행은 뛸 듯이 기뻐하며 밀가루와 동복, 외투를 지급받고 다음 목적지인 라오허커우로 향했다. 걸어서 사흘이면 닿을 거리였다.

장준하는 가뿐한 마음으로 나섰다. 무엇보다 동지들의 표정이 명랑해 선발대로 떠나는 기분은 한결 가벼웠다. 수레를 끌고 하얀 눈이 수북이 쌓인 벌판을 걸어 초가집 열두서너 채가 옹기종기 모여 있는 작은 마을에 숙소를 잡았다. 그는 보급품으로 받은 식재료로 저녁에 먹을 음식과 다음날 점심에 먹을 밀가루빵을 준비해 놓고 일행을 기다렸다.

하늘에 별이 총총히 떠 반짝이기 시작했다. 초승달은 예스러운 자태를 뽐내며 산봉우리에 걸쳤다. 찬바람도 서서히 잦아들며 유난스레 고즈넉했다. 그러나 일행은 밤이 깊어도 도착하지 않았다. 장준하는 걱정 섞인 눈으로 걸어왔던 길을 쳐다봤다. 필연코 무슨 일이 생긴 게 분명했다. 올빼미 우는 소리가 허공을 맴돌며 그의 걱정을 연신 부추겼다. 인기척은 자정이 다 돼서야 들렸다. 일행들이 기저귀를 찬 아이들처럼 다리를 벌리고 아장아장 걸어왔다. 원흉은 옴이었다. 일행들은 전신에 돋아난 옴이 곪아 터지면서 극심한 가려움증을 겪었다. 특히 걷는 동안 연약한 사타구니 살이 마찰이 되면서 벌겋게 부어올라 쓰라렸다. 이들은 도착하자마자 겨울만 아니라면 발가벗고 걷고 싶을 정도라고 하소를 터뜨렸다.

다음날 제갈공명의 생가와 사당이 있는 마을에 도착했다. 상황은 크게 변하지 않았다. 일행은 계속 뒤처져 언제 올지 몰랐다. 장준하와 김준엽은 일행을 기다리면서 잠시 기행을 떠났다. 두 사람은 평소 삼국지 광팬이었다. 제갈공명의 흔적을 보지 않고서는 발길이 떨어지지 않았다.

제갈량의 고향은 고릉중이라는 작은 마을이었다. 사방은 송백나무가 자라는 산으로 둘러싸였고, 사이사이마다 냇물이 흘러내렸다. 그러나 위패를 모신 사당은 그의 명성에 맞지 않게 작고 아담했다. 오직 대륙 통일이라는 대업을 이루기 위해 청빈하게 살았던 그의 삶과 딱 맞는 듯싶었다. 두 사람은 잠시 조국 독립의 뜻을 잊고 한가로이 거닐면서 옛 명인의 업적을 구가했다.

11/15
오래 간만의 여유
2017.

동변상련의 마음
라오허커우 도착

멀지 않았다. 하루만 걸으면 중국군과 일본군의 치열한 전투가 벌어졌던 라오허커우에 당도했다. 보급품으로 받은 밀가루가 벌써 바닥을 드러냈다. 선발대는 조용한 마을에 숙소를 잡고 시장에 나가 장을 봤다. 정육점 주인이 장준하 일행이 한국인인 것을 알아채고 기쁜 동정을 전했다. 라오허커우에 한국광복군 전방 파견대가 머문다는 소식이었다.

장준하 일행은 난양을 떠난 지 나흘째 되는 날 라오허커우에 도착했다. 라오허커우는 꽤 큰 도시였다. 주민들도 많았고, 군사시설도 곳곳에 세워졌다. 광복군이 일행을 마중 나왔다. 중앙군관학교를 졸업하고 충칭으로 향하는 한국인 53명이 온다는 기별이 라오허커우에 벌써 닿아 있었다. 장준하는 모국어를 하는 동지들이 만나자 뛸 듯이 기뻤다. 피는 무서웠다. 생면부지의 사람들인데도 곧바로 정이 갔고 자연스럽게 의지가 됐다. 일제의 횡포와 숱한 고난을 함께 겪은 동변상련이었고, 낙엽처럼 흩어져 지내는 한국인들이 조국에 함께 모여 살기를 바라는 바람이 똑같아서였다. 라오허커우에 주둔한 광복군은 전방 파견대가 아니라 중국군 제5전구사령부 제1지대 분견대로, 인원은 소대장을 포함해 3명밖에 되지 않았다.

소대장은 장준하 일행에게 충칭까지 가는 비행기 편을 마련해주겠다고 약속하며 라오허커우에서 푹 쉬다 떠나라고 했다. 누구라도 거절할 수 없는 제안이었다. 비행기를 타지 않고 충칭에 가려면 한 달을 꼬박 걸은 뒤 배를 타야 했다. 일행은 환호성을 지르며 라오허커우에 머물기로 했다.

숙소는 절간처럼 컸다. 최고급 목재를 사용해 고풍스러웠고, 번화가와도 동떨어져 조용하기 그지없었다. 풍경 소리만 바람에 댕그랑거리며 고요한 적막을 깼다. 기와지붕에는 풀이 듬성듬성 자랐다. 추녀 끝에는 겨울새들이 앉아 쉬었다. 숙소 뒤 가파른 절벽 밑에는 대륙을 장류하는 장강(양쯔강)이 흘렀다. 강 너머에는 웅장한 산들이 펼쳐져 감탄사를 절로 불렀다.

장준하 일행은 아름다운 경치에 도취돼 한참 동안 눈을 떼지 못했다. 속세에 나오지 않고 이곳에 꾹 박혀 지내면 전쟁의 화마로부터 벗어날 수 있을 것 같았다. 그러나 숙소 가까운 곳에 거대한 군사 기지와 공장이 있는 게 흠이었다. 장준하는 검은 연기를 내뿜는 군사시설을 보면서 인간들이 일으킨 무분별한 전쟁과 산업화가 대자연의 아름다움을 망치는 것 같아 밥맛이 싹 가셨다.

11/15 라우허커우에 도착 2017.

드러난 적개심
일군의 공습

장준하 일행은 임시정부에 도착하는 희망을 안고 깊은 잠에 빠졌다. 그러나 장준하는 거대한 군사기지가 못내 마음에 걸렸다. 그렇게 아름다운 곳에 숲을 베고 공장을 세운게 마땅치 않았다. 인간과 자연은 대립적이지 않았다. 자연 그대로의 상태를 보존하고 거기에 동화돼 살면 됐다. 하지만 인간은 자연을 극복하려고만 했고, 명분 없이 일으킨 전쟁에 필요한 물자를 대기 위해 자연을 무참히 훼손했다.

일행의 휴식은 돌연한 폭격기들의 등장으로 깨졌다. 자정 무렵이었다. 공습경보 사이렌이 울리면서 요란한 폭음이 밤공기를 뒤흔들었다. 일본군 폭격기가 군사기지에 줄폭탄을 떨어뜨렸다. 군사기지는 붉은 화염에 휩싸이며 무너져 내렸고, 하늘 위로 검붉은 연기가 솟구치며 밤공기를 태웠다. 군용통신시설 창고에 쌓인 탄약도 덩달아 터지면서 시설물들이 번갯불처럼 희번덕거리며 내려앉았다.

강렬하고 굉굉한 폭음은 사흘째 이어졌다. 자정만 되면 날카로운 사이렌 소리와 함께 일본군 폭격기가 나타나 맹폭격을 가했고, 군사시설에서는 한바탕 공포의 불 잔치가 펼쳐졌다. 장준하 일행은 사이렌 소리가 울리면 숙소에서 빠져나와 인근에 마련된 방공호로 급히 몸을 숨겼다. 호 속에 들어가 머리와 어깨만 밖으로 내놓은 채 삽시간에 붉은 화염을 내뿜으며 허물어지는 군사시설을 쳐다봤다. 장준하는 전쟁의 광란이 만들어 낸 공포를 몸소 경험하면서 이를 갈았다. 삼십 년 넘게 한국을 지배해온 일본에 대한 지긋지긋한 염증이었다. 오랜 시간 곪아온 민족의 염증을 풀기 위해서는 일본을 몰아내고 전쟁을 끝내는 길 밖에 없었다. 지금이라도 당장 충칭으로 날아가 총을 들고 싸우고 싶은 생각 하나뿐이었다.

마지막 폭격이 있던 날 미군기 무스탕이 나타나 일본군 폭격기 한 대를 격추했다. 폭격기는 공중에서 한쪽 날개가 폭파돼 그대로 땅에 추락해 불타올랐다. 중국인들은 처참하게 부서진 폭격기가 떨어진 곳으로 몰려갔다. 거기에는 반쯤 탄 일본군 조종사와 격파된 비행기 잔해가 너저분했다. 중국인들은 조종사 시체를 조종석에서 꺼내 적의를 드러냈다. 증오와 혐오의 욕설을 퍼부으며 몽둥이로 매질을 했다. 또 축 늘어진 시체의 발목을 잡고 질질 끌고 다니며 구경을 시켰고, 시퍼렇게 멍든 시체를 동네 한 가운데 매달았다. 중국군은 기체 잔해도 모두 수거해 주민들이 직접 눈으로 보게 했다. 일본군에 대한 적개심을 불러일으키려는 중국군의 선전전이었다. 젊은 청년들의 중국군 입대를 독려하기 위한 목적도 있었다.

11/15 일군의 공습 2017

꺾이지 않은 의지
이간공작

일본군 폭격기가 격추된 뒤 더 이상 폭음소리는 들리지 않았다. 장강도 세상 모든 것을 잊은 듯 잔잔한 풍랑을 일으키며 아래로 흘렀다. 장준하 일행은 모처럼 찾아온 평화를 즐겼다. 평온한 휴식을 취하면서 야윈 몸도 빠르게 회복됐다. 퉁퉁 붓고 근질근질했던 발가락도 진정됐다.

충칭으로 가는 비행기를 구해준다는 소대장이 십여 일이 지나도록 깜깜무소식이었다. 장준하는 소대장을 찾아가 연유를 물었다. 전쟁 중에 중국군의 비행기를 구한다는 게 쉽지 않은 일이라 십분 이해하는 태도로 말했다. 소대장은 다른 얘기를 꺼내며 그의 입을 막았다. 충칭에 가지 말고 제1지대에 남아 함께 싸우자고 그를 설득했다. 소대장은 한국광복군 중 공산당 노선을 취하는 약산 김원봉의 부대였다. 김원봉은 광복군 부사령관으로 의열단을 조직해 일제 수탈 기관을 파괴했고, 요인암살 같은 특수임무를 도맡아했다. 조선의용대라는 군사조직과 조선민족혁명당을 이끌면서 민족해방운동을 주도했다.

장준하는 의지를 꺾지 않았다. 공산당은 자신과 맞지 않은 사상이었고, 일본군을 탈출한 목표도 임시정부로 가기 위해서였다. 그는 소대장의 공작 때문에 많은 시일을 소비한 게 안타까웠지만 일행의 건강이 원상복귀된 것으로 위안 삼았다. 그 사실 하나만으로도 라오허커우에 머물던 기간이 크게 아깝지 않았다. 하지만 소대장이 장준하 일행을 쉽게 포기할 리 없었다. 중국 관내에서 50여 명이 넘는 분대 하나를 만들기는 참으로 어려웠다. 그것도 대학까지 다닌 지식인들로 구성된 학도병들을 모으는 건 하늘의 별따기만큼 어려운 일이었다. 일행 모두 한 소대를 이끌어도 손색이 없을 만큼 견식이 충분한 장교들이었다.

소대장은 장준하 일행을 포섭하기 위해 집요하게 설득했다. 설득이 먹히지 않자 개별적으로 일행을 만나 와해시키려는 공작을 펼쳤다. 단 한 명이라도 제1지대에 끌어들이기 위해 이간질을 하는 꼴이었다. 그러나 이런 저런 말로 일행들의 관계를 뻐그러뜨리지 못했다. 일행 모두 처음 마음먹었던 그대로 충칭으로 가길 원했다.

장준하는 서둘러 라오허커우를 떠날 채비를 했다. 그전에 해결할 숙제가 하나 있었다. 파촉령을 넘기 위한 준비였다. 파촉령은 새도 넘기 힘들다는 고개였다. 식량과 장비를 구할 노잣돈이 꼭 필요했다. 장준하는 당분간 라오허커우에 머물기로 결정했다.

11/15
이간공작
2017

젖 먹던 힘까지 쏟아낸 무대 거리 공연

장준하는 라오허커우에서 두 가지 과제를 해결해야 했다. 하나는 이간공작을 펼친 제5전구사령부와의 관계를 깨끗하게 정리하는 것이었고, 또 하나는 파촉령을 넘을 노잣돈을 구하는 것이었다. 그는 이 과제를 풀기 위해 어떻게 대처해야 할지 고민의 고민을 거듭했지만 뚜렷한 답을 내리지 못했다.

리쭝런 부대 정훈참모부가 장준하를 찾아와 장제스의 '15만 학도 종군운동 선무공작'을 함께 해보자고 제안했다. 중앙군관학교 졸업식 전야제에서 했던 공연이 훌륭했다는 평가가 중국 여러 부대에 알려져 있었다. 그는 정훈참모부의 제의를 허락했다. 선무공작은 학생들의 중국군 입대를 독려하기 위한 선전 활동이었다. 중국군은 징병제로 인원을 보충했다. 하지만 고질적은 부패가 만연했다. 부자들이 가난한 사람을 돈으로 사 대리 입대 시켰다. 대리 입대한 사람은 얼마 후 부대를 탈출해 또 다른 사람에게 돈을 받고 재입대했다. 이런 방법으로 쉰 번 넘게 재입대한 사람도 있었다. 장제스는 중국군의 고질적인 부패를 혁신하고 탄탄한 조직을 만들기 위해 선무공작을 마련했다. 선무공작은 원래 적국의 영토를 점령할 때 그곳에 거주하는 주민이 군에 협력하거나 적대감을 갖지 않도록 만드는 작전이었다. 수단은 신문, 연극, 영화, 방송 등을 동원했으며 주민의 의식주를 원조하고, 일상생활 보장하면서 마무리됐다. 차후 선무공장은 적군을 투항시키거나 군입대를 종용하는 등 다양한 목적에 이용됐다.

장준하는 졸업식 전야제에서 선보였던 공연에 춤과 노래를 더욱 보강했다. 연극은 일본에 대한 적개심을 더욱 드러내 달라는 요청에 따라 내용도 일부 수정했다. 그러나 연극에 참여했던 동지들 일부가 중앙군관학교에 남아 있어 새롭게 배우를 보충한 뒤 연습에 돌입했다. 연습할 시간은 이틀밖에 주어지지 않았다. 벌써 라오허커우에 소재한 15개 중고등학교 순회공연 일자가 모두 잡힌 상황이었다.

장준하 일행의 공연은 반응이 좋았다. 전체적인 짜임새도 좋았지만 무대에 선 동지들이 재주가 많아 공연의 질도 높았고, 내용도 감동적이었다. 일행은 라오허커우 시민들의 앙코르 요청에 따라 시민회관에서 큰 공연까지 열었다. 학생들이 아니라 일반인들을 대상으로 한 공연이어서 의미가 매우 컸다. 일행은 빠듯한 일정 때문에 몸은 점점 지쳐갔지만 청중들이 박수를 치거나 눈물을 흘리는 모습을 보면서 견뎌냈다. 젖 먹던 힘까지 내 무대에 섰다.

11/15 거리공연 2017

다시 시작된 행군
아~ 파촉령 I

일행 중 일부 동지들의 입에서 불만이 터져 나왔다. 장준하를 비롯해 10여 명이 라오허커우에서 순회공연을 다니던 동안 숙소에 남아 옴을 치료하던 이들이었다. 이들은 충칭으로 가는 길이 계속 지체되면서 근심에 휩싸였고, 장준하가 제5전구사령부와 모종의 뒷거래를 한 건 아닌지 의심했다.

장준하는 동지들의 의견에 십분 동의하고 선발대 대장과 취사반장의 직을 내려놓았다. 다음 여정을 준비하기 위해 최선을 다했기 때문에 어떤 불평에도 떳떳했다. 그는 자신만을 위해 부정한 방법을 사용하지도 않았고, 대가를 바라고 헌신한 적도 없었으며, 투명하게 일처리를 했기 때문에 조금도 부끄러움이 없었다. 게다가 파촉령은 험준한 고개라 특별히 선발대라는 게 필요 없었다. 서로 의지하며 하나처럼 움직여야 고개를 넘는 게 가능했다.

장준하 일행은 제5전구사령부과와 교섭을 벌여 15만 학도 종군운동 선무공작에 동원됐던 수고를 대신해 노잣돈을 챙겼다. 해발 삼천 미터가 넘는 파촉령을 오르는 동안 어떤 어려움이 닥칠지 헤아릴 수 없기 때문에 충분한 돈이 필요했다. 이들은 신발이며 양말, 생활필수품 등을 구입했고, 여비를 서로 똑같이 나눠 가진 뒤 도보행군에 나섰다. 하지만 김영록과는 생이별을 해야 했다. 그는 옴을 시름시름 앓은데다 지병까지 겹쳐 더 이상 걸을 수 없는 지경에 이르렀다.

산길은 시작부터 만만치 않았다. 파촉령 초입은 인적미답의 원시림과 높직높직한 바위로 둘러싸였다. 구불구불한 굽이도 많았고, 깎아지는 절벽도 곳곳에 산재했다. 잠시 한눈을 팔거나 발을 헛디뎌 미끄러지는 날에는 크게 다칠 만했다.

오르막길은 눈이 소복이 쌓여 굉장히 미끄러웠다. 눈이 녹았다 다시 얼었는지 빙판길이었다. 일행들은 몸을 가누지 못하고 버르적거리면서 발라당발라당 넘어졌다. 그래서 원숭이처럼 바닥에 손을 짚고 기어오르다시피 행군했다. 폭설로 길이 끊어진 데도 있었다. 거대한 층암절벽이 앞을 가로막는 길도 나타났다. 그럴 때는 몸이 가벼운 사람이 먼저 올라가 밧줄을 내려 붙잡고 올라가도록 도왔다.

장준하는 험한 길목에 들어설 때마다 일행의 행군을 살폈다. 그에게 배려는 자신을 위한 선물이었다. 타인을 먼저 걱정하고 안아주면 그만큼 자신에게도 행복이 돼 돌아오는 것을 알았다.

11/15 아~ 파촉령 2018

강행군
아~ 파촉령 II (details)

고원지대 침엽수들은 삭풍에 단련돼 웬만한 추위도 잘 견뎠고, 보통 나무보다 두 배는 더 단단했다. 소나무, 전나무, 잎갈나무, 가문비나무들이 납작한 바늘잎을 늘어뜨려 눈을 머금었다. 장준하 일행은 경사가 가파른 길은 나무를 잡고 의지하며 올라가보려고 했지만 쉽지 않았다. 나무 가지 위에 쌓인 눈들이 모두 얼어 미끄러웠고, 줄기마다 뾰족한 가시가 돋쳐 손바닥이 긁혔다.

장준하는 일행에게 불행이 닥치지 않기를 바랐다. 충칭에 가던 길을 멈추게 되거나 조국 독립의 그날을 보지 못하는 것만큼 슬픈 일은 없었다. 그는 걱정스러운 마음에 가파른 고갯길에 접어들 때부터 김준엽과 함께 앞장서 일행을 이끌었다. 새로 산 신발이 제몫을 해서 그런지 크게 미끄럽지 않았다.

일행들은 파촉령 고개에 들어선지 채 한 시간도 되지 않아 가쁘게 숨을 몰아쉬며 헐떡거렸다. 말은 허연 김을 내뿜으며 도막도막 끊겨 나왔고, 무거운 다리는 지척댔다. 혹한에 강행군을 하다 보니 사지가 얼얼하게 얼어붙었지만 몸에서는 땀을 줄줄 흘렸다.

저녁이 가까워지자 손발이 더욱 차가워지고 턱이 덜덜 떨렸다. 더 이상 행군하면 낙오자가 나올 듯싶었다. 때마침 주막이 나타났다. 장준하 일행은 안도의 숨을 내쉬며 주막에 들어가 돼지고기를 넣고 끓인 두부탕을 사먹었다. 장준하는 누릿한 냄새를 풍기며 모락모락 김이 나는 두부탕을 입에 밀어 넣었다. 두부탕은 건더기도 많고, 국물이 진해 몸의 냉기를 한순간에 스르르 녹였다. 일행들은 국물 한 방울 남기지 않고 깨끗하게 먹어 치웠다.

파촉령을 넘는 길목마다 허름한 주막이 있었다. 일행은 해가 지면 주막에 들어가 헛간을 빌려 잠을 잤다. 헛간은 파촉령을 오가는 사람들이 숙소로 사용해서인지 대부분 정리가 잘돼 있었다. 이 고개를 넘어 물건을 고을고을 팔러 다니는 장돌뱅이들이 꽤 되는 듯싶었다. 주막 주인은 사계절 내내 잠시 쉬어가는 길손들로 붐비고, 전쟁이 일어난 뒤에는 군인들이 주로 파촉령을 넘는다고 했다.

일부 주막은 헛간이 무척 지저분하고 어수선했다. 묵고 간 사람들이 버리고 간 쓰레기와 옷가지도 널렸고, 부서진 숯이나 생활용품으로 사용하는 잡동사니들이 어지럽게 쌓여 있었다. 심지어 작은 벌레가 굼실굼실 기어 다녀 불쾌하기까지 했다.

스산하고 소란스러운 소리 호랑이

파촉령을 오른 지 일주일째 되던 날이었다. 걸어도 걸어도 주막은 나타나지 않았다. 발에 밟히는 눈만 빠드득빠드득 소리를 냈다. 장준하는 김준엽과 일행에게 길을 재촉했다. 날이 어두워지면 길이 어디로 뻗었는지 알 수 없어 꼼짝없이 노숙을 해야 했다. 잘못하면 다른 길로 접어들어 이리저리 빙빙 돌거나 낭떠러지 밑으로 추락할 수 있었다. 그러나 일행은 계속 뒤처졌다. 몇몇 동지들만 두 사람 가까이에서 뒤따를 뿐이었다.

해가 떨어지고 주위가 점점 어두워졌다. 숲 속에서 산짐승들의 발자국 소리가 유령의 울음처럼 들려오더니 음산하고 거무충충한 그림자가 가까이에서 희끗희끗 모습을 드러냈다. 예로부터 파촉령에는 호랑이가 사람을 잡아먹는다는 소문이 나돌았다. 사냥꾼들이 돈이 되는 호랑이 가죽을 구하러 이곳에 몰려온다는 얘기도 많았다. 실제로 산아래 시장에 가면 네 다리와 몸통을 널찍한 나무에 판판하게 펼쳐 건조시킨 호랑이 가죽이 거래되곤 했다. 장준하는 설마 했다. 파촉령이 제아무리 험준하고, 호랑이가 많이 서식하는 곳으로 알려졌다 해도 바로 지금 눈앞에 나타나진 않을 거라고 생각했다.

설마가 장준하를 붙잡았다. 검은 줄무가 있는 짐승이 몇 보 앞에서 장준하를 유심히 바라보며 아가리를 벌리고 포효하다 나는 듯 뛰어 맞은 편 숲으로 사라졌다. 절구통만한 시베리아 호랑이였다. 일행은 양순한 소처럼 그 자리에서 꼼짝하지 못했다. 너무 놀란 나머지 심장은 발작하듯 요동쳤고, 허벅지는 부르르 떨렸다. 입에서는 부글부글 게거품을 내어놓을 뻔했다.

혼자였다면 분명 굶주린 호랑이가 사람을 공격하고도 남았다. 아무리 포악한 호랑이라도 떼거리로 몰려오는 사람들을 공격하기는 어려웠다. 장준하는 정신을 바짝 차렸다. 야행성인 호랑이가 이 밤에 언제 또 나타날지 몰랐다. 그는 일행에 향해 힘을 내자고 황황히 소리쳤다. 곧 있으면 주막에 도착할 수 있다고 부랴부랴 길을 재촉했다. 그러나 호랑이 얘기는 꺼내지 않았다. 한바탕 소란이 일어날지 몰랐다.

장준하 일행은 허연 달이 뜨고 한참이 지나서야 겨우 주막에 도착했다. 후미에서 걷던 사람이 도착하기까지 20여 분이 소요됐다. 장준하는 그동안 호랑이가 또 나타날까 싶어 조마조마했다. 영악하다고 소문난 호랑이가 날카로운 발톱을 세워 일행의 끄트머리를 공격하지 않을까 속을 태웠다.

11/15 호랑이 이증한 2017

진드기와의 활극
설경의 은세계

크리스마스였다. 첩첩 산중에서 캐럴을 들을 수 없겠지만 화이트 크리스마스 분위기는 한껏 났다. 천지를 뒤덮은 설경은 성탄절을 맞은 기쁨을 대신 전해주는 듯했다. 저녁마다 따뜻한 음식을 먹고 추위를 피할 수 있는 곳에서 잠을 자는데다 낮에만 걷는 일정이어서 피로도 많지 않았다. 정말로 경치도 아름답고, 발걸음도 활기차고, 기분도 좋은 행군이었다.

장준하 일행을 다시 극심한 고통으로 내몬 건 옴이었다. 주막 헛간에서 나뭇단을 깔고 자다 진드기에 물어뜯기면서 일행 대부분이 옴에 올랐다. 일행은 행군하는 동안 끙끙 앓는 소리를 내며 몸을 긁었다. 살아 있는 진드기들이 몸을 기어 다니며 물어대는 통에 따끔따끔한 통증을 느꼈다. 고통이 심한 이들은 발가벗고 옷을 뒤집어 탈탈 털었다. 진드기들은 옷을 몇 번 털지 않았는데도 하얀 눈 위로 후드득 떨어졌다. 날씨가 얼마나 추운지 바닥에 떨어진 진드기들은 곧바로 얼어 죽었다.

한두 명으로 시작된 옷 털기는 전염병처럼 순식간에 일행들에게 전파됐다. 살을 에는 바람이 몰아치고, 새하얀 눈이 하염없이 쏟아질 때에도 가려움을 참지 못하고 아무데서나 옷을 훌러덩 벗고 진드기를 털어냈다. 일행들은 주막 헛간에서 잘 때도 알몸이 돼 유황 돼지기름을 몸에 발랐다. 손이 닿지 않은 곳은 서로서로 상부상조했다. 그러나 진드기들은 두꺼운 옷 속에 파고들어가 있어 여간 힘차게 털어내지 않으면 떨어지지 않았고, 그중 살아남은 진드기들은 충칭에 가기 전까지 끝끝내 일행을 괴롭혔다.

유난히 어두침침한 아침이었다. 새벽의 상쾌함이 전혀 느껴지지 않았다. 장준하 일행은 불길한 예감이 들었지만 행군을 멈출 순 없었다. 점심으로 먹을 밀가루빵을 싸들고 서둘러 길을 나섰다. 파촉령 꼭대기로 갈수록 날씨는 더욱 나빴다. 지형도 험준했고, 분위기도 칙칙했다. 오르면 오를수록 경사도 심했으며, 바닥은 단단한 얼음 천지였다. 순식간에 해가 떨어지기 시작했다. 점점 날은 어두워지는데 주막은 보이지 않았다. 장준하는 고개 너머로 사라지는 태양을 바라보면서 마음이 점점 급해졌다. 태양은 목숨과 같은 것이었다. 이런 바위고개를 넘다 태양이 사라지면 혹독한 시련과 마주해야 했다. 혼자 간다고 될 일은 아니었다. 일행들과 보조를 맞춰 나가야 사고 없이 다음 주막에 도착할 수 있었다. 그러나 주막은 나타나질 않았다. 그는 따뜻한 저녁식사와 잠자리가 무척이나 그리웠다.

11/15 설경의 순세계 2017.

가장 처절하고 정직한 기도
주여, 우리를 이곳에 버리시렵니까

장준하 일행은 주막 찾기를 포기하고 노숙에 들어갔다. 커다란 전나무 밑에 옹기종기 모여앉아 몸을 웅크린 채 밤을 보냈다. 영하 20도에 가까운 겨울밤이었다. 몸을 움직이지 않으니 혹한이 옷을 파고들었다. 얼굴은 하얗게 질려갔고, 입술은 파랗게 죽어갔다. 설상가상으로 눈까지 내리면서 머리와 어깨 위에 눈이 쌓였다. 몸뚱아리는 온통 흰 눈으로 덮였다. 눈은 30분 동안 퍼붓더니 그대로 멈추고 만물을 얼렸다. 일행들은 손으로 몸에 쌓인 눈을 털어내며 동장군의 기세에 맞섰다.

자정이 넘어가자 몸의 3분의2는 얼어붙은 것처럼 마비됐다. 춥다는 생각이 들지 않을 정도로 감각이 둔해졌다. 눈은 감겼고, 인중에는 콧물이 얼어붙었다. 관절은 염증이 생긴 것처럼 쑤시고 시큰거렸다. 귓불은 딱딱하게 굳어 가면서 어떤 소리도 들을 수 없었고, 살갗은 꼬집어도 반응이 없었다. 팔다리도 꿈쩍하지 않았다. 처음에는 쥐가 나는 것처럼 뻑적지근하더니 시간이 지날수록 마비됐다.

장준하는 추위에 떨며 비참히 숨을 거둘 수 없었다. 절대로 잠에 들어서는 안됐다. 그는 김준엽을 와락 껴안았다. 김준엽도 장준하를 힘껏 안으며 체온을 나눴다. 살아남기 위해 서로를 품으로 끌어당기고 그대로 돌부처처럼 움직이지 않았다. 고개를 푹 숙인 채 숨소리조차 죽여 가며 온기를 나눴다. 다른 이들도 똑같았다. 삼삼오오 모여 서로 몸을 붙이고 추위를 견뎠다.

장준하는 졸음이 밀려오면서 정신이 혼미해졌다. 김준엽도 눈을 끔뻑거리며 간신히 버티다가 눈을 감아버렸다. 장준하는 그때마다 김준엽을 안은 채로 몸을 움직여 흔들어 깨웠다. 입술이 떨어지지 않아 말하진 못했지만 강렬한 눈빛으로 잠들면 안된다고 일렀다. 그러나 육체와 정신 모두 추위에 사로잡혀 전혀 제구실을 못했고, 장준하도 밀려오는 졸음을 참을 수 없었다.

구들장에 훈훈한 열기가 들어왔다. 햇볕이 따갑게 내리쬈다. 한여름 강변에서 물질하는 아이들, 뜨거운 고구마를 후후 불어가며 먹는 누이, 눅진하게 쏟아지던 여름 소나기, 벌겋게 속살을 드러낸 수박, 시끄럽게 귓가를 울리는 매미소리, 모깃불을 피워놓고 이야기꽃을 피우던 친구들이 장준하의 눈앞에 아른거렸다. 꿈도 아니요 사념도 아닌 환각이었다. 그는 몸이 토막토막 끊어지는 것 같았다. 이러다 죽는 게 아닐까 겁이 났다. 장준하는 기도했다. 가장 처절하고 정직한 기도로 이 시련을 이기게 해 달라고 청했다.

11/15 주여. 우리를 이곳에 버리시렵니까.

죽음의 문턱 앞에서 야곱의 돌베개

칠흑 같은 어둠이 천지를 삼켰다. 장준하는 추위와 함께 찾아온 공복감과 현기증을 견디기 힘들었다. 그는 힘차게 김준엽과 밀착해 체온이 떨어지는 것을 막았다. 서로 몸을 비비면서 온기를 전했다. 이 고갯길에 비석도 없고, 연고자도 찾아오지 않는 무덤을 만들고 싶지 않았다. 그는 밤이 깊어갈수록 고향과 아내 생각에 깊이 사로잡혔다. 부모님의 얼굴도 떠올랐고, 동무들의 이름도 선명해져 목이 메었다. 어릴 때 뛰놀던 동산부터 대자로 누워 밤하늘의 별을 관찰하던 대청마루까지 하나하나 떠올라 울컥 울음이 쏟아지려고 했다. 죽음의 문턱을 넘어서는 사람이 흔히 하는 회상이었다. 그는 눈을 지그시 감고 마음을 다잡았다. 이 고통을 이겨 내지 못하면 조국 독립의 소망을 이룰 수 없었다.

먼저 간 조상들이 조국을 지키지 못해 후대들이 죽을 지경에 이르렀다. 먹고살기 어렵고, 정치의식은 낮고, 인권신장은 멈춰버린 조선이 결국 후대에 물려준 건 민족의 혼을 빼앗긴 땅이었다. 장준하는 후손들에게 절대로 이러한 고통을 안겨주지 않겠다고 다짐했다. 일제의 탄압과 가난에 시달리면서도 죽을 때까지 변절하지 않았던 독립운동가들의 위상을 바로 세우고, 반만년 역사에 종언을 고한 친일파 민족 반역자들의 발로를 막는데 힘을 보태고자 했다. 특히 중앙군관학교에서 〈등불〉을 만들었던 경험 때문인지 어떠한 강압에도 펜대만은 꺾지 않겠다고 입술을 깨물었다.

수많은 문인들이 친일파로 전향했다. 전향을 정당화하는 논리는 두 가지였다. 하나는 근대주의 주창이었다. 문인들은 중일전쟁이 발발하자 중국이 일본을 이기면 해방이 될 거라고 확신했다. 그러나 중국이 패하자 중국을 비판하며 친일의 길로 들어섰다. 중국은 봉건, 일본은 근대라는 논리를 펴면서 일제의 지배논리였던 내선일체에 동의했고, 저들을 위해 글을 썼다. 이광수가 대표적인 문인이었다. 또 하나는 근대의 종말이었다. 문인들은 중일전쟁에서 일본이 승리하고, 근대의 정서가 싹텄던 파리가 나치에 의해 함락되자 큰 충격을 받고 친일의 길을 걸었다. 근대를 버리고 신체제로 나가야 한다고 주장하면서 대동아공영을 부르짖었다. 대표적인 인물이 소설가 채만식이었다.

친일 문인들과 다르게 우회적 글쓰기와 절필로 일제에 저항하는 문인들도 많았다. 이들은 창작을 접고 고향에 내려가 학교 선생님을 하거나 조선의용군이 돼 총을 들고 싸움터로 나갔다.

1/15 야곱의 돌베개 2017

청산하지 못한 친일 햇덩이

장준하는 몸에 힘이 빠지며 아무런 생각도, 의욕도 생기지 않았다. 죽음을 그저 삶의 일부분으로 받아들이면 모든 게 깨끗이 끝났다. 그는 사람이 죽으면 우는 새, 귀촉도를 떠올렸다. 귀촉도는 영원한 세계인 저승과 일시적인 세계인 이승을 이어주는 매개였다. 그러나 그는 서정주 때문에 가슴이 내리눌리는 듯했다. 서정주는 일본 천황을 흠모하며 '친일 파시즘'을 찬양했다. 천황에게 통제받고 지시받기 원했으며, 끝내 자신의 강렬한 자아를 없앴다. 그는 시집 「귀촉도」를 내면서 친일로 전향했다. 현실 세계의 갈등을 제거하고, 현실에 맞서는 작가정신을 거세하며 천황에 집중했고, 삶과 죽음을 관장하는 절대적인 존재로 천황을 내세웠다. 서정주는 해방이 되자 이승만을 다시 귀촉도의 자리에 놓았다. 청산하지 못한 친일이 남긴 뼈아픈 유산이었다. 서정주뿐만 아니라 많은 친일 반역자들은 처벌되지 않았고, 이들로부터 한국은 정경유착과 반자주화, 비민주와 반통일, 부조리와 부패의 온상이 됐으며, 조국의 운명을 스스로 개척하길 거부했던 숭일, 숭미가 판쳤다.

장준하는 서정주를 떠올리자 죽음에 대한 공포가 본능적으로 일렁였다. 사람은 결국 죽어 완전한 무로 돌아간다지만 그에게는 국가와 민족을 위해 아직도 할 일이 많았다. 헛되고 돌연한 죽음은 받아들일 수 없었다. 그는 김준엽을 끌어안고 얼어 죽지 않기 위해 아등아등 발버둥을 쳤다. 그러나 몰려오는 졸음은 참을 수 없었다. 두 사람은 그대로 바닥에 쓰러져 고갯길을 데굴데굴 나뒹굴었다.

어느 덧 어둠이 사라지고 서서히 동이 트기 시작했다. 장준하의 삶이 애처롭게 저물어 갈 즈음에 구름이 말끔히 걷히며 희번하게 태양이 솟아올랐다. 차츰차츰 떠오른 태양은 어느새 파촉령을 환하게 비추며 열기를 내뿜었다. 장준하는 눈을 떴다. 불게 타오르는 태양을 바라보면서 살며시 미소를 지었다. 태양은 그가 비장하게 죽음과 맞서 싸우던 생의 의지였고, 피바다 위에 떠오르는 조국 해방의 기운이었다.

지난밤의 초한을 참아낸 일행도 모두 자리에서 일어나 태양을 쳐다봤다. 이들의 얼굴에는 이제 살았다는 안도감이 무겁게 묻어났다. 장준하는 자신과 같이 무지무지한 죽음의 고통을 견뎌낸 동지들이 고맙고 자랑스러웠다. 자신의 고통과 공포마저 모두 잊게 해주는 축복이었다. 그는 길게 휴 숨을 내쉬면서 다리에 힘을 주었다. 빠사삭거리는 눈 위를 걸어가는 시늉을 하며 또다시 이어질 행군을 준비했다.

11/15 햇덩이 2017

간부의 자세
주막과 두부탕

장준하 일행은 얼어 죽을 고비를 넘겼다. 선배 독립투사들이 독립군 자금을 운반하다 만주벌판에서 얼어 죽은 얘기는 많이 들었지만 파촉령을 넘다가 참혹한 동사 위기의 체험을 하게 될 줄 몰랐다. 동사할 뻔했던 경험은 일행에게 큰 교훈을 줬다. 한겨울의 산이 얼마나 살벌하고 아찔한 곳인지 실감케 했다.

장준하는 산란한 마음을 뒤로 하고 일행과 함께 한참을 걸어 저녁 무렵 주막에 당도했다. 하루 종일 쫄쫄 굶었더니 그의 뱃속에서 쪼르륵쪼르륵 소리가 났다. 일행은 돗자리가 깔린 바닥에 앉아 얼큰하게 끓인 두부탕에 빨갛게 다진 고춧가루 양념을 풀어 한 그릇을 후딱 비웠다. 그릇에 얼굴을 처박고 말도 없이 게걸스럽게 먹어치웠다. 큼지막하게 숭덩숭덩 썬 돼지기고기는 수륙진미였고, 숟가락에 걸려 나오는 무와 배추 시래기는 보약이었다.

장준하 일행은 두부탕뿐만 아니라 기름에 튀긴 쟈오즈(만두)도 먹었다. 쟈오즈는 쫀득쫀득하고 달착지근했다. 누긋누긋하고 찰진 밀떡 반죽과 돼지비계, 양파, 두부가 잘 어우러져 혀에 착착 감겼다. 일행은 노잣돈이 부족하지 않았다. 라오허커우에서 공연하는 동안 시민들과 학생들이 준 후원금이 쾌 됐다. 사령부에서 받은 준위 급료와 공연 활동비도 똑같이 분배한 상태라 배부르게 음식을 사먹을 수 있었다.

주막 한가운데 중국군 고급장교가 부하들을 뒤에 세워 놓고 거만한 표정으로 식사하고 있었다. 행동거지는 천박하고 경솔했다. 식탁 위에 놓인 음식을 몇 번 쩝쩝거리며 맛을 보더니 구석으로 밀쳐 내곤 했다. 그는 사린교를 타고 파촉령을 건너는 중이었다. 사린교는 네 사람이 끈으로 가마를 들어 올려 메는 중국식 가마였다. 장준하는 한숨을 푹 내쉬었다. 장교랍시고 군인들의 호위를 받으며 가파르고 꼬불꼬불한 산길을 가마 타고 가는 꼬락서니가 곱게 보이지 않았다. 장교는 자신의 안위를 위해 부하를 이용하면 안됐다. 인간미와 선행으로 가족을 살피듯 아랫사람들을 보살필 줄 알아야 부하들도 믿고 따랐다.

장준하는 졸병이라는 이유 하나만으로 혼이 빠지도록 무거운 짐을 짊어지게 하는 중국인 장교가 싫었다. 하늘 아래 사람은 다 똑같았다. 상하와 귀천이 없고, 하나님의 권능 아래 모두가 평등했다. 그는 일제가 물러나 해방이 되고 새로운 나라를 건설하는 과정에서는 이와 같은 일들이 절대로 일어나지 않기를 바랐다. 신분적 불평등 때문에 상식 이하의 대우를 받거나 멸시와 천대를 당해서는 안됐다.

1/15
주막과 두부탕
2017

파촉령 고개를 넘어 바둥으로 꼭 열사흘 만에

낮에는 고갯길을 오르고, 밤에는 주막에서 자는 행군이 반복됐다. 한 끼는 따끈한 두부탕으로 배를 채웠고, 식사를 마친 이후에는 너나 할 것 없이 피로에 지쳐 정신없이 곯아 떨어졌다. 온도 좀처럼 진정되지 않았다. 잠들기 전에는 모두 벌거숭이로 유황 돼지기름을 몸에 발랐다. 새벽에는 습관적으로 자리를 털고 일어나 밀가루빵을 손에 쥐고 길을 나섰다. 오직 허기를 때우고, 동력을 얻기 위해 먹는 음식이었다.

장준하 일행은 아흐레를 걸어 파촉령 고개 꼭대기에 도착했다. 안하에 펼쳐진 풍광은 장대했다. 북풍은 사납게 볼을 할퀴었지만 가슴은 탁 트였고, 두 눈은 웅장한 대자연에 그대로 도취돼 빨려 들었다. 장준하는 장활한 고개가 빙 둘러 굽이굽이 펼쳐지자 삶의 의지가 악착같이 떠올랐다. 폐부 깊숙한 곳에서 가장 절실하게 요구하는 조국 독립을 위해 끝까지 싸우겠다며 주먹을 불끈 쥐었다.

장준하 일행은 파촉령를 넘어 내리막길로 접어들었다. 내리막길도 오르막길처럼 경사가 급하고 바닥이 미끄러웠다. 일행은 넘어지지 않으려고 애를 쓰며 걸었다. 양팔을 벌리고 흔들흔들하면서 몸의 균형을 잡았다. 그러나 여기저기서 넘어지며 전신에 거멓게 멍이 들고 근육통이 찾아왔다. 일행은 일제히 앉아서 미끄럼을 타거나 데굴데굴 구르다시피 좁은 산길을 따라 내려갔다. 행군 속도는 비교적 빨랐다. 바쁜 걸음으로 오르막길을 걷는 것보다 두 배 이상 차이가 났다. 중심을 잘 잡고 미끄럼을 타듯이 내려가면 숨이 차거나 다리가 아프지 않았다. 일행은 빙글빙글 웃으면서 행군을 즐겼다. 행군 속도가 빨라질수록 지치기보다는 충칭으로 가는 길이 가까워진다는 생각에 흥분됐다.

사흘이 지나자 산길이 완만한 내리막으로 접어들더니 바둥으로 향하는 끝없는 평지가 시작됐다. 라오허커우를 떠난 지 열사흘 만이었다. 평지 옆으로는 장강으로 흐르는 널따란 지류가 손금처럼 펼쳐졌고, 묘묘한 강물 위에는 작은 돛단배 서너 척이 떠 있었다. 일본군은 이곳까지 손길을 뻗치지 못했다. 일본군은 전쟁 물자를 말이나 트럭으로 운반했기 때문에 험난한 파촉령을 넘어 진격할 수 없었다.

장준하 일행은 개활한 평야를 힘차게 내딛으며 노래를 불렀다. 6개월 행군의 끝이 아물아물 보이기 시작했다. 충칭에 도착하기 전까지 또 무슨 일이 닥칠지 몰랐지만 멀지 않은 거리에 충칭이 있다는 것 하나만으로도 절로 기쁨이 솟아났다.

11/15 꼭 열사흘 만에… 2017.

사흘 동안의 여유
배를 타고

장준하 일행은 이른 아침, 바둥으로 가는 배가 출발하는 장강 선착장에 도착했다. 바둥은 충칭으로 가는 여객선을 탈 수 있는 항구도시였다. 선착장에서 바둥까지 강물을 따라 걸어가면 이틀이 걸렸다. 배를 타고 지류를 거슬러 올라가면 한나절이 소요됐다. 장준하는 배를 타기로 했다. 일행 가운데 주막에서 투전을 하거나 술, 담배 때문에 과용한 몇몇은 걸어 가기로 했다.

장준하는 일행과 잠시 헤어져야 하는 현실이 불편했다. 고작 돈 때문에 짐을 떠넘기듯 여러 명을 남겨놓고 배를 타는 게 못내 마음에 걸렸다. 그러나 고통이 따르더라도 감수해야 했다. 다수에게 피해를 주면서까지 자신의 괴로움을 덜어 내려는 것이 더욱 마땅치 않았다. 그는 육로를 따라 걷는 일행과 아쉬운 작별을 고하고 배를 탔다. 기분이 묘했다. 충칭으로 가는 길이 귀향 같았다. 집을 떠난 뒤 객지를 떠돌며 방랑하다 정겨운 집으로 돌아가는 느낌이었다.

장준하는 저녁 무렵 바둥에 도착했다. 물살이 급하지 않아 예정보다 빠른 시간에 바둥 땅을 밟았다. 그는 도착하자마자 급한 마음에 충칭으로 가는 여객선을 수소문했다. 전쟁 때문에 민간 여객선은 다니질 않았다. 대신 사흘 후에 떠나는 군용 선박을 이용해야 했다. 그는 중국군 준위 신분이었기 때문에 군용 선박을 탈 수 있었다. 무탈하게 충칭에 갈 수 있다는 안도감이 살그머니 그의 어깨를 감쌌다.

장준하 일행은 뿔뿔이 흩어져 바둥 시내로 향했다. 장준하도 김준엽과 함께 샛노란 불빛이 켜지기 시작하는 번화가로 향했다. 솥에서 뜨거운 김이 쉭쉭 쏟아져 나오는 식당에 들어갔다. 두 사람은 오랜만에 제대로 된 음식을 시켜 먹었다. 또 두꺼운 천을 누벼 만든 치파오를 입고 돌아다니는 날씬한 몸매의 아가씨도 구경했다. 스무 살이 겨우 될동말동한 앳된 처녀였다.

장준하는 맛난 음식을 먹고, 은은한 중국 전통음악이 감미롭게 귓가에 파고들자 긴장이 순식간에 풀렸다. 땅속에 파묻힐 것 같은 피곤이 그를 엄습했다. 그는 헛간을 개조해 만든 허름한 여관에서 여장을 풀었다. 뜨거운 물에 담근 수건으로 얼굴부터 발끝까지 구석구석 깨끗이 닦고 속옷을 빨아 이불장에 걸어 말린 뒤 두꺼운 솜이불을 덮고 얼굴만 내놓은 채 깊은 잠에 빠졌다. 오랜만에 훈훈한 방에서 파촉령 행군의 피로를 말끔히 씻었다.

11/15
배를 타고
2017

8일간의 항해 드디어 충칭에

장준하는 바둥 시장에서 구두나 양말, 속옷 같은 생활필수품을 샀다. 충분히 먹고 자지 못한데다 오랜 행군으로 몰골이 무말랭이처럼 초췌했다. 이런 꾀죄죄한 모습으로 충칭에 입성하기 싫었다.

그는 뒤늦게 바둥에 도착한 일행을 마중 나가 숙소에 짐을 풀게 하고 음식도 대접했다. 함께 배를 타지 못한 미안함과 뜻하지 않게 생길 수 있는 오해를 풀기 위해서였다.

장준하 일행은 바둥에서 사흘을 보낸 뒤 중앙군관학교 서한을 가지고 군용 선박 통제실을 찾아 승선 수속을 밟았다. 군용 선박을 타고 충칭까지 가려면 8일을 내달려야 했다. 배에는 다른 부대로 배속 받거나 전쟁지역 복구를 위해 상부의 명령을 받고 움직이는 군인들로 가득했다.

선박은 유유히 흐르는 물살을 거슬러 올라갔다. 굽이치는 강물을 헤가르며 협곡과 협곡 사이를 항해했다. 강물은 산굽이와 절벽을 휘감으며 흘렀다. 절벽 틈에는 키 작은 소나무들이 바위틈에 뿌리를 내렸고, 크고 작은 폭포수가 거대한 소리를 내며 강물을 난타했다. 이따금씩 작은 자갈과 눈덩이가 절벽 아래로 내리뒹굴었다. 장준하는 짧은 탄성을 내지르며 하얗게 부서지는 눈덩이를 관찰했다. 전쟁만 아니라면 가슴에 울림을 주는 풍경이었다.

선박은 이틀을 달린 뒤 완현에서 하루를 쉬었다. 닻은 강 한가운데 내려졌다. 배가 커서 강변에 접근이 불가능했다. 장준하 일행은 작은 운반선을 타고 선착장에 내렸다. 완현은 한국의 제일 곡창지역인 호남평야와 비슷한 곳이었다. 대지가 기름지고 넓어서 쌀 생산량이 많았다. 또 곡창이라는 칭호에 알맞게 먹을거리가 풍부했고, 주민들의 인심도 좋았다. 전쟁을 겪으면서 인정이 각박해지긴 했지만 그래도 다른 지역보다 훨씬 후했다. 시장에서 파는 음식 가격도 3분의2 수준이었다.

장준하 일행은 밤새 완현 시내를 돌아다니며 갖가지 길거리 음식과 중국요리를 사먹었다. 가지와 감자를 튀긴 띠샨시엔, 닭고기와 땅콩을 튀긴 꽁바오지띵, 삼겹살 비계에 향신료를 넣어 맵게 볶은 회이궈로우 등을 맛봤다. 일행은 음식점과 찻집을 돌아다니다 새벽 4시 운반선을 타고 승선했다. 장준하는 선실에 누웠다. 뱃속이 더부룩해 잠이 오지 않았다. 내친 김에 장강의 해돋이를 감상하러 갑판에 나갔다. 산기슭 사이로 구름이 한결 진홍으로 물들어가는 중이었다. 그러더니 순식간에 하늘은 불바다가 됐다.

11/15
드디어 충칭에.
2017

감격에 겨운 거수경례
그렇다! 그것은 태극기였다

장준하는 해돋이를 바라보면서 한껏 숙연했다. 해방된 조국에서 떠오르는 태양을 보지 못하는 설움에 겨워 울적했다. 그는 펄펄 끓어오르는 민족의 태양을 상상하며 눈을 지그시 감았다. 그의 가슴속에서 떠오른 태양은 삼천리 조국에 붉은 빛을 내리쬐며 새로운 광영을 예고했다.

드넓은 충칭이 시야 가득히 펼쳐졌다. 장준하 일행은 전부 갑판에 나와 충칭을 바라보며 입술을 깨물었다. 누가 먼저랄 것 없이 조용한 목소리로 애국가를 불렀다. 지극히 맑은 정신으로 노랫말을 음미하며 뜨거운 눈물을 하염없이 쏟아냈다. 충칭은 수상과 철도 교통의 요지였다. 높은 빌딩들이 가득했고, 겨울에도 춥지 않을 정도로 바람이 온화해 관광객들이 많았다. 일본은 중일전쟁 때 국민당 정부가 수도를 충칭으로 옮기자 폭격기를 동원해 도시를 파괴했다. 장제스는 미국을 끌어 들여 일본군을 제압하고 제공권을 확보한 뒤 충칭을 현대식으로 재건했다.

장준하 일행은 충칭 선착장에 내려 임시정부를 찾아 헤맸다. 한국의 임시정부가 충칭에 있는지 모르는 중국인들이 대부분이라 애를 먹었다. 중국말을 잘하는 김준엽이 나서서 길을 물어물어 임시정부 앞에 도착했다. 임시정부의 외관은 너무나 초라했다. 화려하게 신축된 건물 사이에 끼어 있는데다 민가를 개조해 사용한 것 같아 더욱 볼품없었다. 임시정부에는 태극기도, 현판도 걸려 있지 않았다. 인기척도 느껴지지 않을 정도로 고요했다. 장준하는 한 나라의 정부라고 하기엔 너무나 보잘것없는 청사를 보고 낙담했다. 임시정부는 조국의 자존심이었다. 독립운동의 구심점 역할을 하는 곳이었다. 모든 권위를 내던지고 오로지 조국 독립을 위해 싸우는 게 책무겠지만 한국의 법통을 잇는 유일한 행정부가 너무도 추레해 한숨이 저절로 나왔다. 그는 가슴이 먹먹할 뿐이었다. 앞으로 무엇을 해야 할지 막막하기만 했다.

김준엽이 임시정부 안으로 들어갔다 머리를 긁적이며 웃는 얼굴로 나왔다. 이미 임시정부가 상당히 오래 전 이사 갔다며 웃어버렸다. 장준하는 그의 말을 듣고 안도했다.

멀지 않은 곳에서 바람에 휘날리는 태극기가 눈에 띄였다. 일행은 제 자리에 서서 태극기를 바라보며 절도 있게 거수경례를 붙였다. 감격에 겨워 모자를 벗고 큰절을 올리는 이들도 있었다. 장준하도 부동자세로 씩씩하게 경례했다.

11/15
그렇다! 그것은 태극기였다.
2017

고난의 임시정부 복받치는 설움과 기쁨

장준하 일행은 임시정부 청사 앞마당에 가로줄과 세로줄을 맞춰 가지런히 섰다. 임시정부에 대한 존경과 애정을 담아 엄숙하게 정렬했다. 마음속은 복잡다단했다. 과거의 고난이 새록새록 돋아났고, 나라 잃은 정부의 현실도 그대로 느껴졌고, 앞으로 펼쳐칠 독립운동도 기대됐다.

임시정부는 삼일운동 직후 상해에 모인 애국지사들이 일본에 저항하기 위해 조직됐다. 각 도를 대표하는 대의원 30명이 모여 임시헌장 10개조를 채택하고, 관제를 발표하면서 정부의 모습을 갖췄다. 그러나 임시정부는 사상적으로 분열되고 재정문제까지 겹쳐 어려움을 겪었다. 초대 각료는 의장 이동녕, 국무총리 이승만, 내무총장 안창호, 외무총장 신규식, 법무총장 이시영, 재무총장 최재형 등이었다.

임시정부는 김구가 국무령에 취임하면서 강력한 항일무장투쟁을 전개했다. 1937년 일본의 탄압을 피해 충칭으로 장소를 옮긴 뒤에는 장제스와 함께 대대적으로 항일전에 참여했다. 김구는 1944년 주석으로 선출된 뒤 미군과 함께 광복군 국내침투작전을 준비하다 광복을 맞았다. 그러나 미군정은 임시정부를 인정하지 않았으며, 국내 사정도 어수선하고 내부 갈등도 많아 임시정부의 정책은 계승되지 못했다.

일행을 인솔하던 책임자가 서한을 들고 임시정부 청사로 들어갔다. 일본군을 탈출해 중앙군관학교에서 교육을 받은 50여 명의 학도병들이 막 도착했다는 소식을 임시정부 요인들에게 알렸다.

제일 먼저 문을 열고 나온 사람은 이청천 광복군 총사령관과 대여섯 명의 장군이었다. 이들은 근엄하고 자비로운 음성으로 장준하 일행을 일일이 어깨를 두드리며 맞이했다. 임시정부까지 오는 동안 고생이 많았다고 치하했다. 곧이어 두루마기를 입은 김구 주석이 나타나 차분한 표정으로 일행을 반겼다.

장준하 일행은 덩실덩실 춤을 정도로 기쁨이 용솟음쳤다. 고생 끝에 찾아온 환희로 벅차올랐고, 형언할 수 없는 감동이 가슴에 꽉 채워졌다. 그러나 임시정부 선배들의 목소리는 낮게 가라앉아 있었다. 장준하는 선배 투사들의 얼굴을 보면서 조국의 암울한 현실과 대면하는 동안 수많은 사건과 사고를 겪었기 때문이라고 생각했다. 구국 항전과 의사, 열사의 의거를 전개하면서 가슴 아픈 사연이 많았을 것이였다. 그는 초롱초롱한 눈으로 김구 주석을 우러러봤다. 꿋꿋한 의지와 신념으로 평생을 독립운동에 바친 그에겐 어떠한 공경도 부족했다.

11/15
북 받치는 설움과 기쁨
2017

이봉창과 윤봉길의 사진
우리 임시정부 각료분들

김구 주석은 장준하 일행에게 임시정부 각료들을 소개했다. 이름은 익히 들어 알고 있는 선배 투사들이었다. 이들은 모두 검소한 옷차림이었다. 단순한 중국식 외투에 평범한 바지를 입었다. 그러나 하나 같이 깨끗했고 칼날 같이 바지 주름도 잡았다. 김 주석의 소개를 받은 사람들은 김규식, 이시영, 조소앙, 최동오, 신익희, 엄항섭, 차이석, 조완구, 황학수, 유림, 유동열 등이었다. 이들은 자신의 이름이 호명되면 일행을 향해 짧게 머리를 숙였다. 나이는 어렸지만 동지에 대한 예의를 엄격하게 지키는 인사였다.

임정 요인들은 생각보다 나이가 많았다. 대부분 청년의 눈빛처럼 맑았으나 겉모습은 영락없는 할아버지였다. 주름은 자글자글했고, 입가는 깊게 팼다. 장준하는 서글픈 마음에 한숨을 길게 내뱉었다. 임시정부에 모이기까지 얼마나 많은 세월을 중국 각지에서 유랑했을까 하는 생각에 가슴이 뭉클했다. 조국 독립을 위해 보내왔던 30여 년의 세월은 새파란 젊은이들이 6천리를 걸어온 7개월과 비교가 안됐다.

장준하 일행은 임시정부 행정관의 안내를 따라 2층으로 향했다. 2층은 회의나 식사를 할 때 사용하는 홀이었다. 50여 명이 한꺼번에 잠을 자도 모자라지 않을 정도로 면적이 넓었다. 벽 중앙에는 가로 2미터가 넘는 태극기가 걸렸고, 모자나 외투 등을 걸 수 있는 옷걸이가 있었다. 나열된 액자도 인상적이었다. 임시정부의 역사를 살펴볼 수 있는 사진부터 여러 임정 요인들이 함께 찍은 단체사진까지 엇비슷이 걸려 있었다. 사진 중에는 이봉창, 윤봉길 의사의 사진도 있었다. 두 사람은 김구 주석이 길러낸 광복군 전사였다.

1932년 이봉창은 김구의 지시를 받고 일본으로 건너가 히로히토 천황 암살에 나섰다. 그는 히로히토가 도쿄에서 관병식을 마치고 들어갈 때 수류탄을 던지려다 체포돼 사형 당했다. 그의 유해는 광복 후 김구가 일본에게 인도받아 서울 효창공원에 안장했다. 윤봉길은 김구와 거사를 구상한 뒤 야채상으로 위장해 미리 히로히토 천황의 생일인 천장절을 축하하는 기념식 정보를 파악했다. 그는 기념식이 한창 진행 중일 때 무대를 향해 폭탄을 던져 시라카와 일본군 대장과 일본인 거류민단장 가와바다를 죽였다. 또 제3함대 사령관 노무라 중장과 제9사단장 우에다 중장, 주중공사 시케미쓰 등에게 중상을 입혔다. 윤봉길은 현장에서 일본군에게 체포돼 25세의 젊은 나이에 총살형을 당했다. 이 사건은 전 세계 신문에 실려 동방의 작은 나라 한국을 알렸고, 장제스는 '중국 100만대군도 못한 일을 조선의 한 청년이 해냈다.'고 극찬했다.

11/15 우리 임시정부 각료분들 2017

당당하고 의젓한 풍채
주석 김구

장준하 일행은 2층 홀에 여장을 푼 뒤 임시정부 행정관를 따라 목욕탕으로 향했다. 중국 목욕탕은 컸다. 굴뚝도 하늘 높이 솟았다. 10킬로미터 밖에서도 목욕탕을 찾을 수 있을 정도로 거대했다. 대륙의 기질은 무엇이든 크고 넓게 만들었다. 목욕탕 안도 다르지 않았다. 식당이나 이발소 같은 편의시설이 함께 운영됐고, 300명이 이용할 수 있는 옷장이 한쪽 벽면에 설치됐다. 온탕은 50명이 한꺼번에 앉아도 북적거리지 않을 만큼 널찍했다. 일행은 뜨거운 물에 몸을 불린 뒤 묵은 때를 벗겼다. 진드기가 물어뜯어 오돌토돌한 살갗이 몰라보게 매끄러워졌다. 증기욕을 하는 곳에도 들어가 신기한 표정으로 땀을 뺐고, 냉탕에도 들어가 물장난을 치며 놀았다. 장준하는 더운 물에 몸을 담그자 일시에 긴장이 탁 풀렸다. 후덥지근한 열기가 가득 차 얼굴이 화끈거렸지만 스르르 눈이 감겼다.

장준하 일행은 목욕을 마치고 미리 지급된 광복군 군복으로 갈아입었다. 군복은 푸르스름한 색에 양쪽 가슴에 주머니가 달렸다. 한국인의 체형에 맞게 제작돼서 그런지 맞춤옷처럼 몸에 잘 맞았다. 전투모는 눌러 쓰면 눈썹을 살짝 덮을 정도로 챙이 짧았다. 일행은 새 옷으로 갈아입자 날아갈 듯이 기분이 산뜻했다. 라오허커우의 진드기와 파촉령의 추위, 전쟁 같은 행군 과정에서 젖었던 피땀을 모두 털어내고 새로 태어난 느낌이었다. 일행은 임시정부 입성을 축하하는 환영식에 참여했다. 단상에는 김구 주석을 비롯해 임시정부 요인들이 앉아 있었다. 장준하는 김 주석을 유심히 쳐다봤다. 맑고 또렷한 눈동자와 동그랗고 검은 안경테, 거구의 어깨를 감싼 하얀 두루마기, 잘록하고 단단하게 묶은 대님과 검은색 구두, 유장하지만 치밀한 성품이 그대로 드러나는 당당하고 의젓한 풍채였다.

김구는 1984년 해주에서 동학농민운동을 지휘하다 일본군에 쫓겨 만주로 피신해 김이언의 의병단에 가입했다. 이듬해 귀국한 뒤 체포돼 사형선고를 받았으나 고종의 특사로 감형됐다. 그는 감옥에서 탈옥해 황해도에서 교사로 일하다 신민회에 참가했고, 일본인을 살해한 죄목으로 다시 15년형을 선고받았다. 복역 중 감형을 받고 출옥한 뒤 농촌계몽운동에 참여했다. 삼일운동 후 상해 임시정부 조직에 참여해 독립군 양성에 힘을 기울였다. 1940년 민족주의자들의 단일조직인 한국독립당을 창당했고, 광복군 총사령부를 설치해 항일투쟁을 전개했으며, 1944년 대한민국임시정부 주석으로 취임했다.

11/15
주석 김구.
2017.

조국 잃은 슬픔
통곡의 바다

장준하 일행의 환영식에는 임시정부 각료를 비롯해 광복군총사령관과 직원 등 100여 명이 참여했다. 자금이 풍족하지 않아 음식은 간단했다. 도수 높은 중국 고량주와 깍두기, 건어물 같은 씹을 거리였다. 신익희 내무부장의 환영사와 김구 주석의 격려사가 끝난 뒤 장준하가 일행을 대신해 답사를 준비했다. 장준하는 일제의 통치 하에 태어나 임시정부까지 6천리를 걸어왔던 소회를 밝혔다. 임시정부에서 태극기를 봤을 때의 감격과 조국 독립의 길을 개척하는데 목숨을 바치겠다는 다짐도 간곡하게 털어놓았다. 장준하의 목소리는 떨리고 있었다. 흐느낌을 간신히 참으면서 말했다.

임시정부 요인들은 장준하의 답사를 경청하며 볼에 흐르는 눈물을 닦았다. 급기야 김구 주석이 복받치는 울음을 참지 못하고 소리를 내며 울자 장내는 울음바다가 됐다. 그때까지 입술을 깨물며 참던 장준하 일행도 눈물을 쏟았고, 장준하의 눈에도 눈물이 글썽글썽 맺혔다. 술과 안주가 상 위에 올랐지만 손을 대는 사람은 아무도 없었다.

그날 밤 장준하는 잠이 오지 않았다. 옆에서 잠을 자는 일행들의 가느다란 숨소리, 이불 뒤척이는 소리, 잠에 들지 못한 일행이 내뱉는 한숨소리까지 또렷하게 들렸다. 난생 처음으로 선배 투사들과 함께 눈물을 흘렸던 환영식이 자꾸 머릿속에 맴돌아 눈을 감을 수 없었다. 그토록 꿈꿔 왔던 조국 독립을 위해, 수많은 선배 애국지사들이 걸었던 길을 따라 결연히 나설 날이 드디어 온 것 같아 설레기도 했다.

광복군 총사령부에서도 장준하 일행을 격려하는 환영식을 열었다. 임시정부에서 10여 분을 걸어가면 광복군 총사령부가 있었다. 이곳에는 한국군뿐만 아니라 중국군 장교들도 많이 파견 나와 있었다.

환영식에는 임시정부에서 준비했던 음식보다 맛깔스러운 음식이 준비됐다. 그러나 이곳에서도 음식에 손을 댄 사람은 아무도 없었다. 광복군 사령관이 격려사를 하면서 말끝을 흐리고 우는 통에 장내는 다시 눈물바다가 됐다.

장준하 일행은 여러 단체에서 초대하는 환영회에 참가했다. 환영회는 대부분 눈물바다로 끝나는 경우가 많았다. 일행은 임시정부에 머물면서 외신과 인터뷰도 진행했고, 사진도 찍었다. 일본군을 탈출해 6천리를 걸어 항일광복군이 된 사연은 전 세계에 보도돼 화제가 됐다.

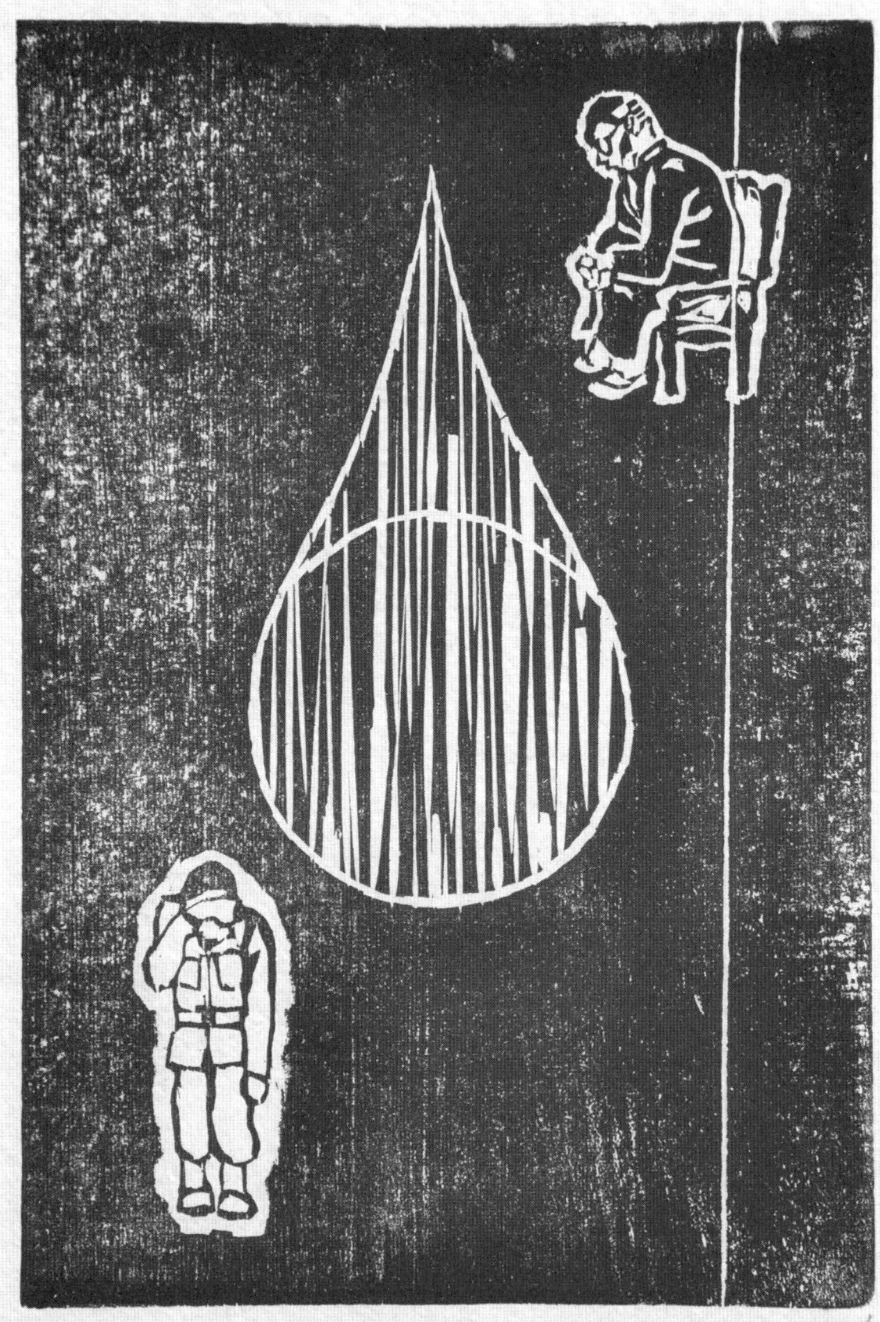
11/15
통곡의 바다
2017

임시정부의 속사정
분열과 분파

장준하는 충칭에 도착한 뒤 여러 정당과 단체가 주최한 환영식에 참가하면서 임시정부의 속사정을 조금씩 알게 됐다. 임시정부는 재정적으로 열악했다. 인원이 꽤 됐지만 숙소가 좁아 서로 따닥따닥 붙어 잠을 청했고, 볼일도 간이변소에서 해결했다. 변소는 칸막이가 낮아 일어서면 옆 칸 사람과 눈이 마주쳐 민망스런 웃음을 지어야 했다. 음식도 맛이 아닌 배고픔을 해결하는 것으로 만족했고, 독립운동자금도 일이 있을 때마다 그때그때 급조했다. 초창기 임시정부는 한국 주요 인물들이 들고 온 독립자금과 인구세, 애국금 등을 걷어 운영됐다. 그러나 일제의 탄압이 거세지자 외국에 독립공채를 발행해 자금을 충당했다. 이 역시 임시정부와 미국에 있던 이승만의 갈등으로 난항이 계속되면서 순탄하게 진행되지 못했다. 이후 독립운동자금은 중국의 지원금과 국내외에서 간간이 조달되는 돈으로 해결했지만 늘 부족했다.

장준하는 임시정부가 재정적으로 열악한 것에 크게 개의치 않았다. 넘칠 때도 있고, 부족할 때도 있는 게 돈이었다. 문제는 임시정부 요인들의 분열과 대립이었다. 1920년대 독립운동은 임시정부를 중심으로 진행됐다. 그러나 구성원들이 자기가 소속된 정당과 단체의 이익에 따라 자기주장만 펼치면서 분열을 거듭했고, 결국 뿔뿔이 흩어져 단체를 따로 꾸렸다. 청사를 충칭에 옮긴 뒤에도 계속해서 여러 정당과 단체가 난립했으며, 이들은 조국 독립을 위한 싸움보다 자기 세를 키우는데 열중했다. 한국의 독립운동을 지원하던 중국은 군웅할거의 폐풍이 뒤덮은 한국의 독립운동가들에게 통합을 요청했다. 그래서 1943년 모든 정당과 종교, 단체가 참여하는 임시정부가 새롭게 구성됐다. 임시정부에는 김구 주석이 소속된 한국독립당을 비롯해 조선민족혁명당, 한국무정부주의자연맹, 한국민족해방동맹, 한국청년당, 천도교 등이 참여했다. 하지만 이들도 여러 갈래로 나뉘어 싸우면서 독립운동 자체를 어려운 상황으로 이끌었다.

장준하 일행은 충칭에 머무는 동안 임시정부 요인들이 마련한 교양강의를 들었다. 강사들은 모두 존경할만한 선배 투사였지만 자기가 소속된 정당을 선전하거나 다른 당을 비방하면서 자당 포섭에 열을 올렸다. 장준하는 강의를 들으면서 귀를 의심했다. 함께 뭉쳐서 일을 도모해도 모자랄 판에 뒷전에서 비웃고 헐뜯는 모습이 시정잡배 같았다. 그는 함께 파촉령을 넘어온 동지들을 대상으로 긴급회의를 소집하고 정당, 단체, 종교 단체에서 초대하는 환영식과 강의를 모두 거절하기로 결정했다.

11/15
분열과 분파.
2017

요원한 조국 독립의 길 분명히 말씀드리겠습니다

장준하 일행이 환영회와 강의를 거절하자 다른 방법으로 자당 포섭공작이 시작됐다. 한두 명씩 술집으로 꾀어내 맛있는 음식과 술을 사 먹이거나 시시때때로 찾아와 차 마시는 시간을 가지면서 일행들을 들쑤셨다. 미인계나 이간책처럼 간교하고 비열한 방법을 동원한 정당도 있었다. 강직한 성격의 일행에게 전혀 먹히지 않을 방법이었지만 포섭공작은 점점 집요해졌다. 장준하는 앞으로는 독립운동을 내세우면서 뒤로는 정당을 이익을 따지는 게 못마땅했다. 정치인이 아니라 일제를 몰아내고 주권을 찾기 위해 애쓰는 독립운동가가 돼주길 바랐다. 임시정부에 참여한 요인들이 자숙하는 자세로 겸허하게 자신을 성찰하지 않으면 조국 독립의 길도 요원해 보였다.

장준하는 중국에 거주하는 교포들이 모두 모이는 주회에 일행을 대표해 참여했다. 국내 사정에 어두운 교포들에게 한국에서 벌어지고 있는 참혹한 실상을 보고하는 자리였다. 장준하는 강제 징용을 비롯해 꽃다운 나이에 위안부로 끌려가는 누이들의 얘기를 전했다. 또 침략전쟁에 필요한 군수물자를 생산하기 위해 초등학생까지 동원돼 고초를 겪는 사정도 알렸다. 교포들은 두 손을 얼굴을 감싸며 흐느꼈다. 어깨를 달싹거리며 서럽게 눈물을 흘렸다. 그는 울음소리가 잦아들자 작심한 듯 쩌렁쩌렁한 목소리로 말했다. 일본군 항공대에 자원해 임시정부에 폭탄을 떨어뜨리고 싶다고 목소리를 높였다. 조국의 운명이 풍전등화와 같은데 임시정부에 참여한 사람들이 안팎으로 나뉘어 자기 이익 찾기에만 바쁘다고 꾸짖었다.

장준하가 말을 끝내자 장내는 조용해졌다. 모두들 서럽게 흘리던 눈물을 멈추고 멍하니 앉아 그를 쳐다봤다. 그는 뒤돌아보지 않고 장내를 빠져나와 숙소로 돌아왔다.

장준하의 발언으로 주회는 산회됐고, 긴급 국무회의가 열렸다. 이 자리에 장준하가 호출됐다. 임시정부 요인들은 잘못을 저지른 아이를 혼내는 것처럼 그를 호되게 다그쳤다. 삼일운동의 피로 세워진 임시정부를 모욕하고, 교포들이 모인 자리에서 경망한 말을 늘어낸 것에 대해 사과를 요청했고, 이에 응당한 처벌을 내릴 것이라고 엄포했다. 과격해진 분위기를 중재한 사람은 김구 주석이었다. 그는 요인들에게 정숙을 요청하면서 장준하에게 해명할 기회를 주었다. 장준하는 이때다 싶어 마음속 얘기를 모두 꺼내놓았다. 다시 한 번 임시정부의 상황을 엄중하게 힐책하면서 조국의 앞날을 걱정했다.

11/15 "분명히 말씀드리겠습니다" 2017

탁월한 선택
자링 청수는 양쯔 탁류로

장준하는 임시정부의 힘으로 조국 독립을 쟁취하는 것에 회의를 품었다. 어려울 때일수록 한마음으로 힘을 보태야 했다. 해방 조국을 후손들에게 물려주기 위해서는 태극기 깃발 아래 하나로 단결해야 했다. 친일파들은 살아남기 위해 안달하며 서로를 돕고, 일본군들은 독립운동가들을 말살하려는 의지로 가득한 마당에 임시정부 요인들이 사분오열로 갈라져 싸우는 현실이 너무나 암담했다. 광복이 되더라도 갈기갈기 찢어져 서로 삿대질하는 임시정부의 기풍이 그대로 이어질 게 뻔했다.

김구 주석은 장준하의 얘기를 듣고 크게 웃더니 그를 돌려보냈다. 표현이 좀 과격했을 뿐이지 틀린 얘기는 아니었다. 김 주석은 6천리를 걸어 임시정부에 온 그의 진심 어린 충고를 받아들였고, 어느 누구도 꺼내지 못했던 임시정부의 고질적인 병폐를 밖으로 끄집어낸 기백을 높게 샀다. 긴급 국무회의는 내무부장이 조회에 나가 장준하의 발언에 대해 사과하는 것으로 대신하고 끝을 맺었다.

장준하 일행은 임시정부의 분열과 정당의 포섭공작, 독립에 도움 되지 않는 논쟁에 신물이 나 〈등불〉을 속간하기로 했다. 일행들은 일필휘지로 글을 써내려가며 〈등불〉을 완성했다. 임시정부를 향한 조언부터 조국의 암담한 현실, 수준 높은 시와 수필까지 직접 지어 실었다. 다행히 임시정부에 등사기가 있어 한 번만 정성들여 글을 쓰면 여러 권을 인쇄할 수 있었다. 〈등불〉 3호는 80부를 만들어 여러 정당과 단체, 교포 사회에 배포했다.

일행은 회의를 소집해 임시정부를 떠나기로 결정했다. 김구 주석에게도 투차오로 이동하겠다고 보고하고 여장을 꾸렸다. 투차오에는 중국진재위원회의 원조를 받아 세운 구호기관이 있었다. 이곳에는 조국에서 쫓겨난 한국인들이 거주했다.

충칭에는 장강 지류인 자링강이 흘렀다. 자링강은 물이 깨끗하고 맑기로 유명했다. 바위 틈에서 나오는 물이 모여 흘러 투명하고 차가웠다. 하지만 아래로 흘러 흘러 갈수록 탁한 장강과 합류해 본연의 성질을 잃었다. 장준하는 무릎을 탁 쳤다. 임시정부를 떠나는 것은 탁월한 선택이었다. 맑은 자링강이 동지들 같았고, 탁한 장강이 임시정부 같았다. 임시정부에 계속 머무르다 보면 동지들이 언제 탁하게 변할지 몰랐다. 또 자신들이 임시정부에 머물러 봤자 조국 독립에 하등 도움이 되지 않는 것도 잘 알고 있었다.

11/15
자령청수는 양쪽탁류로
2017.

임시정부의 더러운 수작
경위대를 해체하라

장준하 일행은 투차오로 떠나기 전 해결할 일이 있었다. 정당에서 문란한 댄스파티를 열지 못하도록 막는 일이었다. 충칭에서 활동하는 독립운동가들은 당의 운영경비를 조달한다는 명분으로 추잡한 댄스파티를 열었다. 중국법상 문제가 되지 않았지만 함께 투쟁하는 동지들의 체면에 먹칠하는 꼴이었다.

장준하는 무너진 기강과 도덕적 해이가 부른 결과이자 독립 투쟁이 오랫동안 벌어지면서 찾아온 무료와 권태의 영향이라고 판단했다. 그는 동지 20여 명과 함께 몽둥이를 들고 댄스파티장에 난입해 콩알탄을 바닥에 뿌렸다. 콩알탄은 작은 충격에도 소리를 내며 터지는 화약이었다. 흐느적거리며 춤을 추는 파티 참가자들은 바닥에서 터지는 콩알탄 소리에 놀라 혼비백산해 달아났고 정당 관계자들도 몽둥이를 들고 출입문을 지키는 장준하 일행을 보고 겁에 질려 자취를 감추었다. 일행이 댄스파티장 난입 사건을 벌인 뒤 충칭에서는 댄스파티가 열리지 않았다.

장준하 일행은 투차오에 도착해 기독청년회관에 숙소를 잡았다. 숙소는 신축 건물답게 깨끗했고 도심지와 떨어져 조용했다. 생활환경이 열악했던 임시정부 청사와는 대조적이었다. 장준하는 〈등불〉 발간에 힘을 쓰면서 동지들과 함께 엄격한 규율을 세우고 공부와 체력단련에 열중했다. 독립투사로서 품위를 잃지 않도록 흐트러지거나 나태해지는 것을 미연에 방지했다.

임시정부에서 경위대를 조직한다는 소문이 들리기 시작했다. 내무부장이 장준하 일행을 한두 명씩 따로 불러 만나는 일이 잦아졌다. 장준하는 일행이 임시정부 요인들과 만나는 것을 막지 않았다. 아니 막을 수 없었다. 모양새가 임시정부를 적으로 삼는 것이기도 했고, 개인의 활동에 대한 지나친 간섭이기도 했다. 그러나 충칭으로 돌아가자는 말이 심심치 않게 나오더니, 며칠 후 절반 가까이 되는 동지들이 떠나버렸다. 장준하 일행은 한 장짜리 〈등불〉 호외를 만들었다. 댄스파트장에 난입할 때 사용했던 몽둥이까지 지참하고 임시정부로 향했다. 일행은 임시정부 앞마당에 전단을 뿌리면서 경위대 해체를 외쳤고, 내무부장과의 면담을 요청했다. 그는 항일투쟁에 나서겠다고 일본군을 탈출해 6천리를 걸어 온 젊은이들을 휘하에 두려는 수작을 묵과할 수 없었다. 그러나 내무부장이 이미 몸을 숨긴 뒤여서 면담은 성사되지 않았다.

경위대는 임시정부 요인들과 그들의 가족 경호, 한국광복군총사령부의 경비를 맡는 부대였다.

11/15 경위대를 해체하라. 2017.

목불인견의 참상 김신일과 김신철

장준하 일행은 임시정부 앞에서 경위대 해체를 요구하는 시위를 벌이다 이범석 장군과 마주쳤다. 이 장군은 자신도 임시정부의 정치싸움에 지쳐 시안으로 떠났다면서 미군과 합작해 한국침투작전을 준비 중이니 시안으로 같이 가자고 권했다. 일행은 선물을 받은 아이처럼 뛸 듯이 기뻐했다. 드디어 일본군을 멸살할 수 있다는 생각에 솟구치는 흥분을 감추지 못했다. 장준하는 김구 주석을 찾아 동의를 구했다. 김 주석은 일행이 시안으로 떠나는 것을 두 손 모아 환영했다.

장준하 일행은 시안으로 떠날 채비를 했다. 특수작전을 수행하는 부대였기 때문에 신분도 감춰야 했고, 지금까지 썼던 이름도 바꿔야 했다. 장준하와 김준엽은 믿을 신(信)자를 돌림자로 써서 각각 김신철, 김신일로 이름을 지었다. 결의로 맺은 의형제 같은 이름이었다.

장준하는 시안으로 떠나기 전 일본군 포로수용소에 들렀다. 수용소에는 누더기 차림의 포로 350여 명이 수용돼 있었다. 일본군들은 굶주린 표정으로 연합국을 찬양하는 구호를 외쳤다. 중국군을 향해 상반신을 굽실거리며 살려 달라고 애원했다. 처지가 바뀌니 말과 행동이 변했다. 일본군들은 중국인을 인간 이하로 취급했다. 길에서 중국인을 발견하면 꿩이나 멧돼지를 사냥하는 것처럼 방아쇠를 당기며 웃곤 했다. 그러나 상황이 역전되니 악랄했던 얼굴을 감추고 중국군의 눈치 살피기 바빴다. 일본군의 잘못만은 아니었다. 전쟁이라는 극악무도한 만행과 살육이 고귀한 인간성마저 비참하게 말살해버린 목불인견의 참상이었다. 장준하는 동정심과 증오심이 교차된 얼굴로 먼 산을 바라보면서 한숨을 내쉬었다.

김구 주석이 장준하에게 편지를 보냈다. 세계기독교선교회에서 일하는 데커 박사와 만나 광복 후 한국 기독교 재건문제를 상의해 달라는 요청이었다. 장준하는 통역을 맡은 김규식 박사와 동석해 데커 박사를 만났고, 이들의 면담은 타임지를 통해 전 세계에 보도됐다. 일제는 한국 기독교를 탄압했다. 천황을 유일한 신으로 섬기라는 신권주의와 만인평등을 외치는 기독교는 충돌할 수밖에 없었다. 특히 기독교를 중심으로 독립운동이 본격적으로 벌어지자 일제의 속박은 극에 달했다. 교회의 예배는 물론 성경을 금지했고, 종교 지도자들을 감옥에 가두면서 기독교는 말살될 지경에 이르렀다. 그러나 수많은 독립운동가들이 기독교 신앙에 몸담으면서 기독교는 독립운동의 가장 큰 세력으로 활동했다.

11/15 김신일과 김신철 2017

광복군 제2지대
동북 방향으로

장준하 일행은 임시정부에 도착한지 석 달 만에 충칭을 떠났다. 죽음을 무릅쓰고 임시정부를 향해 걸었던 시간과 충칭에서 보낸 3개월의 시간이 교차하면서 일행의 얼굴에는 만감이 서렸다. 무엇을 위해 그토록 충칭으로 오려 했는지 난감한 빛이 역력했지만 이제는 조국 독립을 위해 전쟁터에 나갈 수 있다는 기대로 마음만은 밝았다. 그러나 중앙군관학교 동지들과 뜻하지 않은 석별의 시간이 기다렸다. 일행 중 30여 명은 한미합동작전에 참여하기 위해 시안으로 향했지만 10여 명은 남아 임시정부 경위대에서 일하기로 했다. 또 예닐곱 명은 사람에 대한 불신과 조직에 대한 회의감이 심해 일단 충칭에 남아 다음 경로를 모색하기로 했다.

장준하는 김구와 착잡한 심정으로 인사를 나누고 이범석 장군을 따라 대기 중이던 미군용트럭에 몸을 실었다. 트럭은 뿌연 먼지를 날리며 도심과 멀지 않은 허허벌판에 세워진 충칭비행장으로 향했다. 비행장은 미군의 군수품 수송을 담당했던 전략적 요충지였다. 그래서 일본군 폭격기가 자주 나타나 폭탄세례를 퍼붓곤 했다. 일행은 육중한 비행기에 몸을 싣고 세 시간을 날아 시안비행장에 도착했다. 비행장에는 훈훈한 봄바람이 솔솔 불어왔다. 일행의 기대도 봄바람을 따라 한껏 부풀었다. 일행은 시안비행장에서 다시 미군용트럭을 타고 두취로 떠났다. 두취는 180여 명의 광복군이 주둔한 제2지대가 있었다.

한국광복군은 창설 초기 4개 지대로 운영됐으나 조선의용대가 광복군에 편입되면서 3개 지대로 재편됐다. 제1지대는 김원봉, 제2지대는 이범석, 제3지대는 김학규가 이끌었다. 광복군은 중국군에 예속되지 않고 독자적으로 활동을 전개하길 원했다. 그러나 재정적인 문제로 조직을 운영하기 어려워 중국군이 제시한 '한국광복군 행동 9개 준승'을 받아들였다. 군비, 재정, 훈련, 작전에 대해 중국의 원조를 받는 대신 중국군의 지휘에 따라 움직이는 조건이었다. 이후 임시정부는 광복군의 자유로운 작전권을 확보하기 위해 중국 군사위원회와 담판을 짓고 한국광복군 행동 9개 준승을 취소시켰으며, 1945년 5월에는 원조한국광복군판법을 체결하면서 중국군과 동맹 관계에서 대일항전을 전개했다.

장준하 일행이 도착했다는 소식을 듣고 제2지대 동지들이 일제히 뛰쳐나와 반겼다. 이들은 트럭에서 내리는 일행의 손을 잡으며 두터운 동지애를 숨기지 않고 표현했다.

11/15 동북 방향으로 2017.

잡지 〈제단〉 발간
OSS훈련

장준하 일행은 미군 군복으로 탈의했다. 미국인과 체형이 달라 소매와 바지 기장이 길었고, 품도 매우 넉넉했다. 미군은 간이침대와 두터운 미제 모포도 지급했다. 모포는 푹신하고 부드러워 살갗에 찰싹 달라붙었다. 일행은 OSS(미국 전략정보국, Office of Strategic Services) 대원이 되기 위해 3개월 동안 특수훈련에 들어갔다. 미국은 임시정부에 대한 불신이 컸다. 임시정부는 내부의 분파주의가 심했고, 대중적 기반이 약했다. 해방 후 임시정부가 한국을 이끌 능력도 부재하다고 판단했다. 그래서 OSS를 동원해 광복군을 따로 훈련시켜 미군의 한반도상륙작전에 투입할 계획을 짰다. 장준하는 1945년 5월에 제1기 훈련원으로 들어가 그해 8월 4일 졸업했다. OSS는 훗날 미국 CIA로 바뀌었다.

지휘관은 미국인 도너번 소장이었다. 그는 일주일 예비훈련을 거치는 동안 개개인의 성향과 운동능력, 적성, 지능 등을 판별했다. 훈련병의 장점과 단점을 파악하는 작업은 은밀하게 추진됐다. 예를 들면 점심식사를 할 때 인근에 화약을 폭발시켜 누가 놀라고, 놀라는 정도가 어떠한지 실험을 진행했다. 대원들은 훈련을 받는 동안 어느 누구도 알아채지 못했다.

예비훈련이 끝난 뒤에는 정규훈련에 들어갔다. 미군 특수부대가 받는 훈련 그대로 유격, 낙하, 극기, 무술, 경계, 야영 같은 전투훈련을 받았고 정보, 교란, 무전 같은 특수훈련도 습득했다. 매일매일 고된 훈련과 작전기술을 쌓는 교육이 진행됐다. 중앙군관학교에서 받는 훈련과는 강도나 내용면에서 완전히 달랐다.

장준하는 항상 실전과 같은 자세로 훈련에 임했다. 주어진 임무를 완벽하게 소화하기 위해 긴장을 놓지 않았다. 일제를 괴멸시키고 조국 독립을 쟁취하기 위해서는 허투루 시간을 보낼 수 없었다. 한편으로는 훈련을 받는 시간을 쪼개 〈제단〉이라는 잡지를 내놓았다. 〈제단〉은 조국이라는 제사상에 청춘을 바친다는 의미로 지은 이름이었다. 〈등불〉을 발행한 경험은 〈제단〉을 내는데 크게 도움이 됐다. 과거보다 수준도 높았고, 제본 속도도 빨랐다. 특히 내용면에서 충실했다. 200페이지가 넘는 두께에 읽을거리도 다양했다. 그는 〈제단〉을 300부 발행해 제2지대 동지들에게 돌렸고, 충칭 임시정부까지 우편으로 발송해 큰 호응을 얻었다. 장준하는 〈제단〉을 제작하기 위해 회의실이나 식당 같은 장소를 빌리지 않았다. 중화기독청년회의 간사로 일하던 팬즈 박사의 도움으로 별도의 〈제단〉 편집위원회 공간을 마련했다.

11/15 O.S.S 훈련 2017

목욕탕에서의 설득
팬즈 박사와 이중첩자

장준하는 예비훈련을 마치고 일주일 평가 기간 동안 쉬고 있을 때 이범석 장군에게 특별한 임무를 받았다. 시안에 거주하는 교포가 한국 독립운동에 지급될 예정인 복리기금을 가로채려고 하니 알아보라는 지시였다. 장준하는 교포가 첩자일지 모른다고 추측했다. 조선 독립을 위해 쓰일 자금을 가로채는 건 암약하는 적군의 협력자가 아니라면 생각지 못할 일이었다. 장준하는 〈제단〉 잡지 취재를 빌미삼아 시안을 돌아다니며 교포의 정체를 파악했다. 생각했던 대로 교포의 평가는 좋지 않았다. 품행이 불량했고, 위선을 뒤집어쓰고 다녔으며, 돈에 대한 애착이 심해 사람을 가리지 않고 줄을 대는 인물이었다. 일본인과 내통하는 소문이 돈다는 얘기까지 들었다. 장준하는 그가 시안에 온 이유가 무엇인지, 어떤 일을 하는지, 팬즈 박사와 어떻게 접촉했는지에 대해 일일이 확인한 뒤 그가 일본과 내통하는 친일 앞잡이라고 확신했다. 정확한 물증이 없어서 잡아 족치진 못했지만 패망해가는 일본의 마지막 발악이라고 굳게 믿었다.

이범석 장군은 장준하에게 정보보고를 받은 뒤 팬즈 박사와의 만남을 주선했다. 복리기금을 광복군 쪽으로 끌어오도록 설득을 해보라는 지시도 함께 떨어졌다.

팬즈 박사의 마음을 얻기 위해서는 특별한 교감이 필요했다. 장준하는 처음 만난 남자들끼리 쉽게 마음을 터놓고 얘기할 수 있는 공간이 어디일까 생각하다 목욕탕을 떠올렸다. 상대방에게 발가벗은 몸을 보여주었으니 더 이상 숨길 게 없다는 심리적 친근감이 관계를 푸는 핵심이었다.

장준하는 팬즈 박사와 시안의 고급목욕탕을 찾았다. 두 사람은 알몸으로 4시간 동안 목욕하고 과일을 먹고, 다시 목욕하고 차를 마시면서 얘기를 나눴다. 장준하는 가정환경에서부터 일본에서의 유학, 자신의 신앙심, 일본군에서 탈출해 임시정부로 가는 과정, 시안에서 받고 있는 OSS훈련 과정까지 숨김없이 털어놓으며 광복군 제2지대에 자금을 지원해 달라고 요청했다. 온탕에 같이 앉아 세상 편해하는 표정도, 냉탕과 증기탕을 오가며 덜렁거리는 모습도, 심각하게 조국의 운명을 걱정하는 마음도 내비치며 허심탄회하게 마음을 전했다. 팬즈 박사는 천진난만하고 소탈하며 성심이 깨끗한 장준하를 신임했다. 그와 같은 청년을 돕는 일이라면 발 벗고 나서고 싶었다. 팬즈 박사는 장준하에게 제2지대 광복군에게 복리기금을 주겠다고 약속했다.

11/15 펜즈박사와 이중첩자

피값 요구하는 한국침투공작 나는 나의 결심을 재고 있다

팬즈 박사는 장준하와의 약속을 지켰다. 며칠 뒤 제2지대 광복군에 복리기금이 도착했다. 이범석 장군은 크게 기뻐하며 장준하를 달리 봤다. 이 장군은 복리기금으로 군인들 숙소로 쓰던 허름한 절간을 개조했다. 또 예배당과 오락실, 휴게실 등도 설치해 광복군뿐만 아니라 외부 손님들과의 모임장소로 이용하도록 했다. 숙소 한편에는 〈제단〉 편집실도 마련해 장준하의 잡지 발행을 도왔다.

이범석 장군 전속부관으로 활동하던 김준엽이 급하게 장준하를 찾았다. 김준엽은 이 장군의 여비서와 사랑에 빠져 괴로워했다. 꿈틀거리는 감정이 어쩔 수 없는 지경에 이르고 말았다. 그는 광복군 내에서 여비서를 흠모하는 사람이 많아 시기의 대상이 됐고, 조국 독립을 위해 힘을 모아야 할 때 연애질이나 하고 다닌다는 구설수에 올랐다. 여비서는 김구 주석의 판공관실 민필호의 딸이었다. 장준하는 김준엽과 얘기를 나누면서 그들이 서로 진심으로 흠모하는 것을 알아챘다. 성적 충동에 이끌린 욕정이 아니라 순정 어린 애정이었고, 일시적인 외로움을 해갈하려는 욕구가 아니라 끝없는 사랑이었으며, 일방적이고 이기적인 욕망이 아니라 서로를 보듬어주려는 연정이라는 것을 느꼈다. 장준하는 가혹한 전쟁 때문에 사랑마저 거부하고 정신적인 불구자처럼 사는 걸 원치 않았다. 그는 김준엽에게 결혼을 주선했다. 두 사람에 대한 비소가 불쑥불쑥 나올 때는 애초부터 싹을 잘라버리는 게 나았다. 그는 개별적으로 동지들과 접촉해 두 사람의 결혼을 축하해 주자는 여론도 형성했다. 두 사람은 장준하의 노력 끝에 모든 이들의 축복을 받으며 결혼식을 올렸다. 주례는 친구이자 평생 동지였던 장준하가 맡았다.

장준하는 김준엽으로부터 이범석 장군의 의중도 전해 들었다. 이범석 장군은 장준하를 국내침투공작에 들여보내지 않을 생각이었다. 이 장군은 장준하에게 기대가 컸다. 조국에 장준하를 보내면 십중팔구 죽을 게 뻔했다. 전쟁 중에 장준하 같은 영특한 인재를 길러내긴 어려웠다. 사사롭게 자신의 이익을 탐하지도 않았고, 겸손하고 공정한 성품이라 지휘자로도 손색이 없었다. 광복 이후의 상황을 대비하기 위해서라도 장준하가 허망하게 죽도록 내버려둘 수 없었다. 국내침투공작은 피값을 요구하는 전술이었다. 국내에서 수집한 정보를 송신하고, 흩어져 있는 사람들을 모아 유격대를 조직하고, 일본군의 군사시설에 잠입해 파괴하고, 후방에서 교란작전을 펼치며 미군의 한국 상륙작전을 도와야 했다.

11/15 나는 나의 결심을 재고 있다. 2017

삭발 후 꺼내 든 일기장과 잡지 나의 분신, 나의 유산

장준하가 한국침투공작에서 맡은 지역은 서울이었다. 그곳에서 정보를 수집하고, 조직을 책임지고, 유격대를 이끌어야 했다. 그는 한국에 들어가면 무조건 죽음을 각오해야 했다. 개인의 감정을 모두 없애고 오로지 조국 독립을 위해 결사항전해야 했다. 꺾이지 않은 결기와 필사적 용기로 조국 강토에 광복의 씨를 뿌려야 후대에 해방이라는 결실을 안겨줄 수 있었다. 그는 이범석 장군과 김준엽의 우려에도 불구하고 한국침투작전에 나서겠다고 다짐했다. 살점이 뚝 떨어져 나가고, 길바닥에 피를 쏟아내더라도 출정의 깃발을 들고 자랑스럽게 전사하겠다고 마음먹었다.

장준하는 최종 명령을 기다리며 침투공작 준비에 착수했다. 먼저 이발소에 들려 머리털을 박박 밀었다. 마음을 다잡고 막중한 소임을 다하겠다는 의지였다. 어떤 어려움에도 낙담하지 않고, 나약해지지 않고 불굴의 주체성으로 꼭 민족의 정통성을 세워내겠다는 결의였다. 그는 멀쩡한 머리카락이 싹둑싹둑 잘려 바닥에 떨어지자 이상야릇한 감정에 휘말렸다. 현실적 조건과 속박에서 벗어난 것 같은 해방감을 주기도 했지만 조국 독립과 자유를 위해 몸 바친 혁명 전사들의 강건한 투지가 자신에게 새겨지는 듯했다.

미군은 한국침투공작의 적격자로 일본군에서 탈출한 학도병을 지명했다. 학도병들은 강제 징병으로 끌려가 일본에 대한 증오와 분노가 하늘을 찌를 듯했고, 일본군에서 훈련을 받아 그쪽 소식과 언어에도 정통했다. 또 한국을 떠난 지 오래되지 않아 국내 사정도 밝았고, 전쟁 중에도 대학에 다니며 공부할 만큼 머리가 뛰어난 수재들이었다. 이들보다 나은 적격자는 어디에도 없었다. 그래서 장준하 일행은 모두 한국침투공작에 투입됐다. 전국방방곡곡에 네 명 혹은 다섯 명씩 팀을 이뤄 항일유격대로 배속됐다.

미군은 제2차 세계대전을 종식시킬 대규모 일본열도 공격작전을 준비했다. 일백만 명 이상의 미군과 수백 척의 항공모함, 수천 기의 항공기 등이 참가해 일본을 침몰시키는 '몰락작전'이었다. 몰락작전은 일본의 방어선을 점멸시킬 핵폭격, 대규모 육해공군이 함께 일본 규수 남부로 상륙하는 올림픽작전, 올림픽작전을 은폐하기 위해 8만의 병력을 시코쿠에 상륙시키는 파스텔작전, 칠십만 명의 병력과 3천기의 항공기를 동원해 도쿄로 진격하는 코로넷작전으로 구성됐다.

장준하는 삭발을 한 뒤 일기장으로 쓰던 노트 7권과 〈등불〉 다섯 권, 〈제단〉 2권을 꺼내 들었다.

일기
11/15
나의분신, 나의유산
2017.

불속에 던져버린 삶의 미련 활활 타오르다

장준하는 한국침투공작에 참여하기 위해 사물함을 정리했다. 옷이나 생활용품, 신문이나 수첩 같은 것을 모두 꺼내 불에 태웠다. 없어도 생활하는데 불편하지 않았고, 더 이상 필요하지 않은 물품이었다. 그는 붉게 충혈된 눈으로 이글이글 타오르는 불빛을 바라보면서 가슴 끄트머리에 남아있던 삶의 애착까지도 모두 불속에 던졌다. 26년의 삶과 결별하기 위해서는 어떠한 미련도 가지면 안됐다. 모든 것을 후련하고 깨끗하게 털어내야 한국침투공작도 성공할 수 있었다.

장준하는 일기장과 잡지 〈등불〉과 〈제단〉은 소각하지 않았다. 그는 1944년 7월 7일 일본군에서 탈출할 때부터 1년 1개월 동안 일기를 썼다. 촌각을 다투는 시간에는 잠시 미뤄뒀지만 하루하루 벌어진 갖가지 사건과 여러 곳에서 만난 인물들을 꼼꼼하게 노트에 기록했다. 일기에는 그의 모든 것이 담겨 있다고 해도 과언이 아니었다. 일기장에는 배고픔과 갈증, 갈등과 반목으로 고생했던 사연부터 마음속에서 문득문득 뭉클하게 솟아오르던 감회까지 낱낱이 담겼다.

〈등불〉과 〈제단〉은 그가 실의와 허탈에 빠질 때마다 용기를 북돋아 주던 매개였다. 학문에 대한 열정과 시대정신을 고스란히 담아낸 사색의 산물이었으며, 동지들의 피땀으로 만들어낸 노력의 결과물이었다. 장준하는 일기장과 잡지를 큰 봉투에 넣어 포장했다. 봉투에는 가족들에게 남길 유서도 짧게 써 넣었다. 봉투 겉면에는 부모님이 계신 고향과 아내의 친정 주소를 적었다. 그는 김준엽을 찾아가 혹시라도 자신이 죽었다는 소식을 듣게 되면 봉투를 가족들에게 우편으로 보내 달라고 부탁했다.

다음날 이범석 장군이 장준하를 호출했다. 한국침투공작에 참여하려는 그의 마음을 돌려보려는 의도였다. 이범석 장군의 의지도 있었지만 장준하를 아끼는 김준엽의 마음이 전해져 마련된 자리였다. 장준하는 황송한 마음에 몸 둘 바 몰랐다. 이 장군은 남다른 기개와 지사적 충정으로 광복군 안팎에서 존경을 받았다. 그런 인물이 자신과 면담하자고 청하니 송구한 마음까지 들었다. 그러나 어느 누구도 조국 독립의 한길에 몸 바치려는 장준하의 의지를 꺾을 수 없었다. 일제의 사슬을 끊어내고 해방된 조국 땅에 묻히고 싶은 바람을 굽힐 위인이 아니었다. 그는 민족의 제단에 자신의 피를 뿌리겠다고 다시 한 번 다짐했다.

사방은 온통 조용했다. 풀벌레들이 요란하게 울어대는 소리만 들릴 뿐이었다.

11/15
활활 타오르다.
2017.

이범석 장군의 허락
나무그늘 아래에서

이범석 장군과 장준하는 나무그늘 아래에 앉았다. 두 사람은 아무런 말도 하지 않고 한여름의 풍경을 감상했다. 먼저 입을 연 사람은 장준하였다. 원래 계획한 대로 자신을 한국침투공작에 보내 달라고 요청했다. 이 장군은 자신도 지금 당장 적진으로 들어가고 싶은 심정이지만 요동치는 국제정세를 보면 일본의 패망이 얼마 남지 않았다면서 제2지대에 남아 내일을 설계해보자고 권했다. 그러나 장준하는 단호했다. 20여 개의 침투공작을 책임지고 있는 자신이 참가하지 않으면 많은 동지들의 의기를 꺾어놓을 것이며, 김준엽이 남아 제2지대를 지키고 있으니 광복 후 일들은 현명하게 대처할 수 있을 것이라고 설득했다.

이범석 장군은 장준하의 한국침투공작을 허락했다. 자신이 처음 독립운동을 하겠다고 임시정부를 찾아갔을 때가 불현 듯 떠올라서였다. 이 장군은 상해로 망명한 뒤 민족지도자들을 만나면서 독립운동에 투신하기로 결심하고, 1916년 운남강무당에 입학해 독립군 장교가 됐다. 그는 촉망 받는 기병장교였지만 삼일운동을 계기로 장교직을 사직하고 임시정부에 들어갔다. 그는 임시정부 요인들과 논의 끝에 만주에서 독립군을 양성하는 항일 무장투쟁을 전개하기로 하고, 신흥무관학교의 고등군사반 교관으로 취임해 독립군 장교 양성에 힘을 쏟았다. 이후 북로군정서의 군사 교관으로 부임해 사관연성소를 창설하고 600여 명의 생도들을 모집해 독립군 장교를 키워 냈다. 또 체코군으로부터 무기를 구입해 부대의 전투역량을 강화해서 국내 진공작전을 수차례 펼쳤다.

일본은 간도 지역에 출몰하는 독립군을 궤멸시키기 위해 훈춘사건을 조작하고 대규모 군사작전을 벌였다. 이범석 장군은 이에 굴하지 않고 김좌진 장군과 함께 청산리 계곡에서 일본군을 대파하는 전적을 올렸다. 이후에도 십여 차례 일본군과 격전을 벌여 독립운동사상 유례없는 승리를 거뒀다. 그는 1940년 중국국민정부의 후원 아래 한국광복군이 창설되자 참모장이 됐지만 참모장을 고사하고 광복군 제2지대장으로 부임했다. 그는 광복군을 최정예군으로 육성하기 위해 훈련에 힘썼으며, 미국 전략정보국과 합작해 한국침투공작을 계획했다. 잠수함이나 항공기로 한국에 광복군을 침투해 거점을 확보하고, 한국에서 유격대를 조직하는 독수리 작전(Eagle Project)이었다. 38명의 광복군은 한국침투공작에 선발돼 출동을 기다리고 있었다.

11/15 나무 그늘 아래에서 2017

목숨을 최후의 보루로 삼아 마지막 향연

장준하는 식당에서 점심을 먹다가 건물 밖에서 터져 나오는 환성 소리에 깜짝 놀라 뛰어 나갔다. 충칭에 남아 있는 동지들이 제2대로 찾아와 먼저 온 동지들과 얼싸안으며 안부를 나누고 있었다. 그는 반가운 마음으로 환대했다. 비록 늦었지만 이렇게라도 제2지대로 찾아와 여간 기쁜 게 아니었다.

김구 주석도 약속대로 시안을 찾았다. 장준하는 두 손을 잡고 따뜻하게 배웅하던 김 주석의 모습이 눈앞에 그려질 정도로 생생하게 떠올라 신기할 따름이었다.

한국침투공작을 앞두고 김구 주석과 동지들을 환영하는 연회가 마련됐다. 장준하의 감회는 남달랐다. 총을 메고 조국으로 돌아가는 설렘에 가슴이 떨렸지만 동지들을 다시 만날 수 있을까싶은 슬픔이 몰아쳐 코끝이 아릿했다. 동지들도 똑같았다. 결전의 날을 남겨두고 뜨겁게 타오르는 불속으로 뛰어드는 불나방처럼 마지막 흥을 모두 토해냈다. 무대를 휘저으며 춤을 췄고, 젓가락 장단을 두드리며 노래를 불러재꼈다. 이범석 장군도 무대에 올라 특유의 언변으로 영감을 북돋았다. 패기 넘치는 청년들의 얼굴을 바라보면서 격려를 아끼지 않았지만 속으로는 울고 있었다. 그는 수많은 전투를 치르는 동안 부하들을 잃으면서 절망감에서 벗어나지 못했다. 침통한 마음을 달래려고 울어봤자 부하들이 살아 돌아오는 것도 아니었고, 오히려 부하들의 사기가 저하될까 두려워 눈물을 꾹꾹 참으며 보내온 세월이었다.

연회는 짧고 굵게 끝났다. 한국침투공작이 목전에 다가왔다. 흥겨움도 슬픔도 모두 부질없었다. 정신을 집중하고 오로지 하나만 생각해야 했다. 두려움을 비집고 머릿속에 침투하는 번뇌와 망상, 공포와 불안을 이겨 내려면 마음을 가라앉히고 확신을 갖는 것이 필요했다. 장준하도 서울로 침투할 생각에 잠을 이루지 못했다. 혹시나 일이 잘못되면 조국 독립은 늦어질 것이고, 생명도 부지하기 힘들었다. 어떻게든 작전을 성공시키려면 목숨을 최후의 보루로 삼아 임해야 했다.

장준하는 똬리를 틀고 있던 구렁이가 군복 안으로 들어오자 화들짝 놀라 잠에서 깼다. 꿈이었다. 구렁이가 옷 속으로 기어들어오는 꿈은 예전부터 길몽이라고 했다. 하는 일마다 순조롭게 풀려 복이 된다고 했다. 그는 혀를 늘름늘름 내뱉으며 꿈틀거리는 구렁이가 징그러웠지만 한국침투공작이 잘 풀릴 것 같아 기분이 썩 나쁘지 않았다. 그는 내일을 위해 모든 잡념을 물리치고 다시 곤한 잠에 빠졌다.

11/15
마지막 향연

일본 군국주의의 침몰
한국의 한 아들로

1945년 8월 10일 OSS훈련을 지휘하는 도너번 소장이 제2지대를 방문했다. 장준하는 드디어 한국침투 공작에 투입될 때가 왔다고 직감했다. 그는 대원들과 함께 통신장비를 비롯해 식량과 무기를 챙겼다. 일본인으로 위장하기 위해 신분증과 일본 국민복, 신발 같은 것도 별도로 준비했다. 그러나 몇 시간이 지나도 출동명령이 떨어지지 않았다. 도너번 소장을 비롯해 김구 주석과 이범석 장군 등 미군과 광복군 간부들이 모여 앉아 심각하게 회의만 진행할 뿐이었다. 회의가 끝난 뒤에도 전통은 오지 않았다. 늦은 오후가 돼서야 OSS대원들에게 명령이 당도했다. 하달된 내용은 예상과 전혀 달랐다. 일본이 포츠담 선언을 무조건 수락하겠다고 연합국에 통보했다는 것이었다.

미국 대통령 트루먼, 영국 총리 처칠, 중국 총통 장제스는 1945년 7월 26일 포츠담에서 공동선언문을 발표했다. 일본에 항복을 권고하면서 제2차 세계대전이 끝난 뒤 일본에 대한 후속조치를 어떻게 취할 것인지 표명했다. 8월에 열린 회담에는 대일 선전포고를 했던 소련공산당 서기장 스탈린도 참여해 선언문에 서명했다. 이들은 일본 군국주의자들이 인류와 일본 국민에 지은 죄를 뉘우치고 포츠담선언 즉각 수락을 요구했다. 또 선언에는 일본군의 무조건 항복과 함께 일본이 지배한 식민지에서 무조건 철수하는 내용도 포함됐다. 일본이 포츠담선언을 받아들이면 한국의 독립도 보장되는 것이었다. 그러나 일본은 선언을 거부하며 마지막 발악을 했다. 미국은 어쩔 수 없이 일본의 히로시마와 나가사키에 원자폭탄을 투하해 도시를 폐허로 만들었다. 또 소련까지 전쟁에 참전해 밀고 내려오자 일본은 손을 들 수밖에 없었다.

제2지대는 발칵 뒤집혔다. 처음에는 죽기를 각오한 마당에 일본이 항복하자 어리둥절했지만 곧바로 그 자리에서 방방 뛰며 광복의 기쁨을 나눴다. 곳곳에서 큰소리로 애국가를 부르고 울음을 터뜨리며 환호성을 질렀다. 장준하는 조국 해방의 선봉에 서서 용감무쌍하게 전적을 올리는 기회가 사라져 서운했지만 일본의 항복은 너무나 반가운 소식이었다. 곧 있으면 지긋지긋한 전쟁이 끝나고 대한의 아들들이 조국땅을 밟을 수 있다는 생각에 행복에 겨워 어쩔 줄을 몰랐다. 그는 김준엽을 끌어안고 감격의 눈물을 흘렸다. 눈물은 두 볼을 타고 줄줄이 흘러내려 김준엽의 어깨를 적셨다. 김준엽도 장준하를 부둥켜안고 눈물을 글썽이며 광복의 기쁨을 누렸다.

11/15
한국의 한 아들로

해방을 목전에 두고 준비하라, 진입한다

제2지대 분위기는 한국이 곧 해방이 된다는 기대감 때문에 순식간에 바뀌었다. 삼삼오오 모여 조국에 돌아갈 날을 손꼽아 기다렸고, 대한 독립 만세를 외치는 소리도 이곳저곳에서 메아리쳤다. 일본이 포츠담 선언을 무조건적으로 받아들이면서 군사훈련과 한국침투공작도 중단됐다. 일본이 시간을 벌기 위해 간교하고 음험한 속임수를 쓰지 않으면 전쟁이 끝나는 건 시간문제였다.

조례 분위기도 달라졌다. 어제까지만 해도 조례에 참가한 대원들의 표정에서는 비장한 각오가 불타올랐다. 엄숙하고 강경한 태도로 애국가를 제창했고, 끝장을 보려는 마음으로 구호를 외쳤다. 일본이 항복하자 목소리는 여전히 씩씩하고 우렁찼지만 표정만은 생기발랄했다. 걸음걸이엔 자신감이 넘쳤고, 청춘의 아름다움도 철철 흘러넘쳤다. 조례에 묵념의 시간이 마련됐다. 대원들은 광복의 영광을 보지 못하고 운명을 달리한 동지들의 넋을 기렸다.

이범석 장군은 격변의 시대가 도래할 것을 예측하고 서둘러 국내에 들어가겠다고 선언했다. 임시정부가 이 장군에게 한국 정진군 총사령관 직책을 맡기고 광복 이후 전개될 불편한 상황들을 깔끔하게 정리해 주길 요청했다.

장준하는 흠칫 놀랐다. 민족의 해방을 목전에 두고 조국을 위해 꼭 필요한 당면 과제들을 해결하고 싶은 그의 마음은 충분히 이해했다. 그러나 시기상조였다. 일본군이 한국 땅에서 물러난 것도, 정식으로 항복한 것도 아니었다. 어떤 위험이 도사리고 있을지 예상할 수도 없었다. 조국의 독립이 진정한 해방으로 이어지기 위해서는 일본으로부터 정치, 경제, 사회 문화적 예속에서 완벽하게 벗어나야 했다. 일본군이 노린 교활한 함정일 가능성도 있었다. 그러나 이 장군은 이미 미군사절단과 얘기를 끝마친 뒤였다.

장준하는 이범석 장군의 뜻에 따르기로 하고 근심을 접었다. 이 정도의 일로 불안에 떨 필요는 없었다. 그는 한국에 들어가서 해야 할 일들을 이범석 장군과 상의했다. 그중에서도 제일 우선은 일본군과 무기를 접수해 철저하게 전쟁을 종식시키는 것이었고, 그 다음은 친일파들을 적출하고 식민지 잔재를 청산해 영광된 조국을 건설하는 것이었다. 마지막은 불량한 정치세력들이 득세하지 못하도록 하고, 전국의 치안 유지에 만전을 기하는 것이었다.

11/15
준비하라. 진입한다
2017

예상치 못했던 무전 회항, 진입중지 명령

1945년 8월 13일 장준하는 이범석 장군과 함께 미군용트럭을 타고 시안비행장으로 향했다. 트럭은 흙먼지를 날리며 속도를 내더니 울퉁불퉁한 자갈길에 들어서면서 심하게 털썩거렸다.

장준하의 얼굴은 좌우로 흔들리며 잔뜩 굳었다. 조국 강산을 다시 밟는 흥분과 일본군의 느닷없는 공격을 대비해야 하는 초조감이 엇갈아가며 그를 괴롭혔다. 한국침투공작을 결심했을 때와는 전혀 다른 성격의 긴장감이 팽팽하게 줄다리기했다. 그는 떨리는 마음을 진정시키기 위해 가슴을 펴고 심호흡했다. 쓸데없는 걱정으로 일을 그르쳐서는 안됐다.

시안비행장 상공에 붉은 노을이 번지더니 천지가 금세 어둑해졌다. 더운 열기를 식히는 바람소리만 귀에 쟁쟁할 뿐 수송기는 올 생각을 하지 않았다. 장준하 일행이 비행장 대합실에 앉아 하릴없이 수송기를 기다린 지 8시간이 넘었다. 비행장 진입로 쪽에서 떠오른 달이 어느새 반대편 하늘에서 반짝였다. 장준하는 조국을 위해 작은 힘이나마 보탬이 되려는 마음으로 무료한 대기시간을 견뎠다.

미군 수송기는 다음날 새벽 4시가 넘어서야 활주로를 서서히 미끄러지며 나타났다. 이범석 장군, 장준하, 김준엽, 노능서, 이계현, 이해평을 포함한 미군사절단 28명이 수송기에 올랐다. 수송기는 날카로운 굉음을 내며 하늘로 떠올랐다. 장준하는 수송기가 이륙하자마자 눈을 감고 잠시 잠에 빠졌다. 엔진소리도 시끄럽고 조국 땅을 밟는 것도 흥분됐다. 일본군의 반응도 전혀 예측할 수 없었다. 그러나 비행장 대합실에서 뜬눈으로 밤을 지새워 졸음이 밀려왔다.

비행기 동체에 아침 햇살이 부딪쳤다. 두어 시간을 날은 듯싶었다. 장준하는 잠에서 깨 일출이 시작되는 가경을 뚫어지게 쳐다보면서 해방의 기쁨을 북돋아 줄 태양이 고국산천에 떠오르는 장관을 상상했다. 그러자 조국이 바로 발밑에 있는 것 같아 심장이 방망이질하듯 뛰었다. 그는 수송기에서 내려 허리를 꼿꼿하게 세우고 걸어갈 수 있을지 장담할 수 없었다. 조국을 되찾은 희열에 젖은 나머지 다리가 후들거려 발을 떼어놓지 못할 것 같았다.

수송기 기장이 미군 본대로부터 온 무전 교신 내용을 이범석 장군에게 전했다. 무전 내용은 미군사절단 한국진입중지였다.

11/15 회항 - 진입중지 명령 2018.

이범석 장군의 손수건 조국의 바다, 서해

한국으로 진입하던 수송기가 기수를 갑자기 틀었다. 도쿄로 진입하던 미국항공모함이 일본특공대의 습격을 받아서였다. 장준하 일행은 몸의 기운이 쏙 빠지면서 정신이 멍했다. 한차례 가벼운 한숨을 내쉬더니 아무런 말도 없이 어색한 침묵에 빠졌다. 조국의 산하에 발을 디디는 간절한 바람이 일순간에 꺾였기 때문이었다. 이범석 장군도 시험에 낙방한 수험생처럼 허탈한 눈빛으로 멍하니 창밖을 쳐다보면서 입술을 깨물었다. 군국주의의 꿈꾸는 일본군에 대한 실망보다는 꿈에도 잊지 못할 조국에 들어갈 수 없는 절망이 더욱 컸다.

일본은 마땅히 패망을 피해갈 수 없는 운명에 놓였다. 그러나 한국의 운명도 그리 간단치 않았다. 소련은 며칠 전 대일 선전포고를 하고 남하를 시작했다. 미국은 일본의 항복이 가까워지자 소련에게 만주 일대의 일본군을 격퇴하면 러일전쟁 당시 빼앗겼던 권리를 모두 회복해주겠다고 약속했다. 소련은 미국의 조건을 수락하고 일본과 본격적으로 전쟁에 돌입했다. 장준하는 소련이 남하하는 상황에서 한국이 해방되면 공산주의자에게 유리한 상황이 전개될 것 같아 우려했다. 어떻게든 한국을 자유민주주의 국가로 세우고 싶은 개인적인 여망 때문이었다.

8월 15일 미군사절단은 장준하 일행에게 다시 대기명령을 내렸다. 언제 출발할지 알 수 없지만 조만간 한국으로 떠날 것은 확실했다. 장준하는 또다시 꿈에 부풀었다. 잠도 오지 않았고 밥도 잘 먹지 못했다. 조국에 가고 싶은 생각만 은근이 애를 태웠다. 특히 어머니가 가마솥에 보글보글 끓여 주던 된장우거짓국과 시원한 동치미가 생각나 미칠 지경이었다.

사흘 후 새벽 이범석 장군, 장준하, 김준엽, 노능서 4명이 무기와 탄약만 지참하고 수송기에 올랐다. 인원을 줄이고, 개인 휴대품을 소지하지 말하는 미군의 요청이 있었다. 일본군의 공격에 대비해 수송기를 가볍게 하려는 의도인지 정확히 알 수 없었지만 미군사절단의 도움을 받는 이상 거절할 수 없는 청이었다.

이범석 장군은 수송기 창밖으로 인천 앞바다가 보이자 감회에 젖어 눈물범벅이 된 눈을 손수건으로 찍어냈다. 장군의 손수건에는 '지금까지 구차하게 목숨을 유지한 이유는 조국에 보답하기 위해서다.'라는 글귀가 적혀 있었다.

11/15 조국의 바다 ~ 서해

험악한 기세 싸움
착검을 한 일본군 "무슨 일로 왔소?"

수송기는 서울을 동서로 관통하며 유구히 흐르는 한강을 저공으로 선회하다 여의도에 착륙했다. 미군사절단과 장준하 일행은 기관총을 손에 쥐지 않고 어깨에 엇비슷이 멘 채 수송기에서 내렸다. 포츠담선언을 이행하겠다고 해도 바로 당장 무기를 놓고 순순히 항복할 저들이 아니었다. 천황에 맹목적으로 충성을 바치는 일본군들은 항복 대신 통탄의 눈물을 흘리며 자결을 선택하거나 총을 겨눌 수 있었다.

유난히 후덥지근한 날씨였다. 한강이 출렁출렁 물살을 일으키자 덥고 습한 강바람이 비행장으로 불어왔다. 햇볕은 시멘트 바닥을 녹일 정도로 내리쬈고, 바닥은 뜨겁게 달궈진 구들장 같았다. 장준하 일행의 이마에 구슬 같은 땀방울이 맺혔다. 빨그레한 목덜미에는 땀이 흘러 옷에 스며들었다.

수송기는 주변에 일본군들이 착검한 총을 들고 사열했다. 침착하게 보일 정도로 움직임이 없었지만 일행을 바라보는 눈초리는 매서웠다. 일본군 참모가 앞으로 걸어 나와 용건을 물었다. 미군은 일본 천황이 항복한 전단지를 보여주면서 전후 처리를 위해 왔다고 말했다. 그러나 일본군 참모는 도쿄로부터 어떠한 지시도 받은 적이 없다며 돌아가라고 위협했다. 돌아가지 않으면 죽이겠다는 협박이었다. 둘 사이에 험악한 기세 싸움이 오가며 일촉즉발의 긴장감이 감돌았다.

팽팽한 긴장감을 누그러뜨린 건 일본군 대좌였다. 대좌는 둥그스름한 얼굴에 딱딱한 인상을 풍겼다. 언행이 몹시 신중하고 말소리도 차분해서 공부를 많이 한 사람 같았다. 대좌는 미군사절단에게 그늘 쪽으로 가서 얘기를 하자고 권했다. 장준하 일행은 일본군이 제공한 맥주와 사이다를 마시며 흘러내리는 땀을 식혔다. 그러나 일본군의 거동이 수상했다. 대좌가 나타날 때부터 왠지 모르게 일이 쉽게 풀리는 것 같더니 함께 동석했던 일본군 장교들이 하나둘씩 눈앞에서 사라졌다. 이범석 장군은 이상한 기미를 눈치 채고 기관총을 손에 쥐고 대좌에게 총구를 겨눴다 . 30년 넘게 전쟁터를 누비며 체득한 감이었다. 미군사절단과 장준하 일행도 모두 집총하고 여차하면 기관총을 내갈길 태세를 취했다. 일본군들도 짧은 기합소리와 함께 장준하 일행을 포위하고 총을 들었다. 대좌는 적의를 내보이는 병사들을 막을 길 없으니 당장 돌아가라고 점잖게 요구하면서 일본군에게 총을 거두라고 명령했다. 이범석 장군도 일행에게 총을 내리라고 지시한 뒤 돌아갈 뜻을 전했다.

11/15

착검을 한 일본군
"무슨 일로 왔소?"

2018

서서히 걷히는 마포 물안개
희미한 남산과 아득한 삼각산

대립각을 세우던 미군사절단과 일본군의 마찰은 미군사절단이 돌아가는 것으로 일단락됐다. 그러나 연료가 부족해 수송기를 못 띄울 형편이었다. 일본군은 당장 비행기 연료를 구할 길 없어 다음날 보충해 주기로 했다. 장준하 일행은 본의 아니게 일본군 숙소에서 하룻밤을 보내게 됐다.

미군사절단에는 만일의 사태를 대비해 일인당 두 명씩 일본 헌병대의 경호가 붙었다. 사절단을 보호한다는 명분이었지만 사실은 사절단의 움직임을 철저하게 감시하려는 의도였다.

대좌는 다다미가 깔린 방에 목욕물까지 준비하며 미군사절단을 예우했다. 저녁에는 간단한 주연 자리도 마련했다. 이범석 장군은 일본군이 권하는 맥주를 마셨다. 이 장군은 일본이 패망했으니 조용히 돌아가라고 대좌에게 충고했다. 장준하는 이날 태어나서 처음으로 술을 입에 댔다. 김준엽이 승리의 잔을 한 번 들어보라고 권해서였다. 그는 술과 담배를 하지 않았다. 독실한 기독교 신자 집안인데다 가풍이 검소하고 엄격해 절제가 생활화됐다. 그러나 이날만큼은 술을 거절할 수 없었다.

장준하는 강렬하게 증오했던 일본에게 칙사 대접을 받자 기분이 묘했다. 약소민족으로서 당했던 갖가지 모멸이 이 한잔 술로 조금은 위로가 되는 것 같았다. 이제 민족의 원분은 모두 털어내고 튼튼한 자주독립국가를 만드는 일만 남은 셈이었다. 일본군이 물러나도 떵떵거리며 사는 친일파들이 없도록, 자유민주주의가 안정적으로 정착되도록, 부패한 지배 계층의 무분별한 횡포가 벌어지지 않도록 하면 됐다.

그는 일본이 항복하지 않았다면 지금쯤 서울 하늘 아래 어디에서 총질하고 있을 자신을 떠올렸다. 남산이나 삼각산을 숙영지 삼아 종횡무진 일본의 주요 군사시설을 파괴하고 있거나, 무지막지한 일본군의 총칼에 진즉 숨을 거둘 수도 있었다.

주연장 밖에서 소란이 일어났다. 일본군 한 무리가 출입문을 발로 차며 고래고래 소리를 질렀다. 미군사절단을 죽이자는 말소리도 들렸다. 주연 분위기가 급속하게 가라앉았다. 헌병대가 일본군을 막아서며 시끄럽고 어지러운 난동을 잠재우긴 했지만 주연은 곧장 끝나고 말았다.

장준하는 다음날 새벽 일찍 일어나 창문 밖을 주시했다. 처음에는 남산과 삼각산의 윤곽만 보이더니 한강 수면에 낀 물안개가 걷히자 소나무들이 다복다복 돋아 예스러운 모습을 드러냈다.

11/15 희미한 남산과 아득한 삼각산. 2018

안도의 한숨
리원리, 후원자 장군

장준하는 하얀 옷을 입은 사람들이 마포 시가지를 걷는 모습을 발견했다. 멀리서나마 동포를 볼 수 있어서 말로 표현할 수 없이 반가웠다. 지금이라도 당장 만나 광복의 기쁨을 함께 나누고 싶었다. 그동안 일제 식민지 치하에서 고생 많았다는 얘기도 해주고 싶었다. 그는 해외에서 나라 없는 설움을 겪으며 살았던 동포들도 자신처럼 한국 땅을 밟고 눈물을 터뜨릴 것을 생각하니 눈시울이 뜨거웠다. 그는 떠오르는 태양을 보면서 애국가를 불렀다. 수통에 물도 가득 채웠고, 흙 한 줌도 봉투에 챙겼다. 고국산천을 그리워하는 시안의 동지들에게 고국의 물과 흙을 만져보게 하고 싶었다.

수송기에 급유가 됐다. 수송기는 이륙하자마자 높이 떠올랐다. 최고 고도를 유지하며 빠르게 비행했다. 일본의 폭격기가 뒤따르며 총탄을 퍼부을 수 있었다. 장준하는 양손을 맞쥐고 앉아 아무 말도 하지 않고 조용히 눈을 감았다. 두 번째 시도까지 물거품이 됐다는 생각에 초조함이 머릿속을 급습했지만 그럴수록 마음을 느긋이 가져야 했다.

수송기는 연료가 불량했는지 엔진에 이상이 생겼다. 시안까지 날아도 충분했던 연료가 벌써 바닥났다. 기장은 일본군이 관할하는 산둥성 웨이현 비행장에 불시착했다. 일본군들은 무덤덤한 표정으로 수송기를 겹겹이 포위했다. 바위처럼 꼼짝하지 않고 가만히 서서 철통같이 지킬 뿐이었다. 이미 일본이 항복을 선언한데다 성조기가 그려진 수송기라서 이러지도 저러지도 못했다. 이범석 장군은 장준하 일행에게 총을 들고 일본군을 경계하라고 지시했다. 밤에는 순번을 전해 집총 자세로 보초를 세웠다. 그래야 돌아가면서 잠을 자며 체력을 보충할 수 있었다. 오랜 경험과 훈련에서 나온 원숙한 대응이었다.

일본군과의 대치는 이른 새벽이 돼서야 끝났다. 일본군이 자리를 비우고 비행장 전체 경계에 들어갔다. 그 사이 한 중국 청년이 수송기 근처로 다가와 기웃거렸다. 이범석 장군은 그 청년을 불러 일본군에게 일본은 이미 항복했으니 물러가라는 메시지를 전해달라고 부탁했다.

중국 청년은 리원리 장군 휘하의 유격대원이라고 자신을 소개했다. 청년은 산둥성에 후전자 장군도 진주해 있다고 알렸다. 이 장군은 리원리, 후전자 장군과 오래전부터 두터운 친분을 맺어 온 사이였다. 이 장군은 반가운 마음에 청년의 어깨를 두드리며 안도의 한숨을 내쉬었다.

胡振甲
厲文禮
11/15
리원리, 후전자 장군
2018.

초소 지키는 한국인 관리자 포로수용소

장준하 일행은 안전을 위해 수송기에서 나오지 않았다. 식사 대용으로 초콜릿을 나눠먹으며 허기를 견뎠다. 일본의 항복 선언에도 전쟁의 기운은 사라지지 않았고, 살얼음판 같은 충돌은 계속해서 벌어졌다. 일본은 여때까지 저지른 죄악이 워낙 간악무쌍하고 광범위하다보니 열강의 권좌에서 얌전하게 물러나려 하지 않았다.

석양이 뉘엿뉘엿 넘어가고 어둠이 깔리자 리원리 장군이 중국군 2개 대대를 대동하고 비행장에 도착했다. 리 장군은 부하들에게 삼엄한 수비를 지시하고 이범석 장군을 만났다. 두 사람은 적년회포에 잠기어 두 손을 마주잡고 긴 인사를 나눴다. 오랫동안 헤어졌던 형제를 만난 것처럼 우애를 나눴다.

리 장군은 미군사절단을 위해 웨이현 성내에 깨끗한 숙소를 마련하고, 술과 음식을 내왔다. 음식은 진수성찬이라 할 만큼 풍성했다. 테이블 다리가 부러질 정도로 많은 양이었다. 일행은 리 장군의 성의에 보답하기 위해 말끔하게 그릇을 비웠다. 술잔이 두어 순배 오가자 분위기는 한껏 무르익었다. 리 장군도 취기가 올라 술을 돌리며 한국의 독립을 축하했다.

미군사절단에게 전통이 하달됐다. 웨이현에 대기하면서 서양인 포로수용소 상황을 조사해 보고하라는 지시였다. 사절단은 트럭을 타고 30여 분을 달려 수용소로 향했다. 수용소 입구 허름한 초소에는 총을 든 한국인이 지키고 있었다. 수용소 관리자도 대부분 한국인들이었다. 일본인들이 한국인 경비원을 모집해 포로수용소를 지키는 일을 시킨 것이었다.

수용소에는 선교사를 비롯해 상인, 교사, 기술자 등 600여 명이 수용됐다. 이곳에는 젊은 남자들을 끌고 가 총살을 시켰는지 노인과 부녀자, 아이들이 많았다. 인도적인 대우는 없는 듯했다. 포로들은 맨발에 누덕누덕 기운 헌 옷을 입었다. 얼굴 모양과 머리카락 색깔만 달랐지 동냥질하는 걸인 같았다. 또 얼마나 못 먹었는지 황달을 앓았고, 폐렴과 피부병으로 신음하는 사람이 많았다.

포로들은 미군사절단을 보고 감격의 눈물을 흘렸다. 포로 신분을 벗고 자유의 몸이 돼 본국으로 돌아갈 수 있다는 희망에 부풀어 환호했다. 사절단은 수용인들에 대해 간단히 실태조사를 한 뒤 식량과 의료품을 먼저 보급했다.

11/15
포로수용소
2018

무질서와 폐단
광복군 모자 한 개

8월 24일 미국사절단에게 새로운 지시가 하달됐다. 한국 입국을 취소하고 부대로 복귀하라는 명령이었다. 장준하는 낙담했다. 자신이 태어나고 자란 나라에 들어가는 것조차 마음대로 할 수 없는 현실이 답답했다. 미군의 지휘를 받기 때문이었다. 그는 어느 누구도 넘볼 수 없는 강건한 나라를 만들기 위해 미약하나마 조력을 다하겠다는 마음으로 수송기에 올랐다.

이범석 장군은 하늘만 바라보고 있을 수 없었다. 시안에 돌아온 즉시 미군 웨드마이어 장군을 만났다. 국제 정세가 돌아가는 것과 관계없이 한국에 들어가 해방 후 찾아올지 모를 극심한 사회혼란과 무질서를 안정화시키겠다고 고집했다. 웨드마이어 장군은 요지부동의 자세로 버티는 이 장군의 뚝심에 밀려 결국 두 손을 번쩍 들었다. 이 장군은 일행 일곱 명을 뽑았다. 장준하도 일곱 명 안에 뽑혀 세 번째 한국행 여정에 올랐다. 이 장군은 미군과 조율할 일이 많아 이번에는 참여하지 않기로 했다. 장준하 일행은 미군 7함대와 함께 한국에 들어가기 위해 상해로 떠나는 비행기에 몸을 실었다.

상해는 전쟁이 끝났다는 소식이 전해지면서 연일 축제분위기였다. 10여 년간의 전쟁으로 위축됐던 도시가 단박에 활기찼던 옛 거리의 풍경으로 회복됐다. 장준하도 며칠 동안 해방의 기쁨에 도취돼 시간 가는 줄 몰랐다. 그러나 일본군에서 탈출했던 한성수가 첩보활동 도중 처형됐다는 비보를 전해 듣고 울적해졌다. 머리를 떨구고 한동안 입을 열지 않았다. 일본의 앞잡이였던 교포의 간계에 걸려들어 체포되고 말았다. 장준하는 국내 상황이 안정되면 친일파 단죄부터 서둘러야겠다고 다짐했다.

장준하 일행은 동포 사회에서 번진 무질서를 해결하기 위해 상해에서 불철주야 뛰었다. 일본이 항복하면서 생긴 폐단과 어지러운 민심을 바로잡기 위해 힘을 모았다. 상해에는 광복군 행세를 하며 사기행각을 벌이는 무리들이 등장해 골칫거리였다. 일본이 항복하기 직전까지 동포들을 괴롭히거나 범죄를 저질렀던 이들이 광복군 모자를 얻어 쓰고 망명가나 독립운동가인 양 행동하면서 친일파 동포들의 재산을 몰수하려고 난립했다.

1, 2, 3 지대 광복군들도 서로 암투했다. 서로 패권을 차지하기 위해 중상모략을 일삼았고, 일본군이 해산되면서 갈 곳을 잃은 한국인 장교들을 먼저 데려가려고 혈안이었다.

11/15
광복군 모자 한개
2018.

눈물을 뚝뚝 흘리며 상하이 홍커우공원

미군 7함대 입성이 계속해서 늦어졌다. 어쩌면 배편을 이용한 귀국은 어려워 보였다. 미군은 제2지대 광복군을 돕기 위해 시간을 투자할 만큼 사려깊지 않았다. 장준하는 중앙군관학교에서 보냈던 3개월처럼 상해에서도 허송세월하는 것 같아 마음이 무거웠다. 이범석 장군의 연락을 기다리며 마음의 중심을 잡으려고 애를 썼으나 가슴 위에 바윗덩이를 올려놓은 것 같았다. 뜻밖의 희소식은 한국에 주둔하고 있던 미군정에게서 왔다. 상해에 비행기를 보내 임시정부 요인들을 국내로 데려가겠다는 기별이었다.

김구 주석과 요인들이 상해에 도착했다. 상해는 처음으로 임시정부가 조직된 곳이었다. 그러나 임시정부는 이봉창, 윤봉길 의사의 의거 이후 일제의 탄압이 심해지자 항저우, 자싱, 전장, 난징, 창사, 광저우 등을 전전하다 1940년 충칭에 자리를 잡았다.

홍커우공원에서 김구 주석 방문을 환영하는 행사가 열렸다. 이날 환영식에는 수천 명의 교포가 참여해 인산인해를 이뤘다. 교포들은 김구 주석이 연단에 오르자 만세를 외치며 눈물을 흘렸다. 손에 손에 태극기를 들고 목이 터져라 만세를 연호했다. 장준하 일행도 교포들의 만세 소리를 들으면서 울음을 터뜨렸다. 너도 나도 할 것 없이 신이 나서 만세를 외치며 두 손을 머리 위로 올렸다. 장준하도 닭똥 같은 눈물을 뚝뚝 흘리며 김구 주석의 모습을 지켜봤다. 연단에 오른 김 주석은 아무 말도 꺼내지 못하고 연신 눈물을 쏟아냈다. 숨을 모아 쉬며 더듬더듬 얘기를 꺼내려고 했지만 입이 마르며 목이 막히고, 눈물이 자꾸 흘러내려 말을 잇지 못했다.

김구의 눈물은 조국 독립의 기쁨에 넘쳐 터져 나오는 눈물이자 자신의 삶을 회고하면서 설움에 겨워 흘리는 눈물이었다. 의기충천했던 독립투사들의 죽음에 대한 위로이기도 했고, 능라를 펼쳐 놓은 것처럼 장대했던 독립운동의 역사를 기억하려는 몸부림이기도 했다.

상해는 조국 독립을 위해 싸웠던 김구의 30년 세월이 모두 응집된 곳이었다. 초대 임시정부에서 일하던 젊은 김구의 패기와 뚝심이 실험 받던 곳이었고, 일제가 김구 암살을 시도할 때 희생됐던 아내의 영혼이 머무는 곳이었다. 또 지도자를 잃은 국민이 의지하고, 나라 잃은 동포들이 새 삶을 살도록 땅을 내준 제2의 고향이었다. 특히 홍커우공원은 자신의 지시를 받고 윤봉길이 폭탄을 던진 장소이기도 했다.

11/15 상하이 홍커우 공원 2018

텅 빈 김포 활주로
김포의 하오

강바람이 시원하게 불어왔다. 강물에 햇볕이 닿자 물비늘이 번쩍였고, 고깃배는 찰싸닥거리며 바다로 향했다. 여행하기 딱 좋은 날씨였다. 장준하는 무표정한 얼굴로 비행기에 탑승했다. 두 번이나 비행기를 회항해 돌아오는 날도 신기할 정도로 날씨가 좋았다. 예감과 현실은 전혀 달랐다.

김구 주석은 상해에서 18일을 머문 뒤 1945년 11월 23일 미군정이 보낸 비행기를 타고 한국으로 향했다. 장준하는 김구 주석의 비서 자격으로 기회를 얻었다. 그의 마음속은 복잡했다. 설렘과 기대도 있었지만 초조한 기색도 역력했다. 하나는 분명했다. 조국에 확고부동한 자신의 신념과 긍지를 심을 날이 다가오는 것이었다. 굳건한 의지와 열정으로 식민지 조국에 산적했던 불행의 흔적들을 지워나가고, 현실적인 여건이 어떻든 간에 자신이 간절히 원했던 가치를 실현할 때가 왔다.

장준하 일행은 자리에 앉아 오랜 묵상에 잠겼다. 많은 생각이 머릿속에 맴도는지 대화를 청하는 사람은 없었다. 장준하는 부모, 형제, 아내 생각이 간절했다. 모두들 건강하게 잘 있는지, 한국에 들어가면 언제나 만날 수 있을지 물음표를 던졌다. 서울에 도착하면 분주한 일상이 기다렸다. 고향 의주를 방문하기는 쉽지 않았다. 임시정부의 일이 하루속히 정리돼야 가능했다. 그는 일단 가족에게 편지를 쓰는 것으로 바쁜 마음은 달랬다. 임시정부 요인과 함께 한국으로 들어가는 비행기 안이라고 알렸다.

비행기는 3시간을 달려 김포공항에 도착했다. 차디찬 바닷바람이 불어오는 늦가을 오후였다. 장준하 일행은 비행기에서 내리기 전 애국가를 제창했다. 조국의 독립과 자유를 위해 싸웠던 애국지사들을 추모하는 마음으로 장렬하게 노래했다. 모두가 행복하고, 모두가 자유로운 새 나라 건설을 위해 일제 식민지 36년의 세월을 뛰어넘자는 결의이기도 했다.

비행장은 조용했다. 찬바람에 낙엽이 이리 저리 굴러다니며 쓸쓸하게 인사를 건넸다. 환호성을 지르는 동포도, 환호성도, 태극기도 없었다. 장준하 일행을 마중 나온 것은 임무를 해결하기 위해 명령을 받은 미군뿐이었다. 장준하는 서글펐다. 나라다운 나라를 건설하는 막중한 역할을 떠맡을 임시정부를 기다리는 사람들이 없다는 사실에 그저 한숨만 나왔다. 긴긴 밤을 지새우며 귀국을 서두르라 안간힘을 쓰며 애를 태웠던 나날들이 무색했다.

11/15
2018

몰려드는 사람들
경교장 도착

장갑차 여러 대가 김포공항에 대기 중이었다. 미군은 장준하 일행을 장갑차에 나눠 태우고 서울로 향했다. 장갑차는 사방이 가로막혀 외부와 완전히 차단됐다. 장준하는 뭔가 이상하다는 생각이 들었지만 참기로 했다. 임시정부의 은밀한 귀국은 나중에 모두 밝혀질 일이었다. 미군정은 임시정부 요인들이 한국을 대표하는 국무위원이 아니라 개인 자격이라는 인식을 심어주기 위해 이 같은 비밀작전을 폈다.

창밖으로 소를 앞세우고 걷는 농부가 보였다. 들판에는 짚으로 가마니를 짜는 아낙네도 보였고, 겨우살이 땔감을 지게에 짊어지고 마을 안으로 사라지는 청년도 눈에 띄었다. 벼농사가 끝나고 월동준비가 한창이었다. 조국을 떠나기 전 봤던 그때 그대로의 농한기 정경이었다. 장준하는 창밖으로 손을 흔들며 농부에게 인사를 청했다. 하지만 미군은 개인행동이나 국민과의 접촉을 하지 못하도록 엄중 경고했다.

장갑차가 한강철교를 지나 용산에 이르자 포고문과 격문이 벽에 덕지덕지 겹쳐 붙어 있었다. 해방 후 격변기를 맞은 한국사회를 엿볼 수 있는 풍경이었다. 미군정은 한국을 쥐락펴락했고, 좌우는 대립했으며, 정당과 단체는 난립해 첨예하게 부딪쳤다.

장갑차는 서울역을 지나 서대문 경교장에 도착했다. 임시정부환영준비위원회가 마련한 숙소였다. 경교장만으로는 숙소가 부족해 인근 한미호텔과 신도호텔에도 따로 숙소를 준비했다.

경교장 주인은 일본 식민지 시절 금광을 개발해 부자가 됐고, 친일 단체 조선임전보국단 이사로 활동하며 일본의 침략전쟁을 도왔다. 해방 후 임시정부가 들어오자 그는 얼굴색을 바꿨다. 자신의 친일 행적을 참회하는 의미로 경교장을 임시정부환영준비위원회에 기증했다. 경교장의 원래 이름은 '죽첨정'이었다. 김구는 죽첨정이라는 일본식 이름 대신 인근 개울의 다리 이름을 따서 경교장으로 바꾸었다.

경교장에도 임시정부 요인들을 기다리는 사람도, 태극기도 없었다. 미군정은 임시정부가 곧 입국할 거라는 소식만 알렸지 정확한 시간과 도착장소는 철저히 비밀에 부쳤다. 임시정부 일행 15명이 귀국한 사실은 미군정 공보과가 국내 언론사 기자들에게 전파하면서 일반인들에게 알려졌다. 김구 주석의 입국 소식을 전해들은 기자들과 환영인사들이 경교장으로 대거 몰려들었다. 김구 주석은 여장을 풀 여유도 없이 사람들을 맞았다. 이승만 박사도 직접 경교장을 찾아 김구 주석을 반겼다.

경교장 도착

미군정의 푸대접
조국의 첫 밤

임시정부는 신문기자들을 모아놓고 당면정책 14개 조항을 발표했다. 조항은 연합국과 한반도의 평화를 위해 우호하고, 국제사회에 주권자로서의 발언권을 행사하며, 독립국가와 민주정부를 원칙으로 신헌장을 발표하고, 조국 독립을 방해한 자와 친일파 세력을 숙청해 정의를 실현하는 것이 골자였다.

임시정부 요인들은 저녁 8시가 넘어서야 간단히 저녁식사를 하고 숙소에 들어갔다. 장준하는 미군이 임시정부를 대하는 태도가 적잖게 신경 쓰였다. 임시정부 요인이 국무위원이 아니라 망명투사 혹은 개인 자격으로 조국에 돌아왔다는 건 그들이 원하는 것이지 사실이 아니었다. 그러나 그들이 임시정부를 제멋대로 규정한 것을 받아들일 수밖에 없는 임시정부의 한계도 여실했다. 김구 주석은 기자들에게 육성 방송을 내보내 달라고 요구했지만 미군정의 허락 없이는 방송에도 나갈 수 없었다.

미군정은 일본이 항복하고 한반도 분단점령이 결정될 때부터 남한단독정부가 수립되기 전까지 3년 동안 '재조선 미육군사령부 군정청'이라는 정식명칭으로 삼팔선 이남지역을 통치했다. 미군정은 총독부의 일본인 관리들을 행정고문으로 두고 일본의 식민지 통치기구를 그대로 이용해 강제력과 권위를 지닌 정부가 됐다. 정부의 각 국장은 미군 장교들이 맡았다.

장준하는 잠이 오지 않았다. 미군정이 임시정부를 푸대접하는 현실이 가슴 아팠다. 그는 이불을 박차고 일어나 파랗게 잔디가 깔린 경교장 뜰 안을 잠시 거닐다 숙소로 발길을 돌렸다. 임시정부가 외세의 간섭에서 벗어나 당당하게 바로 서는 방법이 없을까 고민했다. 그러나 다음날 일정이 많아 서둘러 잠을 청했다.

장준하는 아침에 일어나 옷매무새를 단정하게 매만졌다. 임시정부 요인들을 찾는 방문객도 많을 것이고, 일반 국민들의 환영회도 열릴 예정이었다. 김구 주석을 수행하는 수행비서로서 헝클어진 모습을 보일 수 없었다. 임시정부 요인 수행원은 4명이었다. 4명 중 광복군 장교는 장준하 혼자뿐이었다. 3명은 임시정부 경호대원이었다.

아침식사를 마치자마자 8시부터 인사들이 경교장을 찾아왔다. 그 수가 너무 많아 김구 주석과, 엄항섭 선전부장, 장준하 셋이서 나눠 맡기로 했다. 원로나 중요 인사는 김구 주석과 면담하고, 간부급 인사는 엄부장이, 신문기자나 개별적으로 인사하러 온 일반 시민은 장준하가 맡았다.

11/15
2018

어지러운 시국
혼이 왔는지 육체가 왔는지 분간할 수 없는 심정이다

장준하의 초등학교 동창인 최기일이 신문기사를 보고 경교장을 찾았다. 최기일은 이승만의 시종비서로 일했다. 그는 징병을 피해 징용을 택하고 평양 시멘트 공장에서 일했다. 해방 후 학도병거부자동맹을 조직하고 새나라 건설에 참여했지만 좌익과 부딪치면서 이승만과 인연을 맺었다. 장준하는 어릴 적 그와 함께 예배 드리고 뒷산을 뛰어다니며 놀았다. 벌거숭이로 냇가에서 멱을 감고, 푹 익힌 옥수수를 나눠 먹으며 사이좋게 지냈다. 부모님끼리도 무척 친해 사촌처럼 교류했다. 장준하는 아직 가족들을 보지 못했지만 그를 만나면서 고향에 대한 그리움을 잠시나마 풀 수 있었다.

김구 주석은 신문기자들과 인터뷰를 진행했다. 기자들은 민족반역자와 친일파를 제거하는 것과 조국 통일 중 무엇이 중요하느냐고 물었다. 김 주석은 가장 중요하고 시급한 것은 통일이라고 밝혔다. 어렵게 해방된 마당에 한 민족이 갈라지는 일이 벌어져서는 안된다고 주장했다. 그는 인터뷰에서 고단한 환국의 심정도 밝혔다. 육체와 혼이 분리돼 있는 것 같은 갈급한 상황이라며 침잠해 했다. 장준하의 처지도 비슷했다. 시국이 어지러워 마음이 편칠 않았고, 머지않아 거센 시련과 도전이 눈앞에 불어 닥칠 것도 예감했다.

해방 후 한국은 정치사회적 혼란기였다. 미군정은 좌익이 주도하는 인민공화국을 부인하고, 광복 이후 생긴 조선국군준비대를 해산했다. 대신 국방경비대를 발족하고, 정당등록법을 제정했으며, 명령계통을 단일화해 중앙집권제를 구체화했다. 또 박헌영, 이주하, 이강국 체포령을 내렸고, 민족주의민주주의전선, 인민공화당, 조선노동조합전국평의회 사무소를 폐쇄했으며, 좌익계열 1,000여 명을 검거했다.

수많은 정당과 사회단체는 이합집산을 되풀이했다. 그중 대표적인 정치세력은 조선공산당-남로당 계열의 좌익, 인민당-근민당 계열의 중도좌파, 민족자주연맹을 결성했던 중도우파, 우익진영의 한민당과 김구가 중심이었던 한독당, 독립촉성중앙협의회-독촉국민회 계열의 이승만 등이었다. 이들은 자신의 계급과 사상을 기반으로 독자적인 정치활동을 전개했다. 그러나 이 과정에서 친일파들을 청산하지 못했고 민족은 갈기갈기 분열됐으며, 장준하가 꿈꾸는 정의로운 새 나라 건설은 전도요원해졌다. 그는 철저한 기독교 보수주의자였다. 김구와 마찬가지로 민족통일과 신탁통치반대를 주장했고 소련과 공산주의, 좌익 세력을 거부하는 자유민주주의자였다.

11/15 "혼이 갔는지, 육체가 왔는지
분간할 수 없는 심정이다."

2018

평민의 자격? 친애하는 동포 여러분

미군정은 김구 주석의 육성방송을 허락했다. 시간은 2분 내외였다. 김구 주석은 엄항섭 선전부장과 장준하를 불러 연설문에 어떤 내용을 담을지 논의한 뒤 장준하에게 원고를 써 달라고 부탁했다. 방송 시작이 1시간밖에 남지 않은 상황이었다.

장준하는 2분 동안 어떤 얘기를 해야 할까 잠시 고민했다. 조국에서 동포들에게 2분밖에 얘기할 수 없는 것도 이해가 안됐지만 미군정에서 연설문에 '평민의 자격'이라는 구절을 꼭 넣으라는 지시가 있어 속이 부글부글 끓었다. 임시정부 요인들의 환국이 왜 개인적인 것인지 서글프기만 했다. 그는 5분 만에 연설문을 완성했다. 임시정부 요인들이 들어온 사실을 알리는 내용 그뿐이었다.

친애하는 동포들이여. 27년간이나 꿈에도 잊지 못하고 있던 조국강산에 발을 들여 놓게 되니 감개무량합니다. 나는 지난 5일 중경을 떠나 상해로 와서 22일까지 머무르다가 23일 상해를 떠나 당일 경성에 도착되었습니다. 나와 나의 각원 이동은 한갓 평민의 자격을 가지고 들어왔습니다. 앞으로는 여러분과 같이 우리의 독립완성을 위하여 전력하겠습니다. 앞으로 전국동포가 하나로 되어 우리의 국가 독립의 시간을 최소한도로 단축시킵시다. 앞으로 여러분과 접촉할 기회도 많을 것이고 말할 기회도 많겠기에 오늘은 다만 나와 나의 동료 일동이 무사히 이곳에 도착되었다는 소식을 전합니다. (KBS 영상실록)

김구 주석은 연설을 마치고 경교장에 돌아와 장준하에게 "장목사 수고했소."라고 말했다. 김 주석은 장준하가 일본 신학교에 다니다 징병을 당한 것을 알고 꼭 장목사라고 불렀다.

장준하는 한국에 들어와 첫 번째 일요일을 맞았다. 김구 주석과 함께 감리교 정동교회를 찾아 아침 예배를 드렸다. 다음날부터는 임시정부의 본격적인 활동이 시작됐다. 장준하는 마음을 가다듬고 두 손을 모아 하나님께 간절한 마음을 전했다. 조국 건설의 앞날에 영광이 깃들기를, 가족들에게도 평안과 건강이 함께 하기를, 개인적으로는 호된 시련과 고통에도 흔들리지 않고 신념을 밀고 나가면서 삶의 균형을 똑바로 잡을 수 있기를 기도했다.

11/15 친애하는 동포여러분 이동[illegible]
2018

너무도 다른 사람들
아침햇살을 받으며

김구 주석의 일정은 빽빽했다. 김 주석을 보좌하는 장준하도 바쁘긴 마찬가지였다. 국내 여러 정당과 단체 관계자, 미군정 핵심 참모, 이승만 박사 등과의 미팅도 마련됐고, 거물급 정치인 4명과 연속 회담도 잡혔다. 4명은 한국민주당 송진우 당수, 국민당 안재홍 당수, 조선인민당 여운형 당수, 조선인민공화국 허헌 국무총리였다. 장준하는 그 자리에 입회해 회담 내용을 기록할 예정이었다. 그는 중요 인물들을 만날 수 있다는 생각에 설레기도 했지만 걱정도 됐다. 각자 이데올로기도, 노선도, 세계관도 달랐다.

장준하는 4명의 동향을 파악한 보고서를 올리고 한 시간 동안 브리핑했다. 김구는 먼동 햇살이 쏟아지는 집무실에 앉아 장준하의 보고서를 살피면서 단 한 번도 움직이지 않고 끝까지 경청했다.

한국민주당은 자유민주주의를 지향하는 민족주의 보수 정당이었다. 초기에는 임시정부를 지지하고 법통을 옹호했지만 이승만 박사가 단정을 주장하고, 임시정부가 단정을 반대하자 이승만을 지지하고 임시정부에 대한 태도를 바꿨다. 한민당은 대한민국 정부수립에 중추적 역할을 했지만 이승만과의 정치적 갈등이 많아 스스로 야당이 됐다.

국민당은 조선건국준비위원회가 점차 좌경화되자 불만을 품고 부위원장직을 사퇴한 안재홍이 조선국민당을 창당했다. 그리고 사회민주당, 자유당, 민중공화당, 근우동맹, 협찬동지회 등의 군소 정당을 흡수해 국민당으로 개칭했다. 국민당은 임시정부를 절대적으로 지지했다.

조선인민당은 여운형이 중심이 돼 결성한 중도좌파 정당이었다. 신탁통치안을 결정한 조선공산당과 입장을 같이 했지만 좌우합작운동에 참여해 공산당과 보수 정당 양측으로부터 비난을 받았다. 조선인민당의 일부는 조선공산당, 남조선신민당과 함께 통합해 남조선노동당을 결성했고, 여운형은 좌파 세력을 다시 규합해 사회노동당을 조직했다.

조선인민공화국은 조선건국준비위원회가 전국인민대표자대회를 소집해 선포한 사회주의 좌파 정부였다. 중앙인민위원회의 인적 구성은 대부분 공산주의자였다. 공산주의자들은 박헌영 계의 재건파공산당이 많았다. 이들은 친일파와 친일 잔재를 완전히 척결하고 외세, 반민주주의, 반동적 세력과 철저한 투쟁을 통해 완전한 독립 국가를 건설하는 게 목표였다.

11/15
아침 햇살을 받으며
2018

해방된 지 3개월이 지났지만 4당수 회담

4당수가 김구 주석과 국내정치를 논의하기 위해 경교장을 차례대로 방문했다. 장준하는 오랜 시간동안 회담 내용을 기록하면서 팔이 뻑적지근했다. 붓을 쥔 손아귀도 저렸다. 김구 주석은 회담이 끝난 뒤 장준하에게 고생했다는 말을 남기고 자리를 떠났다. 장준하는 회담장에 앉아 4당수 회담을 복기했다. 회담에서 특별한 얘기나 치열한 공방은 없었다. 김 주석은 정치적인 대응에 나서지 않으려고 했다.

장준하는 일찍 잠을 청했다. 잠을 자고 나면 머릿속이 맑아질 것 같았다. 그러나 잠은 쉬 오지 않았다. 이리저리 뒤척여도 이런저런 잡생각이 떠나질 않았다. 자신이 맡은 일은 회담을 기록하는 것이 전부였지만 회담 내용이 형식적인 것 같아 마음에 걸렸다.

1910년 8월 22일 체결된 한일합병은 우리 민족에 씻을 수 없는 치욕을 안겼다. 하찮은 물건을 부당하게 빼앗기는 것도 화나는 일이었다. 하물며 땅과 주권, 민족의 정기까지 빼앗긴 것은 무엇과 비교할 수 없었다. 김구 주석처럼 정의로운 사람에겐 더욱 참기 어려운 일이었다. 게다가 한일합병 당시 위정자들의 무능, 이완용을 필두로 한 친일파, 일진회 등 매국노들의 반역, 미국을 비롯한 열강들의 묵인이 있었다는 사실은 수치와 모욕을 넘어선 분심을 느끼게 했다. 그러나 막상 해방이 되고 나니 조국은 온데간데없이 자기만 중요해져버렸다. 애국자는 많은 것 같은데 정작 애국의 길은 어느 누구도 걷는 것 같지 않았다. 용기가 필요했다. 정의를 위해 싸우는 게 중요했다. 항상 정의가 이기지는 못했다. 삼일운동도 조선에 독립을 안겨주지 못했다. 그러나 만세운동은 독립 운동의 시작을 알렸고, 실제 이날을 기점으로 대대적인 독립운동이 벌어졌다. 하다못해 친일파 문제라도 명쾌한 결론이 났으면 했다. 해방된 지 3개월이 지나도록 일본 경찰보다 더 악랄했던 고문경찰 하판락(가와모토 마사오) 같은 자들이 살아서 걸어 다녔다. 하판락은 친일경찰 3총사 중 한 명으로 고문귀, 고문왕으로 불렸다. 하판락은 독립운동가를 색출하고, 신사참배 거부자들을 잡아 불구로 만들고, 고문으로 옥사케 했다. 고문 방법은 가리지 않았다. 물고문, 불고문, 전기고문은 기본이었다. 상처가 난 환부를 계속해서 건들거나 죽을 때까지 피를 뽑아내는 착혈 고문도 했다. 하판락은 광복 후 반민특위에 체포됐지만 이승만과 미군정의 비호 아래 석방돼 계속 경찰로 재직했고, 일본인 재산처리에 관여해 막대한 부를 쌓았다.

11/15

4 당수 회담

자주 국가를 꿈꾼 독립운동가 의암 선생 지묘

새벽녘에 진눈깨비가 조금 휘날리기는 했지만 하늘은 푸르고 구름 한 점 없이 맑았다. 4당수 회담이 끝나고 잔뜩 가라앉은 경교장에 밝은 기운과 운치를 더하는 날씨였다. 때마침 정원에서는 이름 모를 새들의 청아한 울음소리가 들렸고, 처마에는 밝은 햇살이 눈이 부시도록 쨍쨍하게 내리비췄다.

김구 주석 일행은 의암 손병희 선생의 묘소로 향했다. 여독을 풀 시간도 없이 많은 사람들을 만나고, 여러 단체에서 주관하는 행사에 참여했지만 손 선생을 만나는 것만큼은 잊지 않았다. 이날 순방에는 삼일운동에 참여한 민족대표 33인 중 오세창, 권동진 선생이 동행했다.

오솔길을 따라 우이동 자락을 걸어 올라갔다. 발밑에서 낙엽 밟히는 소리가 와삭하며 들려왔다. 아직까지 나무에 매달린 낙엽은 스산한 바람에 밀려 오소소 떨어졌고, 바닥에 떨어진 낙엽은 제 몸을 굴리며 산 아래쪽으로 천천히 흩어졌다. 머리를 식힐 겸 고국산천에 한 번 나가보고 싶었던 장준하에게 더없이 정겨움을 선사하는 시간이었다.

산길을 시적시적 걸으니 얼마 지나지 않아 두둑하게 흙을 쌓아올린 묘지가 나타났다. 풀이 무성하게 자란 것으로 봐서는 관리가 제대로 되지 않은 듯싶었다. 김 주석은 꽃다발을 무덤 앞에 내려놓고 머리를 숙여 묵념했다. 오세창, 권동진 선생은 조국 독립을 보지 못하고 영면한 고인이 안타까웠는지 서럽게 호곡하며 눈물만 흘렸다. 차마 손병희 선생을 볼 면목이 없었다.

의암 손병희는 완벽한 자주 국가를 꿈꿔 온 독립운동가였다. 일본뿐만 아니라 미국과 소련, 중국조차 한반도에 발을 들여놓는 것을 완강하게 거부한 인물이었다. 그러나 한국은 자력으로 독립하지 못했고 해방과 함께 미국과 소련이 한반도를 분할 점령했다. 손병희는 동학농민운동 때 농민군을 이끌고 전봉준과 함께 관군을 격파하며 서울로 진격했으나 일본군의 개입으로 실패하고 피신했다. 이후 최시형과 동학 교세 확장에 힘을 기울이다 일본으로 건너가 한국유학생을 도왔다. 그러나 같이 활동하던 이용구가 일진회를 만들고 자신의 이름을 넣은 을사조약 찬동 성명서를 내자 귀국해 진실을 밝히고 친일분자 62명을 천도교에서 출교시켰다. 1906년 동학을 천도교로 개칭하고 제3세 교주에 취임해 민족대표 33인으로 삼일운동을 주도하다 경찰에 체포됐다.

11/15

의암 선생 지묘

2018

시가지를 가득 메운 태극기 가족생각

김구 주석은 손병희 선생의 묘지 참배 후 서울로 향했다. 또 다른 일정이 겹겹이었다.

장준하는 산길을 걸어 내려오면서 마주친 사람들 때문에 고향집이 문득 생각났다. 고향을 떠난 지 2년이 넘었는데도 부모 형제의 얼굴조차 보지 못했고, 아내와 결혼 2주년 기념도 하지 못했다. 아버지와 함께 교회당에 앉아 있던 모습, 어머니가 생선살을 발라 숟가락 위에 올려주길 바라던 모습, 일본군에 끌려가는 남편을 보면서 담담하게 참아내던 아내의 모습이 눈앞에 스쳤다. 나라를 바로 세우기 전에는 가족 생각에 매몰되는 것을 항상 경계했지만 이따금씩 자신도 모르게 생각이 날 때는 어쩔 수 없었다.

김구 주석이 탄 차가 갑자기 멈췄다. 종암초등학교 운동장에서 놀고 있는 아이들을 보고 김 주석이 차를 세웠다. 그는 차에서 성큼 내리더니 학교 안으로 총총히 사라졌다. 장준하도 가족생각을 잊고 김 주석을 따라 학교 안으로 들어갔다. 교사들이 아이들에게 김구 주석을 소개하자 아이들이 주석 할아버지를 외치며 그의 다리를 끌어안고 빙 둘러쌌다. 교장은 즉석에서 전체 학생을 운동장에 불러내 전체 조회를 열었다. 단에 오른 김구 주석은 눈망울을 반짝거리며 자신을 쳐다보는 아이들에게 '너희의 미래가 곧 조국의 미래이며 너희들이 이 나라의 주인'라고 용기를 불어넣었다. 그러나 그는 선대의 잘못으로 부국강병한 나라를 후대에게 물려주지 못한 것이 미안해서인지 자꾸 끝말을 잇지 못했다.

김구 주석은 도산 안창호 선생의 묘지가 있는 망우리로 향했다. 안창호 선생은 독립협회, 신민회, 흥사단을 조직하고 일제에 저항하며 민족의식 개혁과 계몽에 앞장섰던 독립운동가였다. 임시정부에서는 내무총장을 역임했다. 일행은 성묘를 마치고 교파를 초월한 기독교인들의 모임인 조선기독교남부대회에서 주최하는 환영회에 참석한 뒤 열아홉 개 청년단체가 연합한 독립촉성중앙청년회와 면담했다.

서울운동장에 서울시민 3만 여명이 모였다. 임시정부 환국 봉영회가 기행렬을 열기로 한 날이었다. 임시정부 요인들과 시민들은 만세를 외치며 광복의 기쁨을 다시 한 번 만끽했다. 만세의 의미에는 혼란한 시국을 속히 극복해 나라의 전망을 밝히자는 뜻도 있었다. 임시정부 요인들은 군용 무개차를 타고 서울운동장을 빠져나갔다. 인도에서 임시정부 요인들을 기다리던 시민들은 손에 들고 있던 태극기를 흔들었고, 요인들도 손을 흔들며 이들의 환호에 응답했다.

11/15
가족 생각
2018.

조국의 비참한 현실
헐벗은 아이들

눈보라가 몰아쳤다. 찬바람은 잠시도 멈추지 않고 거칠게 불었다. 경교장에도 눈이 쌓이기 시작했다. 나뭇가지에 쌓인 눈들은 바람이 불면 와르르 무너졌다 쌓이길 반복했다. 거처로 들어가는 통로에 쌓인 눈은 빗자루로 쓸어도 그때뿐이었다. 금세 쌓인 눈에 발모가지가 푹푹 빠졌다.

경교장에 임시정부 2진 요인들의 입국소식이 전해졌다. 김포에 도착할 예정이었던 비행기가 기상 악화로 항로를 변경해 옥구비행장에 착륙했다. 전라도 지역도 눈이 내려 교통사정이 좋지 않았고, 결빙 구간도 많았다. 미군은 천막을 뒤집어씌운 군용트럭에 요인들을 태웠다. 그러나 요인들은 바람이 지독스레 불고 온도가 급강하하자 미군에게 트럭을 타고 움직이지 않겠다고 으름장을 놓으며 차에서 내려버렸다.

미군 트럭이 멈추자 마을 사람들이 몰려왔다. 학생들도 지루한 일상에 흥미로운 구경거리가 생긴 것처럼 기웃거렸다. 그런데 학생들은 전부 맨발이었다. 가난에 쪼들려 겨울에도 신발조차 사 신을 수 없는 형편이었다. 아니 돈이 있어도 사 신을 신발이 없었다. 해방 후 한국은 생산 시설도 낙후했고, 물자도 부족했고, 식량도 귀했다. 일제가 깡그리 다 빼앗아가는 바람에 시골에 사는 사람들은 대부분 걸인 같았다. 요인들은 신발을 신고 트럭에 타고 있어도 손발이 시려 견딜 수 없었던 마음을 고쳐먹고 트럭에 올라탔다. 미군에게 밉보여서 좋을 것도 없었고, 서울까지 걸어갈 수도 없었다.

요인들은 논산에 도착해 작은 여관방에서 얼얼해진 몸을 녹이며 하룻밤을 잤다. 다음날 유성비행장에서 수송기를 타고 김포비행장에 내려 곧바로 경교장으로 향했다. 경교장에는 2진이 돌아온다는 소식을 듣고 가족과 친지들이 몰려와 장사진을 이뤘다.

장준하는 뜨거운 함성 소리를 듣고 2진 요인이 도착한 사실을 알았다. 2진 요인들과 가족들은 눈물이 범벅이 돼 서로를 얼싸안으며 기뻐했다. 그는 김준엽을 무척 애타게 기다렸다. 그러나 그의 모습은 보이지 않았다. 대신 노능서가 '시안에서 충칭으로 되돌아간다.'는 김준엽의 전언을 가지고 도착했다. 장준하는 김준엽이 오지 않아 서운했지만 노능서를 만날 수 있어 더없이 반가웠다. 두 사람은 손을 잡고 뜨거운 인사를 나누며 솟구치는 동지애를 나눴다. 임시정부환영준비위원회는 2진 요인들이 도착하자 경교장만으로는 한계가 있어 숙소를 따로 마련했다. 장준하는 한미호텔에 개인 숙소를 배정받았다.

11/15 헐벗은 아이들 2018

조국의 부재와 일제의 과잉 수수 이삭의 몸부림

장준하는 하루 일정을 마친 뒤 무거운 몸을 이끌고 한미호텔로 향했다. 호텔 앞 화단에 심어놓은 소나무들은 계절을 잊고 날카로운 바늘잎을 아래로 늘어뜨렸다. 노목 가지에 앉은 까마귀는 외로웠는지 인기척을 느끼고 서럽게 까악까악 울어댔다.

그는 집을 떠난 이후 처음으로 독방을 썼다. 그것도 민가의 허름한 이부자리가 아니라 서울에서 이름 꽤나 있는 호텔방이었다. 장준하는 숙소에 들어오자 피곤한 몸을 주체하기 힘들었다. 허리띠조차 풀지 않고 침대에 벌러덩 누워 천장과 마주했다.

2년 넘게 50여 명과 합숙하며 칼잠도 마다하지 않고 달려온 세월이었다. 일제가 일으킨 전장에 끌려 간 비분을 억누르며, 조국의 부재와 일제의 과잉에 짓눌린 채 하루하루 잠을 청하며 조국 독립을 위해 매달려 왔다. 힘이 없는 나라에 민중은 없었다. 살아 숨 쉬고 있었지만 어느 누구도 그들을 사람이라고 생각하지 않았다. 아예 잊었다. 그러나 가장 격렬하고 비극적인 역사는 부재가 아니라 과잉에서 나왔다. 한국 민중의 부재도 역시 일본 군국주의의 과잉에서 비롯됐다. 일부의 부재는 모른 척하며 적당히 넘어갈 수 있지만 전체가 통째로 부재하면 얘기는 달라졌다. 부재가 곧 불필요로 정의됐다. 일제에게도 한국 민중은 부재했고, 인간으로 대접할 이유가 없었다. 피정복자는 정복자의 야욕을 채우기 위한 도구에 불구했다.

장준하는 지쳤다. 한국에 돌아와 세상 돌아가는 모양을 보면서 웃음도 많이 잃었다. 명망가들의 모사와 이기(利己)에 삿대질 한 번 제대로 해보지 못하고 흉흉한 시국을 관전하는 심정은 개운치 못했다. 어둡게 드리운 그림자처럼 분노도 겹겹이었다. 조국 독립을 위해 목숨을 걸었던 저의마저 의심할 정도로 깊은 불신에 휩싸였다. 그에게는 잠이 필요했다. 잠시 생각을 멈출 시간이 절실했다. 운명은 내부에 있었다. 외부에서 조정하는 것이 아니었다. 스스로 중심을 잃지 않고 밀고 나가면 피 말리는 고통도 이겨 냈다. 그러나 그는 쉽게 잠들지 못하고 환각에 시달렸다. 흉악한 꿈에 가위눌려 다리가 제대로 놀지 않았다.

바람이 불 때마다 수런수런 소리를 내며 흔들리는 수수 이삭이 눈앞에 나타났다. 그는 밤새 내내 수수밭을 뒹굴며 알 수 없는 적에 내쫓겼다. 수수 잎이 바람에 넘실거리는 밭고랑을 허리를 숙인 채 숨소리조차 내지 못하고 내달렸다.

11/15
수수이삭의 몸부림
2018

마음속에 깃든 환한 일광 덕수궁 담길 따라

첫 국무회의가 열리는 날이었다. 경교장에 김구 주석을 비롯해 이승만 박사 등 요인들과 보도진이 경교장으로 들이닥쳤다. 임시정부 2진 요인들의 귀국이 그나마 늦어져 어지러운 시국이 교통정리된 측면이 있었다. 그러나 과거 임시정부 안에서 누가 먼저 한국에 들어갈 것이냐를 두고 터져 나왔던 불만이 또다시 국무회의에서 고개를 들었다. 미군정이 임시정부를 전적으로 무시하는 상황이었다. 조국에는 갖가지 풀어야 할 문제들이 산적했다. 그런 상황에서 요인들이 내뱉을 불평은 아니었다.

하나의 목적을 달성하기 위해 자신을 버려야 했다. 공포스럽고, 잔혹하고, 끔찍하고, 처절한 과정에 치달아도 상대방을 먼저 존중하면 언젠가는 더 나은 결말을 낳았다. 사람들은 더 나은 결말을 찾아가기 위해 타인과 관계를 맺었다. 이것이 여러 가지 고민과 괴로움을 잉태하는 원인이 되기도 하지만 서로 배려하고 의지하면 해결하지 못할 문제는 없었다. 결코 인간은 혼자 살 수 없는 존재였고, 여러 가지 문제들도 서로 부딪쳐야 정답이 나왔다. 그러나 국무위원들은 자신과 의견이 다르다는 이유로 서로 손가락질을 하며 결별을 선택하려고 했다. 자신의 생각과 잣대로 테두리를 그어 놓고 그 선을 넘어가지도, 넘어오지도 못하게 마음을 돌렸다. 바라는 마음 없이 먼저 헌신하고 희생하면 모든 상황은 역전됐다. 끝까지 자신의 자리를 지키며 서로 믿고 도우면 무엇이든 만들어 냈다. 그렇지 않으면 미군정이나 특정한 정치세력에 의해 조국은 희생자가 될 게 뻔했다.

장준하는 회의를 품었다. 한국에 돌아온 지 3개월 만에 의욕을 잃고 실의에 빠졌다. 그는 국무회의 참여를 고사하고 경교장을 빠져나와 덕수궁 돌담길을 걸었다. 신념을 위해 다른 길을 선택해야 할 때가 왔다. 일다운 일을 하고 싶었다. 그의 귓가에 돌담길을 걷는 연인들의 따뜻한 음성이 들렸다. 마음의 짐을 덜어주는 순수한 사랑, 인간의 가장 깊은 곳에서 나오는 벅찬 의로움이 가슴속을 내리쳤다. 그는 정동 골목 모퉁이를 돌아 대한문에 들어섰다.

거대한 나무 기둥이 치받들어 올린 추녀가 아름다웠다. 추녀 끝에는 자잘한 고드름이 하얗게 매달렸고, 처마 물이 고이는 자리에는 누렇게 익은 잡초들이 설핏하게 말라붙었다. 바람은 살랑살랑 불며 대한문 광장으로 오후의 햇살을 불러들였다. 장준하의 마음에도 환한 일광이 깃들기 시작했다.

11/15
덕수궁 담길따라
2018

더더욱 강한 열정과 투지
충칭으로의 길

장준하는 광복군 출신 동지들이 마련한 환영회에 초청을 받았다. 장소는 명월관이었다. 명월관은 1903년 개업해 1948년 폐업될 때까지 당대의 유명 인사들이 모이는 요정이었다. 조선 최고의 궁중요리와 문예에 뛰어난 미모의 기생들을 만날 수 있는 곳이었고 왕족, 귀족, 친일파 정치인, 언론인, 예술인 등 다양한 부류의 유력인사들과 돈 많은 땅 부자, 상공인들이 모이는 공간이었다.

기생들은 술을 비우기 무섭게 안주를 입에 넣었다. 동지들은 흥에 겨워 기생들에게 돈을 던졌다. 숨 쉴 틈도 없이 가무가 펼쳐졌고, 난잡한 농담이 이어졌다. 장준하는 크게 실망했다. 고급 요리와 호화스러운 잔치였지만 조금도 즐겁지 않았다. 동지들이 대륙의 험난한 6천리 행군, 충칭으로의 길을 다 잊은 듯했다. 고상한 척, 청렴한 척한다고 비아냥거리는 소리를 듣기 싫어, 차마 동지들을 물리치고 빠져나올 수 없어 그 자리를 지킬 뿐이었다.

임시정부 2진 요인들의 환영식이 열리는 날이었다. 장준하는 그 자리에 참석하지 않았다. 주위에서 참여를 독촉했지만 경교장을 지키겠다고 따라 나서지 않았다.

그는 허무했다. 종교적인 관점에서 보면 삶만큼 허무한 것도 없지만 일제에게 짓밟힌 조국을 찾기 위해 헌신하겠다는 나섰던 애국지사의 고절이 국무위원들에게서 더 이상 느껴지지 않았다.

국무위원들은 세를 키우고 소기의 목적을 달성하기 위해 외부 파벌과 결탁해 반대 세력과 싸우기 바빴다. 저마다 제 주장을 펼치며 정국을 주도하려는 것에만 집중했다. 사공이 많아 배가 산으로 가는 형국이었다. 임시정부의 법통을 이어받은 한국이 미군정의 덫에 걸려 옴짝달싹 못한 상황에서도 그들은 한결같았다. 한국 민중의 삶과 조국의 번영과는 너무 동떨어진 행보였다.

장준하는 이승만 박사와 함께 일하는 고향 친구 최기일을 만났다. 김구 주석과 이승만 박사의 만남을 주선해 두 사람이 정국을 둘러싸고 펼쳐진 산적한 문제를 쾌도난마로 해결하길 바랐다. 분열된 국론을 모아 하루속히 조국을 본궤도에 올려놓고 도탄에 빠진 민생에 힘을 쏟길 원했다. 그 길이라면 스스로 기운을 내 다시 한 번 더더욱 강한 열정과 각오, 투지로 일하고 싶었다. 한편으로는 낭패감에 젖거나 낙담에 빠질 때마다 살길을 모색해 줬던 〈등불〉과 〈제단〉 같은 잡지도 만들고 싶었다.

11/15 충칭으로의 길

친일파 암살 배후 백범 선생의 죽음

1947년 장준하는 경교장을 나와 이범석 장군이 이끌던 조선민족청년단(족청)에 가입했다. 이 장군은 오랜 광복군 생활과 망명 생활의 경험에 기초해 청년단을 운영했다. 족청은 미군정의 지원을 받으며 급속히 성장해 자유당 정권에 깊숙이 개입했다. 장준하는 독립군 대장 시절 강건한 모습과는 딴판인 그에게 실망하고 족청에서 발을 뺐다. 이 장군도 정파 싸움에 여념 없었던 위정자들과 다르지 않았다.

이듬해 김구 주석은 남한만의 단독 총선거를 실시하려는 국제연합에 반대하고 통일정부를 수립하기 위해 남북협상을 제창했으나 실패한 뒤 정부수립에 일체 참여하지 않았다.

이승만 박사가 대한민국 초대 대통령에 당선됐다. 그는 당선되자마자 자신의 세력을 키우기 위해 임시정부를 말살했고, 반대파를 제거했으며, 공산주의운동을 분쇄했다. 그는 만주와 중국에서 벌어진 무장항일운동에 무지한데다 철저한 반공주의자였다. 민중의 저항에 대한 인식도 없었다. 오로지 친미와 분열, 반민주로 일관했다.

1949년 6월 26일 낮 12시경 안두희 육군 소위가 경교장에서 김구 주석에게 4발의 총탄을 쐈다. 김구는 그 자리에서 순국했고, 안두희는 살해를 지시한 사람을 끝내 말하지 않았다. 그는 서북청년회 총무부장으로 우익활동에 전념했다. 이 사건은 정치적으로 논란이 많았지만 단독범행으로 처리돼 안두희의 종신형으로 마무리됐다. 그러나 그는 석 달 후 15년으로 감형이 됐고, 한국전쟁이 발발하자 잔형 집행정지 처분을 받고 포병장교로 복귀했으며, 이후에 대위로 전역했다. 1953년에는 이승만 정권에 의해 완전 복권됐다. 안두희는 강원도 양구에서 군납 공장을 경영하며 안락한 생활을 누렸지만 4.19혁명 이후 김구선생살해 진상규명위원회가 발족하자 신변의 위협을 느끼고 잠적했다. 도주 생활 중 잡혀 경찰에 넘겨졌으나 공소시효 소멸로 풀려났고, 곽태영 백범 독서회장으로부터 목에 자상을 입었으나 죽지는 않았다. 1987년 권중희 민족정기 구현회장에게 발각돼서는 몽둥이세례는 물론 암살 배후에 대해 자백하고, 김구 주석의 묘소를 강제 참배하기도 했다. 그때 김구 암살 배후로 지목된 사람은 육군 특무부대장 김창룡이었다. 김창룡은 악랄한 친일파였으며, 이승만의 양자 혹은 오른팔로 불렸다. 그는 1956년 41세의 나이에 이미 부하에게 역사적인 심판을 받았다. 안두희는 1996년 10월 23일 자택에서 박기서에게 피살됐다.

11/15
백범 선생의 죽음

한국 사회 이끈 희대의 정론지
함석헌 목사와 〈사상계〉

장준하는 복받쳐 오르는 슬픔을 참지 못했다. 수많은 죽음이 그를 덮쳤다. 존경하는 김구 주석을 잃은 데다 한국전쟁 당시 아버지는 인민군의 총격에 숨졌고, 아우는 실종됐다. 그 모든 원인은 민족의 분열과 척결하지 못한 친일파 때문이었다. 그는 죽음을 떨쳐내고 글로 시대적 과제와 해결방안을 제시하기 위해 1952년 정부 기관지 성격인 〈사상〉 발행에 참여했다. 그러나 〈사상〉은 정부의 지원에 의존한 만큼 순수하고 아카데믹한 교양지에서 벗어나지 못했다.

이듬해 장준하는 혈혈단신으로 〈사상〉을 인수해 〈사상계〉를 창간했다. 〈사상계〉는 창간호부터 전국 서점에서 불티나게 팔리며 큰 호응을 얻었다. 2호는 '부산정치파동' 때문에 정치를 주요 의제로 꺼냈다. 부산정치파동은 임시 수도였던 부산에서 이승만이 독재정권의 기반을 굳히기 위해 강제로 개헌안을 통과시킨 사건이었다. 〈사상계〉는 이승만 정권을 비판하는 글을 게재하면서 종전의 히트를 기록했고, 당대를 대표하는 지식인들이 연달아 기고하며 대학생들의 필독서로 자리 잡았다.

장준하는 〈사상계〉가 공전의 대성공을 거둘 무렵 삶에서 가장 귀중한 사람을 만났다. 바로 함석헌 목사였다. 함 목사는 〈사상계〉에 한국전쟁의 교훈을 되새겨보자는 의미에서 남한 사회의 극우 반공적 분위기에 일침을 가했고, 이승만을 미국의 꼭두각시로 칭하는 기고문을 게재했다. 이 글로 함석헌과 장준하는 고초를 겪었지만 〈사상계〉는 전국 서점에서 일시에 매진되는 진기록을 세웠다. 이후 함 목사는 〈사상계〉의 주필로 활동하며 장준하와 평생의 벗이 됐다.

〈사상계〉는 보안법파동이 일어나자 언론사 최초로 머리말을 백지로 냈다. 4.19혁명 때에는 독재정권을 비판하고 이승만의 하야를 요구하는 글을 실어 대중의 열렬한 지지를 얻었다. 보안법파동은 자유당이 정부를 비판하는 세력과 국민여론을 통제하기 위해 국가보안법 개정안을 발의하고 경위권을 발동해 여당 단독으로 통과시킨 사건이었다. 〈사상계〉는 대한민국에서 명실상부한 최고의 언론기관으로 몫을 다했다. 민족자주, 평화통일, 민주주의, 경제발전, 문화창조 문제에 대해 끊임없이 이의를 제기하며 민중의 교양을 함양시켰다. 또 정치, 경제, 사회, 문화 등의 이슈뿐만 아니라 문예에도 큰 비중을 뒀다. 문인들은 〈사상계〉를 통해 저변을 넓힐 수 있었고, 역량 있는 신인들도 대거 문단에 진출했다.

11/15 함석헌 목사와 사상계 2018

친일의 대부
5.16쿠데타 그리고 탄압

장준하는 4.19혁명 이후 장면 정부의 국토건설부 본부장으로 발탁되면서 새 국가 건설을 위한 야심찬 계획을 세웠다. 그러나 5.16군사쿠데타가 발발해 발을 뺐다. 그는 다시 〈사상계〉로 돌아와 쿠데타의 본질을 군부의 권력욕으로 정의하고 날선 비판을 제기하다 부패언론인이라는 명목으로 '정치활동정화법' 명단에 이름을 올렸다. 그럼에도 정권을 신랄하게 비판하는 글은 멈추지 않았고, 정권은 〈사상계〉 죽이기에 나섰다. 3년 동안 혹독한 탄압을 자행해 장준하를 빚에 허덕이게 만들었다.

〈사상계〉는 1964년 한일회담 반대 시위가 거세가 일어날 때 선봉장 역할을 했다. 박정희가 전범 집단인 일본의 자민당과 굴욕적 매국협상을 벌인다며 국민을 투쟁의 장으로 견인했다. 박정희는 비상계엄을 발동했고, 장준하는 모처에서 은신했다. 계엄이 풀리기만을 기다리던 장준하는 '한일회담은 신 을사조약'이라는 글을 다시 발표하고 전국 순회강연을 다니며 설파했다. 〈사상계〉는 또 다시 정권의 탄압을 받아 문을 닫을 지경에 이르렀고, 장준하도 과로와 스트레스로 쓰러져 사경을 헤맸다.

1966년 삼성이 사카린 밀수 사건을 벌이다 발각됐다. 박정희와 이병철 회장이 공모해 벌인 엄청난 규모의 조직적인 밀수였다. 삼성은 한국비료 공장을 짓는 과정에서 사카린 2259 포대(약 55t)를 건설자재로 꾸며 들여왔다. 부산세관은 뒤늦게 이 사실을 적발해 1,059 포대를 압수하고 벌금 2천여만 원을 부과했다. 삼성은 정부의 지급보증 아래 상업차관 4천여만 달러까지 들여 일본 미쓰이사로부터 사카린을 수입했고, 박정희는 정치자금을 헌납받기 위해 삼성의 밀수를 허락했다.

장준하는 정권과 재벌의 정경유착을 심히 우려하며 거리로 나갔다. 그는 민중당이 주최한 규탄대회에 참여해 청와대와 재벌총수들이 벌인 범법행위를 낱낱이 폭로하면서 박정희를 밀수의 왕초라고 쏘아붙였다. 그는 이 일로 경찰에 연행됐지만 적용할 법이 없어서 금방 풀려났다.

장준하는 야당 대통령선거 후보 단일화를 추진하는 과정에서 정치인의 길로 들어섰다. 그는 윤보선 후보의 지원 유세에 다닐 때 더욱 과감하게 박정희를 공격했다. 어느 누구도 정면에서 하지 못했던 얘기였다. '일본 천황에 충성을 맹세하고, 일본군대 장교로 광복군에 총부리를 겨눈 사람이라'면서 그가 대통령이 되는 것은 민족의 수치라고 맹폭격을 가했다.

11/15 5.16 쿠데타 그리고 탄압. 2018

한국군 장악한 가짜 독립운동 세력들 민주주의, 돌베개

1967년 6월 8일 국회의원 부정선거가 정국을 강타했다. 박정희는 행정시찰을 명목으로 민주공화당 지방유세전을 전개했고, 국가기관부터 일선 공무원까지 총동원해 여당의 선거운동을 펼쳤다. 신민당은 대통령과 공무원의 불법 선거운동을 고발했지만 중앙선거관리위원회는 인정하지 않았다.

투표 당일 선거 부정은 더했다. 공개투표, 대리투표, 환표(표 바꿔치기), 무더기투표 같은 광범위한 부정이 저질러졌다. 개표결과는 뻔했다. 공화당은 의석수의 3분의 2 이상인 총 129석을, 야당은 45석을 얻었다. 박정희가 부정선거를 계획적으로 벌인 이유는 3선 개헌 때문이었다. 개헌 가능 의석은 117석이었다. 신민당을 비롯한 야권은 6.8선거를 부정선거로 규정하고 투쟁에 돌입했다. 선거무효 소송을 제기하고 부정선거관계 공무원들을 고발했지만 씨도 먹히지 않았다.

장준하는 선거법위반으로 구속 상태에서 동대문을에 출마해 당선됐다. 그는 국회의원이 되면서 〈사상계〉에서 손을 떼고 동인 중 한 명인 부완혁에게 〈사상계〉 발행을 맡겼다. 장준하는 재야세력과 함께 '3선개헌반대범국민투쟁위원회'를 조직하고 격렬한 시위를 벌였다. 그러나 박정희는 3선개헌안을 통과시키면서 민주주의를 깔아뭉개고 영구집권의 발판을 마련했다.

장준하는 대학생들과 민족학교를 세우고 노동자, 농민, 서민 등 기층이 함께 움직이는 새로운 민중운동을 전개했다. 또 민주수호국민협의회를 결성해 젊은 문인들이 주도하는 민주화운동에 적극 참여했다. 그는 무소속으로 국회의원 선거에 출마해 낙선한 뒤 대통령 선거 출마를 제의받았다. 재야 세력들이 장준하를 박정희의 저격수이자 천적이라며 대선 출마를 권유했다. 그는 출마를 한사코 사양했다. 이 소식을 전해 들은 박정희는 속이 타 들어갔다. 지식인들에게 인정을 받고, 자신에게 사사건건 '딴지'를 걸고, 자신과는 너무나 다른 길을 걸어 온 그가 눈엣가시였다.

장준하는 잠시 정계를 떠나 「돌베개」를 집필했다. 그가 이 책을 쓴 이유는 친일파들이 한국사회를 주무르는 현실을 알리기 위해서였다. 특히 일본군에 입대해 침략전쟁의 일원으로 일본 천황에 충성하다 해방 후 탈을 바꿔 쓰고 가짜 독립운동가 행세를 했던 일당을 고발하기 위해서였다. 독재망령에 빠진 박정희를 비롯해 한국군의 주요 요직을 독차지한 군장성들과 경찰 간부들이었다.

11/15 민주주의, 돌베개 2018

민족통일운동에 앞장선 장준하
7.4남북공동성명, 통일운동

1972년 7.4남북공동성명이 발표됐다. 이후락 중앙정보부장과 김영주 노동당조직지도부장이 서울과 평양에서 동시에 발표한 통일 관련 성명이었다. 남북은 '외세에 의존하거나 외세의 간섭을 받지 말고 자주적으로 해결하며, 서로 상대방을 반대하는 무력행사에 의거하지 않고 평화적 방법으로 실현하며, 사상과 이념, 제도의 차이를 초월해 하나의 민족으로서 민족적 대단결을 도모하자.'면서 자주, 평화, 민족대단결의 3대원칙을 공식적으로 천명했다.

국민들은 열렬히 환호했다. 장준하도 성명을 적극적으로 지지하며 새로운 운동의 길로 나섰다. 민주화운동에서 민족통일운동으로 폭을 넓혔고, 뛰어난 통찰력으로 통일운동의 앞날을 제시했다. 그는 통일의 주체로 민중을 내세웠다. 남한 사회에서 기득권을 누리는 계층이 아니라 빈곤과 억압에 신음하는 절대 다수의 민중이 통일을 바라며, 이들이 걱정 없이 사는 세상, 이들이 주인이 되는 세상을 위해 분단현실을 꼭 극복해야 한다고 주장했다. 장준하는 〈사상계〉 폐간 이후 함석헌 목사가 발간한 〈씨알의소리〉 1972년 9월호 '민족주의자의 길'이라는 기고문에서 이렇게 밝혔다.

모든 통일은 좋은가? 그렇다. 통일 이상의 지상명령은 없다. 통일은 갈라진 민족이 하나가 되는 것이며, 그것이 민족사의 전진이라면 당연히 모든 가치 있는 것들은 그 속에 실현될 것이다. 공산주의는 물론 민주주의, 평등, 자유, 번영, 복지 이 모든 것들에 이르기까지 통일과 대립되는 개념인 동안은 진정한 실체를 획득할 수 없다. 모든 진리, 모든 도덕, 모든 선이 통일과 대립하는 것일 때는 그것은 거짓 명분이지 진실이 아니다. 적어도 우리의 통일은 이런 것이며, 그렇지 않고는 종국적으로 실현되지도 않을 것이다.

7.4남북공동성명은 외세 의존적이고 대결지향적인 통일노선에서 벗어나 올바른 통일원칙을 도출한 점에서 의의가 있었다. 그러나 박정희는 자신의 권력기반을 강화하는 수단으로 7.4남북공동성명을 이용하고 그해 10월 유신을 선포해 그 의미는 빛바랬다. 특히 박정희의 최대 정적이었던 야당지도자 김대중 납치사건을 벌여 남북조절위원회마저 중단되고 말았다.

11/15 7.4 남북공동성명. 통일운동 2018.

대통령 긴급조치 1호 민주화운동 그리고 투옥

1972년 박정희는 유신헌법을 통과시키기 위해 비상계엄을 선포하고 한국 사회의 모든 민주주의를 정지시켰다. 한국적 민주주의라는 미명하에 장기집권을 위한 틀을 구축하려고 했다. 유신헌법이 제정되면서 대통령 선거는 간접선거제로 바뀌었고, 의회의 권한은 제한됐다. 정치활동도 금지됐으며 언로도 막혔다.

박정희와 장준하의 정면승부가 시작됐다. 장준하는 박정희의 유신에 맞서 함석헌, 계훈제, 백기완 등 재야 민주세력과 연합해 대항했다. 개헌청원운동본부를 발족하고 전 국민을 대상으로 유신헌법개헌청원 100만인서명운동을 벌였다. 100만인서명이 열흘 만에 30만명을 넘어서자 놀란 박정희는 담화문을 발표하고 개헌서명운동 즉각 중지를 요구했다. 박정희의 강압적인 행태는 문인 61명의 개헌청원지지성명을 불렀고, 개헌운동은 나날이 확산됐다. 박정희는 '대통령 긴급조치 1호'를 발표하고 공포분위기를 조성해 입막음을 시도했다. 장준하는 긴급조치 1호 위반혐의로 구속돼 징역 15년을 선고받았다. 그러나 장준하의 징역은 1년 뒤 지병으로 중지됐다. 그는 고질적인 심장과 간질환으로 고통이 심했다.

장준하가 옥에 갇히고 2개월 뒤 전국 대학가에서 전국민주청년학생총연맹(민청학련) 명의의 유인물이 뿌려지며 유신철폐시위가 본격화됐다. 박정희는 '공산주의자의 배후조종을 받은 민청학련이 점조직을 이루고 암호를 사용하면서 2백여 회에 걸친 모의 끝에 화염병과 각목으로 시민폭동을 유발했으며 정부를 전복하고 노농정권을 수립하려는 국가변론을 기도했다.'는 민청학련사건 특별담화를 발표하고 긴급조치 4호를 선포했다. 이 사건으로 인혁당 재건 관련자 23명을 비롯해 윤보선 전 대통령, 지학순 주교, 박형규 목사, 김지하 시인 등 253명이 구속됐다. 그중 14명은 사형이 선고됐고, 16명은 무기징역, 나머지 사람들은 최고 20년에서 최하 5년의 중형이 선고됐다.

구속자 석방을 요구하는 집회와 시위가 전국에서 일어났고, 반독재민주화투쟁이 격화됐다. 미국도 군사, 경제원조의 대폭 삭감을 논의하면서 국제여론도 악화됐다. 박정희는 사건발생 10개월 만에 인혁당 사건 관련자와 반공법 위반자 일부를 제외한 전원을 석방했다. 그러나 인혁당 사건도 중앙정보부가 조작한 공작이었다. 특히 형이 확정된 지 18시간 만에 인혁당 재건 관련자들을 사형시켜 국제사회로부터 '사법살인'이라는 지탄을 받았다.

11/15 민주화운동 그리고 후유

2018

자주, 민주, 통일의 선각자 장준하의 그 길

장준하는 유신체제와 최전선을 구축하기 위해 재야 세력은 물론 김대중, 김영삼 등 야권 지도자들과 회합하며 통합을 추진했다. 신변의 불상사를 예상할 수밖에 없는 지독한 투쟁의 연속이었다. 불길한 예감은 현실이 됐다. 1975년 8월 17일 장준하는 경기도 포천군 약사봉 계곡 암벽 아래에서 사체로 발견됐다.

장준하는 일본군을 탈출해 6천리 경장행군을 하면서 선대의 잘못으로 후대가 나라 잃은 아픔을 겪는 것을 통한했다. 자신은 꼭 훌륭한 선대가 돼 후대에 평화롭고 아름다운 조국을 물려주겠노라고 굳게 다짐했다. 그는 약사봉에 오르면서 똑같이 다짐했다. 못난 선배가 되지 않기 위해 앞날을 후회없이 살겠노라고 두 다리에 힘을 주며 산을 올랐다.

사람은 자신의 신념에 따라 살았다. 하지만 누구나 신념대로 살지 못했다. 용기와 의지가 뒤따르지 않았다. 머릿속에만 가득 찬 신념은 헛말과 상처만 불렀다. 신념은 어떤 고난과 역경에서도 무너지지 않고 행동으로 실천할 때 비로소 가치가 있었다. 일제 식민지 시대를 살았던 독립운동가들의 삶이 그러했고, 장준하의 삶이 그러했다. 사념을 버리고 오직 조선 독립과 민족의 번영을 위해 죽고 살았다. 정의와 진실, 양심은 반드시 이기며, 간절한 희망은 언젠가 꼭 이뤄진다는 믿음을 버리지 않았다.

수많은 독립운동가들의 피와 땀으로 조선의 독립은 앞당겨졌다. 그러나 해방 후 친일파 청산이 제대로 되지 않은데다 분열과 대립이 거듭되면서 터무니없는 부조리와 온갖 악덕이 활개쳤다. 민중의 안위에 관심 없었던 정부는 사실상 식민지 지배정책을 답습했다. 특히 박정희 정권의 10월 유신은 식민지 지배구조의 재현이었고, 천황제 이데올로기의 총체였다. 더욱 가슴 아픈 사실은 해방 후 친일파 후손들은 떵떵거리며 살았지만 독립운동가의 후손들은 매우 고단한 삶을 영위한 것이었다.

장준하는 해방 후 대한민국을 대표하는 민족주의자이자 민주화운동의 최전선에 섰던 인물이었다. 일본군에서 탈출해 임시정부로 가는 과정, 〈사상계〉를 발간하고 죽음에 이르기까지의 과정은 그가 얼마나 열정적이고 치열했으며, 얼마나 순수하고 고결했으며, 얼마나 정의롭고 단단했는지 여실히 보여줬다. 특히 박정희에게 맞섰던 과정과 7.4남북공동성명 이후 민족 지상 최대의 과제로 통일운동을 꼽은 점은 자주, 민주, 통일의 선지자라는 칭호를 받을 만했다.

11/15
장준하의 그 길
2018

장준하 의문사의 진실을 묻다
의문사

장준하 선생은 1975년 8월 17일 약사봉 계곡 암벽 아래로 떨어졌다. 산악회원들이 점심을 준비할 사이 잠깐 주위를 둘러보겠다는 말을 남기고 사라졌던 그가 얼마 되지 않아 싸늘한 주검이 됐다. 산악회 일행 중 김용환이 장준하 선생과 동행했다. 김용환은 장준하 선생이 계곡 아래로 추락한 사실을 회원들에게 알린 뒤 12시간 동안 잠적했다. 시신을 검안했던 의사는 머리를 바위에 부딪쳐 두개골이 함몰됐다는 소견을 내놨다. 하지만 장 선생의 시신을 사고 현장에서 운구했던 백기완 선생의 생각은 달랐다. 절벽에서 떨어진 시신이 너무 멀쩡한 점, 후두부에 등산용 피켈로 찍힌 것 같은 함몰상이 있는 점, 검안 때 시신 두 군데에 주사 자국이 발견된 점을 예로 들며 실족사의 의문을 제기했다. 그의 주검을 목격했던 다른 사람들도 암살을 눈치챘다. 그러나 아무도 얘기를 꺼내지 못했다. 시국이 긴박하고 살벌했다. 말 한마디 잘못하면 그대로 끌려가는 일이 다반사였다. 그럼에도 당시 〈동아일보〉 성락오 기자는 장준하 선생의 타살 의혹을 제기했다. 하지만 긴급조치법 위반으로 잡혀가고 말았다. '야당 지도자의 괴사'라는 기사를 쓴 〈파이스턴이코노믹리뷰〉 로이황 기자도 똑같은 이유로 해외 추방되면서 의문사 논란은 일단락됐다.

2012년 장준하 선생의 유골이 이장됐다. 두개골에는 당시 검안했던 의사의 소견과 일치한 상처가 있었다. 그러나 추락사한 유골이라고 보기엔 골절이 한정돼 있었다. 두개골과 엉덩이뼈에만 골절이 있었다. 추락사할 경우 머리를 지탱하는 목뼈, 어깨뼈, 척추, 갈비뼈 골절이 동시에 발생하는 게 일반적이었다. 함몰된 두개골의 모양도 특별했다. 테두리가 선명한 원형이었다. 둔기로 심하게 얻어맞아 구멍이 생긴 게 아니라면, 이미 죽은 뒤 계곡 아래로 던져진 게 아니라면, 나타날 수 없는 모양이었다.

장준사 실족사의 목격자 김용환의 진술은 계속 달라졌다. 1975년 당시에는 장준하 선생이 소나무를 붙잡고 내려오다 추락했다고 말했다. 1988년 재조사 때에는 소나무를 잡았는지, 잡지 않았는지 기억나지 않는다고 했고 2004년 의문사진상규명위원회 조사에서는 소나무를 본 적도 없고, 소나무 얘기를 지금껏 한 적이 없다고 말했다. 게다가 사건 이후 그의 행적에 대한 진술도 조사 결과 모두 새빨간 거짓으로 밝혀졌다. 그러나 그는 끝내 입을 열지 않았고, 의문사의 진실은 수수께끼로 남았다.

장준하 선생은 실족사였을가? 만약 그렇지 않다면 그를 죽인 사람은 혹은 비밀조직은 과연 누구였을까?

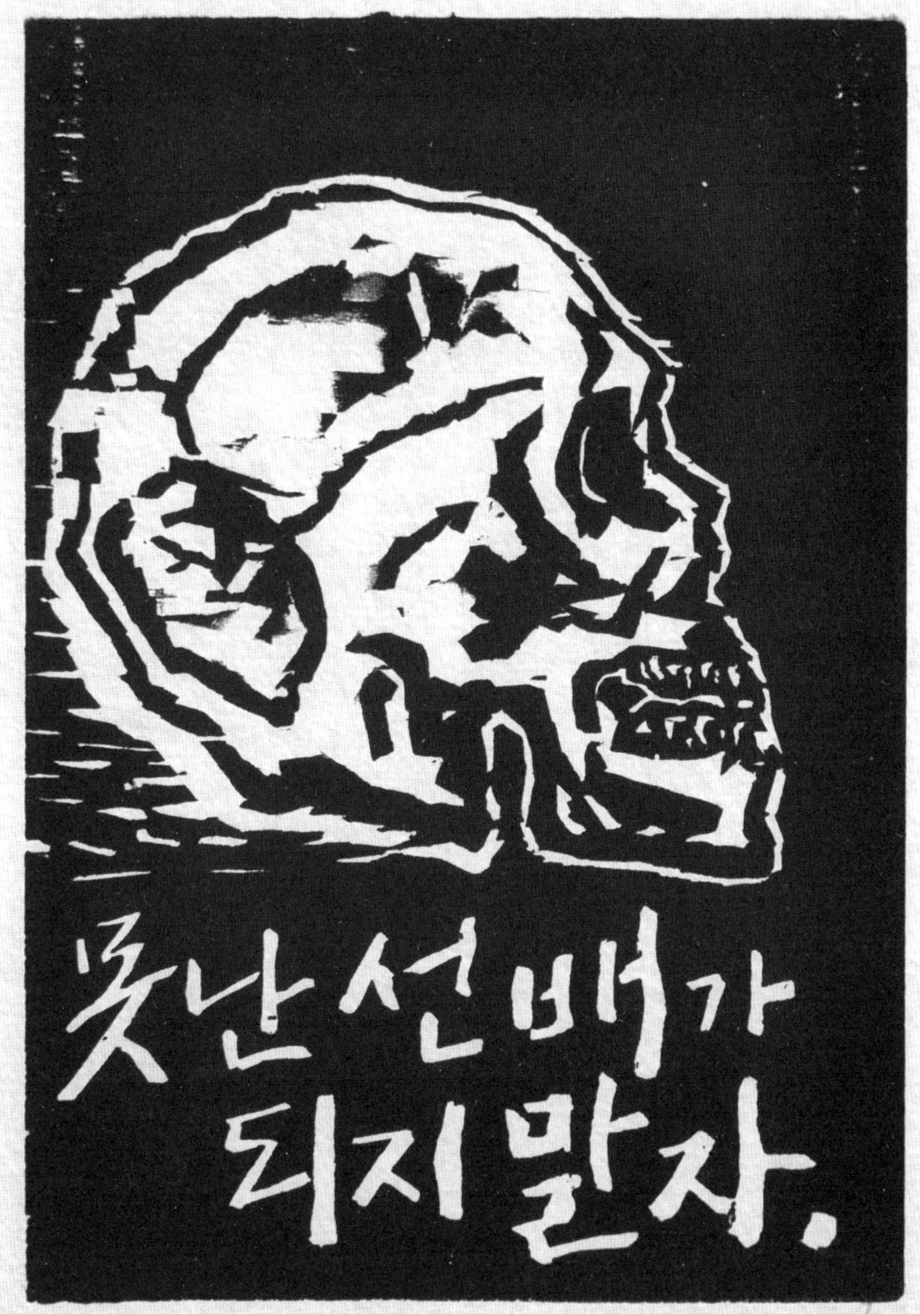

11/15 의문사 2018

죽음의 그림자
신일진회

7프로젝트

충격적인 증언
독립운동가의 후예

개구리들이 울음주머니를 뻘룩대며 요란하게 울었다. 이름 모를 들꽃들은 보랏빛으로 번졌고, 저수지 방죽에 묶인 염소는 어슬렁대며 주둥이를 아물거렸다. 김유진 기자는 강동일 형사와 임일수를 번잡한 도심을 피해 교외로 불렀다. 세 사람은 나란히 풀밭에 앉아 먼 하늘을 응시했다. 잠시 동안 침묵이 흘렀다. 세 사람의 감정은 복잡하고 미묘했다. 별다른 인연도, 진심을 꺼내놓고 얘기해 본 적도 없었다. 불언을 깨뜨린 건 강 형사였다. 그는 임일수에게 왜 거짓 자수를 하면서 자신을 찾았는지 물었다. 임일수는 바로 이 자리를 마련하기 위해, 두 사람을 엮어 장준하 선생 죽음의 비밀을 밝히기 위해서라고 말했다.

임일수는 독립운동가의 자손이었다. 그러나 한 번도 부친의 항일 행적을 밝히지 않았다. 부친은 남한 단독정부수립을 반대하다 죽임을 당했다. 이승만 정권은 그의 부친을 단정에 찬성하지 않았다는 이유로 빨갱이 취급했고, 보도연맹이라는 조직에 강제 가입시켜 총살했다. 부친을 죽인 장본인은 이승만의 오른팔로 불렸던 김창령 육군 특수부대 지휘관이었다. 그는 지독한 친일파였고, 안두희에게 김구 주석의 암살을 지시한 장본이기도 했다. 보도연맹은 독재정권을 유지하고, 친일파를 보호하는 수단이 됐다. 이승만은 빨갱이 적출을 명분으로 부친뿐만 아니라 좌익과 무관한 사람들을 보도연맹으로 학살했으며, 자손들을 연좌제에 얽매어 갖가지 불이익한 조취를 취했다. 군사쿠데타로 정권을 잡은 대통령도 보도연맹 유족들을 감옥에 집어넣고, 무덤까지 파헤치는 부관참시를 자행했다. 북한을 이롭게 한다는 죄목이었다.

그 세월을 고통 속에서 보낸 임일수는 〈사상계〉에 기고를 하면서 알게 된 장준하 선생이 죽자 참지 못하고 펜을 들었다. 독립운동가마저 빨갱이라는 망령을 덧씌워 죽인 친일파 세력들을 단죄하기 위해 목숨을 걸고 글을 썼다.

임일수는 장준하 선생을 죽인 사람들은 잔존 친일파들과 그의 후손으로 구성된 신일진회, 대통령의 사냥개였던 보안사라고 말했다. 이들이 암암리에 국민들에게 파고들어 친일 감정을 불어넣고, 일제 식민지 시절의 영광을 찾기 위해 갖가지 모략을 꾸미고 있다고 했다. 그들이 보툴리누스균을 손에 넣을 수 있는 것도, 검경과 국립과학수사연구소를 마음대로 주무를 수 있는 것도 정재계를 동원해 막강한 힘을 발휘하기 때문이라고 했다.

정상일 중령은 죽기 전 임일수가 쓴 소설 「비밀조직」읽고 그를 찾아와 일곱 장짜리 서류를 건네고 자살했다. 서류는 친일세력들이 한국을 일본에 넘기기 위해 작성한 일곱 단계 계획, 일명 '7프로젝트'였다.

신일진회는 '2025년을 위하여'라는 목적으로 활동했다. 그들은 이승만 정권이 들어서면서 신일진회를 비밀리에 발족하고 활동에 들어갔다. 신식민지의 예정일은 2025년이었다.

7프로젝트는 일곱 차례에 걸친 단계별 한국 신식민지화 정책이었다. 1차는 친일 정권을 세워 한국 사회에 친일사관을 심고, 2차는 일본 문화를 전파해 반일 감정을 누그러뜨리고, 3차는 자위대의 집단 자위권을 확보하고, 4차는 독도를 일본의 영토에 편입시켜 위력을 과시하고, 5차는 미국과 함께 남중국해로 자위대를 파견해 중국을 압박하고, 6차는 한국 사회의 기득권을 장악해 한국을 일본의 현처럼 재편하고, 7차는 미국과 중국의 묵인 하에 통일된 한반도를 장악해 일본인들을 서서히 이주시키는것이었다. 신일진회가 이런 계획을 세웠던 건 아직도 한국에 친일파들이 대거 잔존했기 때문이었다.

1975년에는 1차 계획이 완료됐고 2차, 3차 계획이 실행 중이었다.

김유진 기자는 끝내 장준하 선생과 정상일 중령 그리고 두 사람의 죽음에 대한 진실을 밝히지 못했다. 대통령이 중앙정보부장의 총탄에 맞아 죽고 나서야 비로소 용기를 냈다. 김 기자는 비밀리에 인쇄소를 섭외해 임일수의 책 「칼로 새긴 장준하」를 찍었고, 한신일보에 책을 소개하는 서평 기사를 냈다. 그는 일제식민지 시절 친일단체 일진회, 일본의 병탄정책에 앞장섰던 군인 그리고 그들의 후예들로 구성된 신일진회가 장준하 선생을 죽였으며, 이 사실을 아는 사람마저 죽여 죽음을 완전히 은폐한 사실을 기사에 적시했다. 그러나 저들에 의해 책이 발각돼 모두 수거됐고, 신문 기사도 삭제됐다.

신일진회는 아직도 한국의 각계각층에서 활동하며 친일 정권을 세우고, 한국을 일본으로 편입시키기 위해 애쓰고 있다.

김 기자는 주말이 되면 인적이 드문 시골에 가서 깊은 사색에 잠겼다. 앞만 응시하거나 하늘만 쳐다보며 사는 건 아닌지 자신을 되돌아봤다. 기자 생활을 오래 하다 보면 억압, 탄압, 폭력 같은 단어에 무뎌졌다. 현상을 부정하고 한 번 더 생각해보는 지혜는 마모됐고, 권력이나 재물의 이해관계에 따라 벌어지는 갖가지 사건에 지속적으로 노출되면서 경각심도 없어졌다.

숙고의 시간을 가진 사람들은 삶은 달랐다. 어지러운 사회를 원망하며 주저앉지도, 정글 같은 인간사를 불평하며 한탄하지도 않았다. 무엇보다 운명에 굴복하는 일은 절대로 없었다. 회복이 불가능할 정도로 삶이 망가지고, 육체가 노추해져도 한때 절정이었던 아름다운 정신만은 간직하며 살았다.

고행과 충절을 아로새긴 칼날

박영택 (경기대교수, 미술평론가)

대학 시절 에드가 스노의 「중국의 붉은 별」을 감명 깊게 읽은 기억이 난다. 그와 함께 당시 그의 부인이었던 님 웨일스의 「아리랑」도 함께 읽게 되었다. 조선인 독립운동가 김산을 취재한 이 책은 앞의 책과 함께 한국과 중국의 항일투쟁에 대한 자세한 묘사와 생생한 저술이 무척 인상적이었다. 후에 웨이웨이의 글과 선야오이의 그림이 깃든 「대장정」을 접하게 되었는데 그 책은 무려 1만2천km나 되는 엄청난 거리를 1년에 걸쳐 감행한 홍군의 대장정 과정을 감동적으로 보여주고 있는 역사책이자 그림책이었다. 당연히 삽화가 매우 뛰어났다. 국공합작 결렬 후 공산당이 난징 정부와 대립 되는 또 다른 정부를 수립하자 국민당은 공산당 토벌에 전력을 다하기 시작했고 이에 홍군은 탈출을 시도하면서 대장정의 길을 나서게 되었다. 마오쩌둥의 홍군은 11개의 성을 지나 54개 도시를 점령하고, 18개의 산맥을 넘는 368일간의 긴 행군 끝에 탈출에 성공했는데 이를 일컬어 '대장정'이라 한다. 이 대장정을 통해 홍군은 항일 투쟁과 공산 혁명의 중심부대가 되었고 이후 중국 대륙 전체를 공산화하는데 핵심세력이 되었던 것이다.

이동환이 어느 날 내게 장준하(1918-1975) 선생의 「돌베개」란 책을 읽고 감동을 받아 이 책의 주요 장면을 목판으로 새겼다면서 몇몇 이미지를 보여주었다. 동양화를 전공했기에 모필의 힘을 실어 이미지를 도상화 하고 이를 예리하게 칼로 새겨 찍어낸 목판화의 맛 또한 만만치 않음을 일찌감치 알고 있던 터였는데 이번에 새삼 그의 흑과 백으로 조율된 힘찬 목판화를 다시 접하게 되었다. 더구나 특정 역사적 기록을 소재로 삼아 이를 연속적인 서사로 엮어낸 역작으로서의 의미가 무척 크다고 생각한다.

사실을 바탕으로 하였기에 이에 대한 역사적 고증과 함께 책의 내용에 충실한 동시에 작가의 상상력과 형상화가 공존해야 가능한 작업인데 이는 사실 매우 까다롭고 힘든 작업이다. 또한 회화와 달리 목판화는 그림을 그리고 이를 다시 칼로 파고 찍는 몇 번의 과정을 통해 추려내는 복잡한 공정이 깃들어 있고 아울러 낭창거리는 모필의 탄력과 달리 단호하고 결정적인 칼의 선택에 의해 마감되는 작업이라는 점에서의 차이도 있다. 동일한 평면 위에서 이루어지지만 판화는 나무의 표면을 절개하고 깊이를 만들어 파고 들어가 요철의 효과를 극대화하는, 이른바 조각적인 작업이고 그만큼 물질적인 성향, 촉각적인 지각을 예민하게 건드린다. 표면에 환영을 불러일으키는 회화와는 분명 차원이 다른 작업이란 얘기다. 아울러 오로지 흑백의 단색 톤으로 모든 것을 설명하고 결정지어야만 한다. 이 점에서는 수묵화와의 유사성을 어느 정도 거느린다고 말할 수도 있지만 결과적으로 유와 무, 검정과 흰색 두 가지 차원의 세계 속에서만 모든 표현을 이루어내야 하는 한계 안에서의 조형화라는 난제가 도사리고 있다. 하여간 이동환은 그와 같은 목판화 작업을 통해 장준하 선생의 지난 역사적 여정에 동행했다.

장준하 선생이 일본학도병으로 징집되어 중국으로 간 후 그곳에서 탈출해 우리 임시정부가 있던 충칭까지 갔던 험난한 여정을 기록한 책을 목판화로 재현한 작품이 바로 이번에 이동환이 묶어낸 책(판화)이고 그것이 '칼로 새긴 장준하'란 제목을 달고 있다. 그러니까 정확히 말해 1944년 7월 7일 쉬저우에 위치한 쓰카다 부대를 탈출해서 1945년 1월 31일 임정이 있는 충칭에 도착하기까지의 그 6천리 길의 여정 중 본인 스스로 가려 뽑은 인상적인 장면을 총 134개의 목판에 새겨 넣은 것을 말한다. 우선 이 열정과 노력이 놀랍다. 결코 쉽지 않았을 이 작업은 책의 내용을 시간의 순서대로 나열해 놓은 것이자 동시에 문자로 기술된 것에 이미지를 부여한 것이요 가독성의 체계를 지닌 것을 망막에 호소할 수 있는 것으로 치환해 놓은 것이다. 당시의 기록 사진도 거의 부재하고 역사적인 고증도 마땅치 않았을 터라 그는 거의 전적으로 자신의 상상력에 의존했을 것이다. 그러니까 감동적으로 읽었던 문자들, 인상 깊었던 행간의 자취를 어렵게 더듬으며 이것들에 형상의 몸을 입히고자 애를 썼을 것이며 문장과는 또 다른 차원에서 한눈에 들어와 박혀 결정적인 이미지로 모든 것을 대변하는 그 응고의 화면 하나에 부심 했을 것 같다.

이동환의 작업을 보면서 앞서 언급했듯이, 문득 에드가 스노의 「중국의 붉은 별」과 함께 웨이웨이와 선야오이의 「대장정」이 동시에 떠올랐던 것이다. 그와 함께 제주도 출신의 화가 강요배가 지난 1989년부터 3년에 걸쳐 '제주 4.3항쟁'을 다룬 그림 50점을 그려 전시와 함께 출판으로 묶어 낸 「동백꽃 지다」도 같이 떠올라주었다. 역사적 사건을 그림으로 형상화 한 일종의 역사화의 전통이 이 땅에서는 그다지 유례가 없는 편이어서인지 이동환의 근작이 퍽이나 의미가 있어 보였다. 특히나 목판화 연작을 통해 한 권의 묵직한 책을 모두 보여준 예는 더더욱 드물었던 것 같다.

장준하 선생은 1971년, 그의 나이 54세 때 항일수기 「돌베개」를 출간하였다. 1971년 4월 19일로 기록되고 있다. 박정희 정권의 독재가 기승을 부리던 해의 4.19기념일에 출간된 것이다. 무척 의미심장한 시기다. 이동환이 참고한 책은 2015년 돌베개 출판사에서 나온 것이다. 표지는 오로지 신영복 선생의 제목 글씨만이 가득 채워져 있다. 서체가 힘차고 뜨겁다. 장준하선생은 일제 강점기인 20대의 젊은 나이로 광복군에 참여해 항일독립운동을 했고, 자유당 때에는 〈사상계〉를 창간해 민주주의와 통일에 대한 여망을 일깨웠고, 군부독재 시절에는 붓을 꺾고 거리에 나가 반독재 민주화 투쟁의 선봉에 섰던 이다. 오늘날도 여전히 김구 선생과 함께 가장 존경받는 항일투쟁가이자 민주화 운동가로 알려진 분이요, 특히 〈사상계〉 잡지를 발행한 언론인으로 유명하다. 이 〈사상계〉는 거의 전설적인 잡지인데 나로서는 크리스찬 아카데미에서 발행한 〈대화〉, 1970년에 함석헌 선생이 발행한 〈씨알의 소리〉, 그리고 한창기 선생이 1976년 발행한 〈뿌리 깊은 나무〉 등의 잡지와 함께 늘 염두에 두며 읽고 또 읽어야 했던 소중한 잡지의 목록들로 기억된다. 〈창작과 비평〉, 〈문학과 지성〉 역시도 그 뒤를 잇는 소중한 잡지들이었지만 앞의 잡지들의 갖는 무게감은 대단했다고 생각한다.

장준하 선생은 이 항일대장정 「돌베개」를 통해 '못난 조상이 또다시 되지 말아야 한다. 내가 광막한 중원대륙 수수밭 속에 누워 침 없이 마른 입으로 몇 번이나 되씹었고 또 눈덩어리를 베개로 하고 동사凍死의 기로에서 밤을 지새우며 한없이 울부짖었던 이 말이 곧 나라를 빼앗긴 우리의 못난 조상에 대한 한스러움과 다시는 후손에게 욕된 유산을 물려주지 않으려는 우리의 단호한 결의 그것이었기 때문이다.'라고 쓰고 있는데 바로 이 문장이 책의 핵심적 내용이라고 생각한다. 장준하 선생은 이 책에서 그가 일본 도쿄에 있던 일본신학교를 다니다 일본말 성경과 독일어 사전, 희랍어 성경과 사전만을 지참하고 쓰카다부대에 징병되었고 이후 탈출해서 충칭에 있는 우리 임시정부를 찾아가기까지의 처절한 여정을 여실히 기록하고 있다. 그러나 정작 당시 임정이 보여준 분열에 대한 환멸, 그리고 시안으로 가서 한국 침투작전을 위한 훈련을 하던 OSS(미국 잔력첩보대) 대원으로서의 활동하다 꿈을 이루지 못하고 불현듯 닥친 해방, 그리고 어렵게 1945년 11월23일 임시정부요원, 김구 주석과 함께 한국에 들어와 서대문의 경교장에서의 맞이한 생활, 그리고 당시 국내의 복잡다단하게 분열된 정체세력을 보는 시선 등등이 자세하게 기록되어 있다. 이 책의 마지막 문장은 무척이나 쓸쓸하고 비감하며 불길하게 끝을 맺는다.

'임정이 이렇게 환영과 초대에 분주히 쫓아다닐 때, 이미 임정의 이성은 취하고 있었던 것이다. 대륙의 망명길처럼 눈이 내려 쌓이고 바람이 불었으나 '충칭으로의 길'을 국내에서는 아무도 가려내지 못하였던 것이다.' 그리고 이 말은 여전히 진행형이며 이곳에서 살아남은 자들의 몫으로 고스란히 남아 있다.

이동환은 장준하 선생의 책을 통해 많은 상념을 갖게 되었고 그만큼의 깨달음이 있었던 것 같다. 마침 당시 박근혜정권의 보여준 비정상적인 일탈로 인한 분노가 극대화되었을 이 책이 의미는 상대적으로 크게

다가왔던 것 같다. 따라서 작가인 그는 그 무엇이라도 해야 할 것 같은 심한 부채의식에 시달렸을 것 같고 그것이 그로 하여금 「돌베개」 책의 내용을 목판화로 다시 복기해 보는 일이었던 것 같다. 그는 연필로, 붓으로 그리고 칼로 새겨서 글과 문장을 이미지로 일으켜 세우고자 했다. 장준하선생이라는 한 조상, 선배의 고행과 충절을 새긴 그 모든 행간의 뜻을 가능한 온전히 형상화해내고자 했다. 가장 응축되고 최소한의 수단을 발견하기 위한 수단인 판화 작업으로, 더없이 날카롭고 예리한 칼로 말이다.

목판화 작업 중인 이동환 화가

개인전

2018 칼로 새긴 장준하 목판화전, 아트비트, 서울
2015 三界火宅, 갤러리 울, 고양
2013 황홀과 절망, 인사아트센터, 서울
2008 Narration, 관훈갤러리, 서울 / 신세계갤러리, 광주
2007 병적인 웃음, 관훈갤러리, 서울 / 신세계갤러리, 광주
2005 흔들리는 대명사, 학고재, 서울 / 신세계갤러리, 광주
2004 아무렇지 않게..., 갤러리 창, 광주 / 메트로 갤러리, 광주
2001 길을 잃다, 가나아트스페이스, 서울 / 인재미술관, 광주
1995 흙가슴, 서경갤러리, 서울 / 빛고을미술관, 광주

참고문헌

「돌베개」 장준하의 항일대장정 | 장준하 | 돌베개

「장준하 평전」 김삼웅 | 시대의창

「중정이 기록한 장준하」 민주주의자 장준하 40주기 추모 평전 | 고상만 | 오마이북

「장준하, 묻지 못한 진실」 장준하 의문사 사건 조사관의 대국민 보고서 | 고상만 | 돌베개

중국에 먼저 소개된 「칼로 새긴 장준하」

2017년 북경창작스튜디오 오픈스튜디오

2017년 북경에서 중국 미술학도들과 함께한 판화 설명회

2017년 베이징 C+space gallery

아트비트갤러리 「칼로 새긴 장준하」

2018년 8월 23일 ~ 9월 5일
아트비트갤러리에서 열린 이동환 화가의 전시

이동환 화가가
경남 남해군 이순신 순국추모공원에 그린
노량해전 벽화

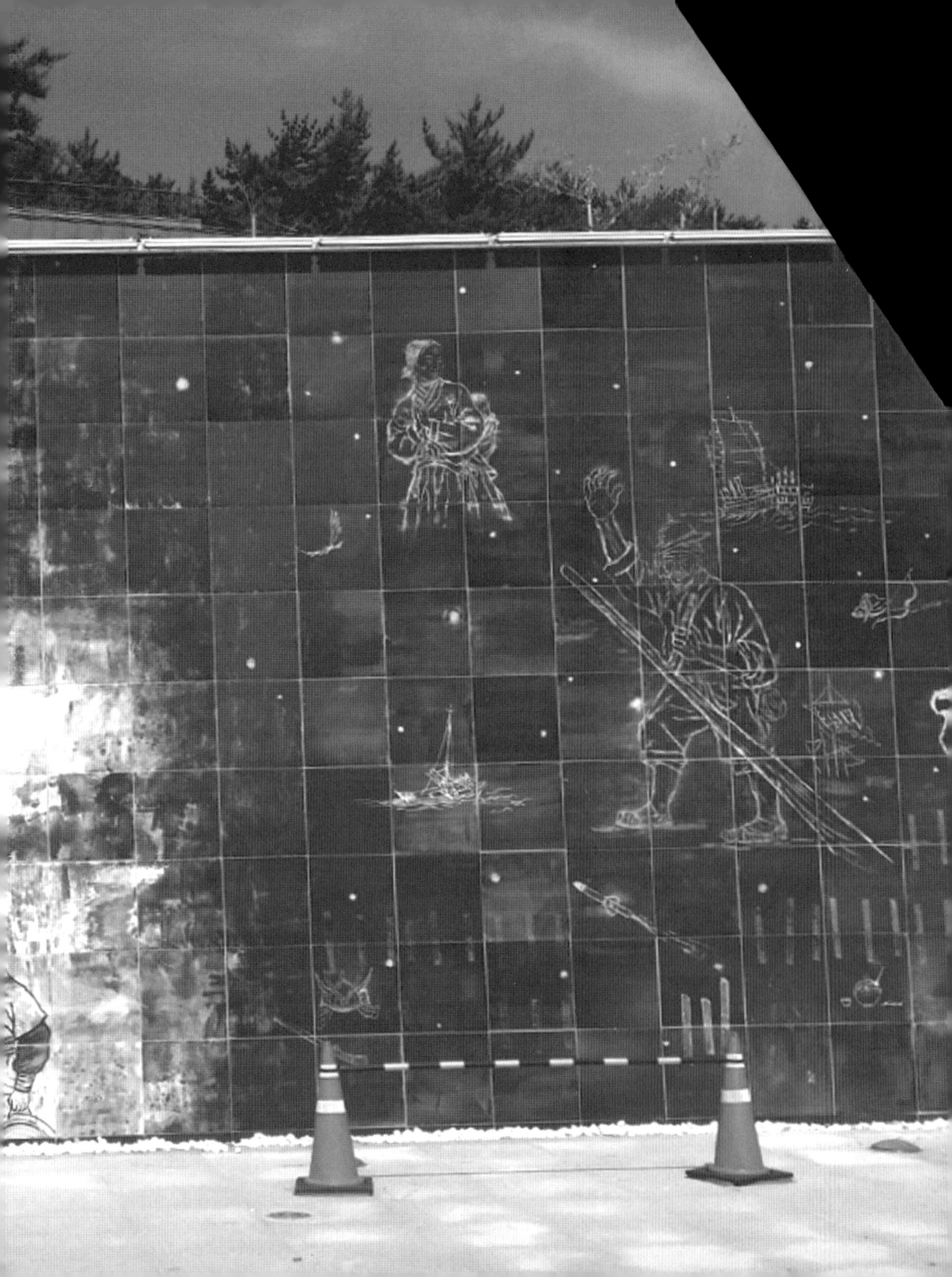

돌베개
아!~ 파촉령~